LEO PERUTZ

La Troisième Balle

ROMAN

TRADUIT DE L'ALLEMAND
PAR JEAN-CLAUDE CAPÈLE

FAYARD

Ce livre a été publié grâce à la recommandation de
MICHEL-FRANÇOIS DEMET

Cet ouvrage est la traduction intégrale, publiée pour la première fois en France, du livre de langue allemande :

DIE DRITTE KUGEL
édité par Paul Zsolnay Verlag, Vienne/Hambourg

Paris le 21 Février

La Troisième Balle

Leo Perutz est un écrivain imprévisible. Adepte du roman fantastique, ce « Viennois » né à Prague n'a rien à envier à Jorge Luis Borges. Ses récits empruntent la forme du labyrinthe où réel et imaginaire ne cessent de se renverser, de se dédoubler, de se contredire. Dans les sentiers tortueux de ses livres, on est pris d'un exquis malaise, voisin de l'envoûtement. On n'échappe pas plus à *La Troisième Balle* qu'à *La Neige de saint Pierre* ou au *Cavalier suédois*. Leo Perutz est l'écrivain de l'insolite. Plus encore que le sentiment d'étrangeté, au centre de son labyrinthe nous guette l'angoisse métaphysique.

Franz Grumbach, le Rhingrave rebelle, héros de *La Troisième Balle*, se bat désespérément avec sa mémoire. Il a tout oublié de son passé. Comment s'est-il retrouvé là, en Allemagne, au service de Charles Quint ? Les points de repère essentiels de son existence aventureuse se dérobent. Ses souvenirs se superposent et se brouillent, la fin de sa propre histoire lui échappe toujours. Quel est donc l'inquiétant secret de sa vie ?

Perutz aime les mises en abyme, les récits dans le récit. Grumbach, l'homme sans mémoire, au cours d'une longue nuit, va écouter l'histoire qu'un mystérieux cavalier espagnol raconte aux soldats réunis autour des feux de camp. Sa propre histoire... Va-t-il enfin, grâce à ce témoin inattendu, connaître le sens de sa vie ? Qui a été frappé par la troisième balle de son arquebuse ?

Retour au Mexique en 1519. Le jeune Grumbach, Allemand acquis aux idées de la Réforme et exilé pour avoir osé critiquer le pouvoir temporel des prêtres, se bat en faveur des Indiens aztèques dupés et torturés par les Espagnols. Hélas ! il ne lui reste plus qu'une arquebuse, un peu de poudre et trois balles pour arrêter Cortez qui marche déjà sur Tenochtitlàn (l'actuelle Mexico). Si le conquistador parvient à s'emparer du trésor des Aztèques, non seulement le Nouveau Monde mais une partie de l'Europe tomberont sous la coupe de Charles Quint, de l'Espagne et de l'Eglise catholique. Des trois balles de Grumbach, l'une est destinée à Cortez, la deuxième au duc de Mendoza qui lui a enlevé Dalila, la petite Indienne. Quant à la troisième...

Les personnages de Perutz sont souvent guidés par une force impitoyable et diabolique. Soumis à un destin aveugle, ils avancent, tels des ensorcelés, des jouets hallucinés, vers une issue fatale. Certes, comme Grumbach, ils veulent se battre pour faire cesser la souffrance du monde, mais en fait c'est surtout la mort qu'ils cherchent, qu'ils provoquent et courtisent. Et seul compte cet affrontement, ce duel ultime. Une manière grandiose et dérisoire de se mesurer à l'infini.

(Suite au verso.)

L'univers de Perutz n'est pas étranger à celui de Kafka et de Gustav Meyrink, ses contemporains. (*Le Golem* et *La Troisième Balle* paraîtront la même année.) Meyrink et lui sont les héritiers spirituels de Hoffmann et d'Edgar Poe, fascinés par les sciences occultes, l'alchimie, la kabbale et toutes les formes d'évasion vers l'imaginaire.

C'est en 1914, alors qu'il est mobilisé comme lieutenant à l'âge de trente-deux ans, que Perutz entreprend *La Troisième Balle*. Il vient d'être grièvement blessé, comme Grumbach le sera lui-même au Mexique quelques siècles plus tôt. *La Troisième Balle*, publié à Vienne en 1915, est son premier roman, mais il traduit déjà son pessimisme, son amertume, sa hantise du malheur.

Malgré ce qu'il a d'inquiétant et d'ambigu, il ne faudrait pas hâtivement classer Perutz du côté des écrivains qui préfèrent le « surnaturel » à la réalité. Ses romans comme ses nouvelles relèvent de la logique la plus transparente et la plus prosaïque. Chez lui, ni tromperie, ni féerie, ni divagation gratuite ! Son univers ne fait que redire ceci : les événements de la vie sont illusoires et confondants, mais coexistent toutefois avec un enracinement historique indispensable à la cohérence du récit. Le conteur rejoint le chroniqueur.

Perutz voyage dans l'espace et le temps, se joue des siècles et des pays, Milan, Paris, Prague, l'Espagne, l'Allemagne, le Mexique. Il multiplie les scènes d'action, les coups de théâtre, les rebondissements inattendus, les discussions théologiques. Et, comme pour contrebalancer cette exubérance, il a adopté une fois pour toutes un style ferme, précis, hautain, hiératique. Entre le poids de son écriture et l'énigme légère et fugace de ses thèmes se glisse ce léger trouble où se démasque l'indispensable et vrai délire de l'écrivain.

Nicole Chardaire.

Paru dans Le Livre de Poche Biblio :

LA NEIGE DE SAINT PIERRE.

PRÉLUDE

LE VIN DU DOCTEUR CRÉMONIUS

Je grelotte, le feu est sur le point de s'éteindre. Le vent de l'automne s'engouffre dans mon manteau déchiré dont les pièces virevoltent comme autant de diables grimaçants. La pluie tombe et tambourine autour de moi, elle gronde et crépite, on dirait qu'une peau de tambour est tendue sur le monde. Voilà une nuit où il ferait bon se réchauffer près du feu de camp en évoquant nos aventures victorieuses avec des compagnons d'armes blanchis sous le harnais. Mais hélas, je n'ai vraiment pas l'esprit à cela aujourd'hui, car pendant quinze heures je n'ai pas quitté le dos de mon vieux cheval. Nous avons capturé et emmené ici, dans le camp de l'empereur, le prince électeur de Saxe, ennemi juré du pape et luthérien convaincu qui est parvenu à unir les princes protestants contre l'empereur et a même poussé la Bohême à se révolter. Il devra se prosterner aux pieds de Charles Quint et le reconnaître en toute humilité comme son très noble empereur.

Voilà les chanceliers et les conseillers qui emmènent le prisonnier. Le vieillard que j'ai frappé à la tête avec mon sabre, lors de la bataille de Mühlberg, les accompagne. Il porte un bandeau ensanglanté autour du front. Il est triste et accablé, et il baisse la tête, car il doit se douter qu'elle ne restera plus très longtemps sur ses épaules. Oui, mes frères, vous êtes au désespoir désormais, mais qui vous a enjoint d'adresser à l'empereur, depuis Ingolstadt, un refus aussi arrogant ? « Nous faisons savoir à Charles, qui se fait appeler le cinquième empereur romain, qu'il a agi de façon déloyale envers Dieu et qu'il a trahi la Nation. » Eh oui, à présent, l'empereur saura vous donner la réponse adéquate. Qui vous a conseillé, pauvres diables, de vous lancer dans pareille entreprise ? Regardez-moi, mes frères ! Moi aussi, je suis luthérien. Et pourtant, je chevauche avec les armées de l'empereur, je combats, je frappe et je tue ceux qu'il m'ordonne de frapper et de tuer, que m'importe ! Je ne fais pas tant de tapage de ma foi, je vis en paix avec tous les frocs noirs, je m'empresse de saluer bien bas les freluquets espagnols qu'on voit désormais se pavaner de par le camp et parader dans leurs habits de bouffons aux côtés de l'empereur. Mais vous, mes chers frères, vous n'aviez que votre foi à la bouche, tel un cri de guerre, et c'est pourquoi vous allez maintenant remettre votre tête entre les mains du bourreau !

Ils viennent de passer. Ils faisaient avancer les lansquenets en les poussant et en les rouant de coups. Le silence est retombé alentour. Je suis fatigué, j'aimerais tant que le sommeil arrive enfin.

Mais hélas ! il me semble que mon sommeil est devenu à son tour un de ces fiers freluquets espagnols à la mode. Il est bien hautain et refuse de venir quand je l'appelle. Je vais donc fermer les paupières et penser aux années passées. Je lance dans le ciel, tels des faucons, les jours et les heures de ma vie afin qu'ils traversent le temps et me rapportent les êtres que j'ai connus, les joies que j'ai vécues, les peines que j'ai endurées, les péchés que j'ai commis et mes bonnes actions. Je vais les étaler devant moi et reconstituer grâce à eux une année entière de ma vie que je saisirai de mes deux mains et où je plongerai mon regard comme dans un miroir pour y retrouver mon visage d'antan et celui d'autres que j'ai aimés ou haïs. Car nombreux sont ceux, parmi les grands de cette terre, que j'ai rencontrés sur mon chemin : Frundsberg et Rohan – un homme si intelligent; Christian du Danemark – si violent –, Fernand Cortez et Nicolas Salm. Parmi ces hommes, il en est un que je convierai au festin de ma mémoire, afin que passe cette nuit interminable !

Las ! Les jours et les heures de mon passé s'en retournent bredouilles et ne rapportent ni visages ni personnages. Ceux que j'ai invoqués ne veulent pas venir, ils ont tous disparu de ma mémoire, ils ne m'ont rien laissé que l'écho de leur nom. Et ma vie elle-même a pâli, je n'y retrouve même plus mon propre visage. J'y vois des années entières qui semblent vides tout à coup, comme si je ne les avais jamais vécues, et pourtant, elles étaient remplies à ras bord de mille et une aventures. J'y vois aussi d'autres années qui semblent si confuses que la veille fait suite au lendemain et la Pentecôte précède Pâques, comme si le fil d'or qui relie les heures de ma vie s'était rompu. Et quand mes pensées vagabondent dans ma vie d'antan, j'ai l'impression d'errer dans une maison inhabitée : certaines pièces sont vides, d'autres en revanche sont encombrées d'un bric-à-brac futile, de mobilier vermoulu et d'ustensibles couverts de poussière qui gisent, éparpillés, dans le plus grand désordre.

Parfois, une journée oubliée, perdue, resurgit au fond de moi-même. Je me vois alors commettre des actes insensés ou cruels, sans rime ni raison, et je ne peux que m'étonner, me moquer ou bien m'irriter de moi-même. Dieu du Ciel ! Comment ai-je pu jadis, dans ce pays lointain, assassiner un roi si généreux ? Ai-je vraiment commis cet acte abominable ? Je vois encore le roi me saluer d'un geste amical de la main, debout, sur les murs de la ville, entouré d'hommes en armes. Mais moi, je n'en ai cure, et j'ordonne à mon valet Melchior Jäcklein de viser la poitrine du roi, je place moi-même la mèche, le coup part... le roi s'effondre...

J'ai dû agir dans la colère. Et pourtant, je suis

incapable de dire quel tort le roi m'a causé pour que je le traite de façon aussi cruelle. Las! Notre chair est toujours du côté de Satan.

Parfois, cependant, je me vois en train de défoncer une porte de bois à coups d'épée, dans une ville pleine de roseraies où des barques glissent dans les rues. Je ne sais pourquoi j'agis ainsi ni quel motif a pu égarer mon esprit au point que je m'acharne avec autant de hargne sur une porte de bois, mais je me moque de moi-même à chaque fois que je pense à la façon dont je me suis laissé entraîner dans une querelle aussi stupide. Et aujourd'hui, ce geste insensé est à mes yeux aussi absurde que les actes absurdes d'un homme ivre dont personne ne comprend plus ni les rires, ni les pleurs surprenants, ni les jurons qu'il profère, ni les moulinets qu'il fait de ses bras. Et j'ai honte de la confusion de mes actes : bien souvent je suis heureux de n'avoir gardé le souvenir que de quelques-unes de ces journées, alors que la plupart d'entre elles ne sont plus guère qu'un vague brouhaha à mes oreilles et une lourde fatigue dans mes membres, comme si j'avais traversé la vie juché sur un vieux cheval boiteux.

Mais voilà peut-être quelqu'un qui me rend visite. La vision du cadavre de Masticona surgit au fond de moi. C'était un homme fier qui connaissait le véritable mercure des philosophes et voulut jadis m'enseigner la formule hébraïque permettant de guérir toutes les maladies du corps et de l'esprit. Il émerge des ténèbres, se dresse devant moi dans son habit vénitien et remue les lèvres comme s'il voulait enfin me révéler le secret de son élixir revigorant. Mais hélas! Ce n'est pas sa voix que j'entends, c'est le cri rauque du capucin aux yeux chassieux qui m'a volé ma bourse il y a dix jours à l'auberge d'Erfurt. Diable! A présent, j'entends tout à coup les chuchotements et les halètements de ce fripon de juif qui voulait me convaincre hier de lui céder mon collier d'argent pour trois sous neufs. Mais aujourd'hui, il a pris le visage d'un noble seigneur, celui de Richard Norfolk, feu le père de mon épouse, que l'on nommait « la Rose blanche ».

C'est vrai! Tous les grands de cette terre me connaissaient jadis! C'est vrai! J'ai été autrefois l'un des leurs. Les sages venaient me demander conseil et les puissants m'appelaient à l'aide. J'ai vu les généraux, les saints, et les penseurs modeler la face du monde. Mais tout cela n'est plus en moi qu'une image sombre et confuse, semblable à la vision d'un valet d'armée qui rêve de la vie des grands seigneurs.

Je chevauchais jadis dans le Nouveau Monde, passant près de rochers qui semblaient s'élever jusqu'au Ciel et sur lesquels un peuple depuis longtemps tombé dans l'oubli avait reproduit ses pensées impies en dessins étranges. Je vis là des femmes s'accoupler à des hérons, deux trompettes en rut harceler une jeune fille, et un roi s'ébattre dans son lit avec un dragon de saint Georges. Et personne au monde n'était capable de comprendre le sens profond de ces visions ni de les interpréter, car une pluie sans fin avait effacé tous ces mots et ces signes, et seules étaient restées des images, à moitié effacées, qui parlaient à des oreilles sourdes d'une sagesse oubliée. Et quand je tente de me souvenir de ma vie passée, c'est comme si je me trouvais à nouveau devant ce rocher lointain; car tout ce que j'ai ressenti et pensé jadis a été effacé de ma mémoire : il ne m'est rien resté que des images pâlies dont personne ne peut m'expliquer le sens.

Et pourtant, il est quelqu'un qui pourrait me dévoiler le secret de ce que fut ma vie. C'est Melchior Jäcklein, mon valet muet, qui se penche à présent sur moi et me couvre de son manteau de laine. Aujourd'hui, il est de nouveau en colère, il grince des dents et serre les poings. Il s'est certainement querellé une fois de plus avec les Espagnols; il ne les aime pas, ils sont trop nombreux à son goût dans le camp. Une grande haine anime mon valet muet; c'est la perfidie du monde qui l'a allumée dans son cœur. Il se souvient de bien des gens qui nous ont causé tant de malheurs, à lui et à moi. Aujourd'hui encore, il leur en veut jour et nuit et ne pense qu'au moyen de se venger. Mais moi, je ne les reconnais plus, je passe à côté d'eux, sur mon cheval, et je ne me rappelle nullement qui ils sont ni ce qu'ils m'ont fait.

Mon valet muet, lui, n'a rien oublié, ma vie tout entière défile dans sa tête en couleurs sanglantes et effrayantes, pareilles à celles que les paysans utilisent pour représenter les saints martyrs. Et souvent il me semble qu'il veut faire resurgir dans ma mémoire un événement depuis longtemps tombé dans l'oubli, me rappeler une négligence que j'ai commise jadis; je le vois alors, enragé et furieux, miné par le désespoir, se tordre d'une douleur impuissante parce que je ne comprends pas ce qu'il attend de moi; et je sombre dans la tristesse parce que je ne sais ni ne ressens plus rien de tout ce qui, aujourd'hui encore, remplit son esprit d'une grande colère et d'un profond souci.

Quel est ce tumulte qui s'élève soudain, quels sont ces rires insensés? Fêterait-on le carnaval? Ce sont les mousquetaires qui, jusqu'à présent, se reposaient allongés sur leurs manteaux, en jouant aux dés; ils ont rangé leurs osselets pour se rassembler autour du docteur Crémonius, l'alchimiste de l'empereur.

« Votre Honneur! Votre Grâce doctissime! Monsieur le philosophe! » crient-ils dans la plus grande cacophonie.

L'alchimiste et astrologue de l'empereur s'arrête et lève la tête comme quelqu'un que l'on tire d'une profonde méditation.

« Que me voulez-vous? » leur demande-t-il.

Et le son de cette voix parle étrangement à mon cœur, sans que je sache bien pourquoi. Deux des trabans de l'empereur qui marchaient derrière l'alchimiste se postent à présent à sa gauche et à sa droite et ne le quittent pas des yeux.

Les mousquetaires crient et hurlent :

« Votre Honneur ! N'avez-vous point de l'eau-de-vie de Dantzig contre la vérole ?

– Hé toi ! Messire au long Manteau ! Ne connais-tu aucun remède contre les cicatrices de la peste ?

– Prenez des côtes de cardon contre les cicatrices que la peste a laissées sur votre visage, répond le docteur Crémonius. Et pour la vérole, l'essence de violette impériale est un bon remède. Et maintenant, adieu, laissez-moi aller mon chemin. »

Un homme qui est allongé par terre s'écrie : « Hé ! Monsieur l'entremetteur et le ruffian ! N'êtes-vous pas l'homme qui a tant troublé une jeune fille, à Würzburg, qu'elle a refusé par la suite tous les honnêtes hommes pour devenir la catin d'un coquin de juif ? »

Et un autre, un jeune bougre barbu comme un coq indien, se plante devant le vieillard et lui crie :

« Morbleu ! Monsieur le charlatan ! Ne connaissez-vous aucun remède contre les mangeurs de soupe et les coquins rutilants à la tête remplie de grelots et qui flattent l'oreille de l'empereur par leurs bouffonneries en affirmant savoir comment fabriquer de l'or – alors même qu'ils exécutent force courbettes pour qu'on leur donne un vulgaire sou blanc, comme des chiots mendient un quignon de pain ? »

Le vieil homme hoche la tête et dit à voix basse :

« Prends du jus d'oignon, mon fils, et verse-t'en quelques gouttes dans l'oreille ! Cela fait retrouver le bon sens à ceux qui l'ont perdu. »

Puis il poursuit son chemin, les autres rient, le jeune gaillard rougit et s'écrie :

« Hé toi ! Halte ! Reste où tu es ! »

Le vieil homme s'arrête et lui demande d'une voix qui semble lasse et pourtant fière :

« Que me voulez-vous ? »

Et ces mots me rendent triste une fois de plus. Il me semble que je les ai entendus jadis, prononcés par une voix anxieuse et triste qui me fendait le cœur à chaque fois qu'elle s'adressait à moi, mais je ne sais plus ni où ni quand.

Le lansquenet s'est calmé; il s'assied et dit en grommelant :

« Vos conseils sont bons pour les enfants qui pissent au lit. Dégagez! Sous peu, l'empereur vous fera l'honneur d'un collier de chanvre! Je vous verrai bientôt à l'auberge des Quatre Vents danser le menuet des pendus. »

Le vieillard poursuit son chemin sans mot dire, voilà qu'il passe à côté de moi, les deux trabans le suivent toujours. Mais il ne faut pas qu'il s'éloigne avant de m'avoir révélé qui sa voix et ses paroles me rappellent.

« Votre Grâce doctissime! Ne partez pas si vite! »

Le vieillard sursaute, et pour la troisième fois j'entends les mots qui m'ont tant blessé; l'espace d'un éclair, il me semble savoir qui me les a adressés jadis d'une voix si triste. Mais le souvenir qui a brusquement traversé mon cœur s'enfuit à tire-d'ailes comme un oiseau farouche; je ne parviens pas à le saisir au vol : j'écarquille les yeux, et mon regard le suit dans le vide de la nuit.

La voix du docteur Crémonius me tire alors de ma rêverie.

« Qui êtes-vous, monsieur?

– Je suis le capitaine des cavaliers hongrois. Ils m'appellent le capitaine Prunelle-de-Verre parce que j'ai un œil de verre.

– Et qu'attendez-vous de moi?

– Votre Grâce doctissime, je ne veux ni sirop ni pommade! C'est autre chose que j'attends de vous, parce que vous maîtrisez les *scientia*, mais surtout la *necromantiam.* Je connaissais jadis un homme qui m'enseigna que les années du passé errent à la dérive en un lieu nommé *stagnum oblivionis,* comme les nuages dans le vide du cosmos, et qu'elles peuvent apparaître et disparaître à nouveau sur l'ordre de certaines personnes. Maître, tenez-vous les temps passés en votre pouvoir ? Savez-vous faire retentir des mots entendus jadis et surgir par magie devant mes yeux des hommes qui pourrissent depuis longtemps dans leurs tombes ?

– Mon ami ! Vous exigez beaucoup, me semble-t-il. Seuls Dieu et le Diable funeste peuvent accomplir une chose pareille.

– Pourtant, Votre Grâce doctissime, j'ai connu autrefois quelqu'un qui, à l'aide de formules magiques et des vapeurs de la jusquiame, savait faire sortir de sa tombe l'ombre de Néron le sanguinaire et l'obligeait à s'asseoir avec nous à la table, à chanter et à jouer du luth. »

L'alchimiste se penche vers moi, me dévisage longuement et murmure :

« Mon ami, seul le comte de Masticona est capable de pareille chose. Je le connais bien, voilà tout juste sept semaines que j'ai envoyé un messager à ce grand astrologue et alchimiste pour lui demander de me donner une formule obscure, chargée de mystère, que je ne parviens pas à trouver et dont j'ai besoin pour achever des choses de la première importance. Ce n'est qu'une formule, et pourtant, la vie d'un homme en dépend. Dieu fasse que sa réponse arrive à temps, sinon, je devrai m'attendre à bien des malheurs.

– Votre Grâce doctissime ! Vous me voyez fort surpris. Un petit enfant qui trébuche trouvera le jardin d'Eden ou la terre promise avant que votre message n'atteigne le comte de Masticona. Apprenez donc de ma bouche que Masticona est mort. Je me trouvais en personne devant son lit de mort, le vendredi qui précède le dimanche des Rameaux, dans son château hongrois de Gran. Lui qui savait bannir toutes les maladies et les fièvres à l'aide de formules hébraïques a été victime d'une épidémie inconnue qui n'a frappé personne avant ni après lui. En vérité, il n'est pas bon de vouloir percer les secrets de Dieu. »

Le vieil homme, debout devant moi, presse sa tête entre ses mains, et le vent joue dans sa chevelure blanche.

Soudain, il se redresse. Son visage est livide.

« Mon ami ! Je vous remercie. Désormais, j'ai le cœur content et léger. Sans vous, j'aurais erré encore des jours durant, harcelé par la peur et l'impatience, le souci n'aurait cessé de me tirer brusquement de mon sommeil, toutes les nuits, comme si la réponse du grand Masticona pouvait me parvenir une heure trop tard. Car la vie d'un homme dépendait de cette affaire. Mais désormais, j'ai retrouvé la joie et la paix. Soyez-en remercié au nom de Dieu, mon ami. Rappelez-moi ce que vous attendez de moi.

– Je désire retrouver une année de ma vie passée, une année d'où une voix s'est élevée et m'a appelé trois fois en cette heure. Maître ! Je dirai un Pater pour le salut de votre âme si vous m'accordez cette grâce. »

L'alchimiste saisit une gourde qu'il porte à la ceinture et remplit son gobelet.

« Que Dieu vous donne ce que vous désirez ! Buvez ceci et n'oubliez pas le Pater ! »

J'ai l'impression d'avaler un feu sulfureux qui me coupe le souffle.

« Maître, votre vin ne vient ni de Hongrie ni du Brabant. Malheur à moi ! Votre vin me consume le cœur. »

Le vieillard sourit et hoche la tête.

« *Et quid volo, nisi ut ardeat ?* C'est cela précisément que je veux. Qu'il brûle encore ! »

Je ne parviens plus à boire, les flammes de l'enfer me brûlent la gorge. Je jette le gobelet à terre.

« Mon ami ! Pourquoi ne l'avez-vous pas vidé ? Vous en avez renversé beaucoup !

– Qu'y avait-il au fond du gobelet ?

– Je ne le sais point. Peut-être la fin d'une grande

souffrance, peut-être celle d'un bonheur. Adieu, mon ami, et n'oubliez pas le Pater. »

Le sang me monte aux tempes, les battements affolés de mon cœur retentissent dans ma poitrine comme les cloches pour l'Avé. Mon cœur est assailli par la crainte et la peine comme jamais il ne le fut depuis les temps de ma jeunesse.

« Maître! Les gens disent que vous avez l'intention de révéler à l'empereur le secret qui permet de transformer l'étain et le mauvais cuivre en or le plus pur. Maître, je vous en supplie, ne faites pas cela! L'or ne doit pas tomber aux mains de l'empereur! J'ai vu des peuples anéantis et des empires ruinés pour l'amour de l'or. Vous causerez un grand malheur aux hommes si vous ne gardez pas le silence. Pour l'amour de Dieu, je vous en conjure, ne révélez pas votre secret à l'empereur, sinon le monde s'embrasera! »

Le vieillard sourit, son regard se perd dans le lointain comme s'il rêvait, et à voix basse il prononce des paroles qu'emportent le vent : « *Et quid volo, nisi ut ardeat*? »

Les deux trabans s'approchent maintenant de lui, il poursuit son chemin et disparaît dans l'obscurité de la nuit.

Mais le mousquetaire s'est levé d'un bond et lui lance :

« Le voilà qui s'en va, ce ronfleur et ce fanfaron infâme! Diable, il ne faut pas se mettre en travers du chemin de qui va se jeter dans les bras du bourreau. L'empereur n'a-t-il pas juré solennellement sur sa couronne d'or qu'il le ferait pendre haut et court s'il n'avait pas transformé un tas de clous de forgeron rouillés en trente mille doublons d'or et ducats de Hongrie avant la Saint-Nicolas? Morbleu! Il va trembler et se gratter la barbe, car cette fois, il en ira de sa tête!

– Arrête, calme-toi, s'écrie un autre soldat près de lui.

Tu lui as chanté plus que de raison la complainte du pauvre Judas.

– Que la grêle s'abatte sur lui ! Il ne sait faire que des tours et des singeries, il ne connaît aucun métier honnête. Jamais encore il n'est parvenu à protéger la peau d'un brave soldat du bâton et de l'épée, et il ne sait pas consacrer les balles.

– Morbleu ! Que ferais-je d'un sacripant pareil ? Je porte toujours sur moi un *offizium St. Virginis* en plus des *sept jours de Notre-Dame.* C'est ce que je connais de mieux pour éviter les coups de bâton et d'épée. Moi, je ne roule pas dans le carrosse du Diable. »

Un Espagnol à la chevelure cendrée se redresse et hoche la tête.

« Mes amis ! Donner l'invulnérabilité et fondre des balles consacrées n'est pas un art diabolique, c'est une vieille tradition qui nous vient de nos ancêtres. J'ai connu moi-même quelqu'un qui s'appelait Garcia Novarro; c'était un chrétien si pieux que nous le surnommions le Secrétaire du Ciel, et pourtant, il savait consacrer les balles comme s'il avait vu le Diable en personne à l'œuvre devant ses fourneaux.

– Je l'ai connu, moi aussi. Cela ne lui a pas réussi ! intervient un autre.

– Oui, dit le vieux. Il est entré dans la félicité éternelle en passant la tête dans un nœud de chanvre. Tout cela parce qu'il a perdu son arquebuse au jeu et qu'il a dû l'abandonner au valet de l'Allemand, sans pouvoir jamais la récupérer, malgré toutes ses supplications. C'est pour cela que Cortez l'a mis aux arrêts... à la potence. Mais avant d'être pendu, il a maudit les trois balles de l'Allemand et tant faussé leur compas que la première d'entre elles a touché le roi païen, sur les murailles de la ville, la deuxième fillette innocente, et la troisième l'Allemand lui-même !

– Non, crie un autre. Pas l'Allemand ! L'Allemand est vivant ! Mais il est maudit et damné, car il a refusé de se découvrir devant l'image du Christ. Il est condamné à ne pouvoir mourir; il erre sans trêve ni repos avec son valet dans les forêts, et quand il rencontre un Espagnol ou un moine, la nuit, il lui retourne la tête dans l'autre sens!

Que le Diable m'emporte si l'Allemand n'est pas enterré avec son valet muet à Veracruz.

– Sornettes que tout cela! Il est vivant. Je le sais mieux que personne! »

Leurs criailleries s'apaisent et je n'entends plus ce qu'ils disent encore de l'Allemand et de ses trois balles. Il me semble que je connaissais autrefois cette légende. J'en garde un vague souvenir dans ma tête, mais je ne sais d'où il me vient. Je l'ai peut-être trouvée dans un livre insensé, dans l'*Amadis* ou *le Chevalier Loew*. Quelle était cette histoire? Il y avait trois balles : la première a tué un noble roi, la deuxième une enfant innocente, et puis... Qui a reçu la troisième?

Que m'importe! Ma tête est lourde du soufre de l'alchimiste. Un anneau d'acier enserre mon front. Des poids de plomb sont suspendus à mes paupières, et là-bas, au bout du chemin, je vois le sommeil qui m'attend. C'est un seigneur espagnol fort arrogant, il s'avance de sa démarche hautaine et fait mine de ne pas me connaître. Il porte une collerette blanche autour du cou, un panache blanc et noir oscille sur sa tête à chacun de ses pas et le monde se reflète dans sa cuirasse. Que tient-il entre ses mains? Une épée dénudée sur laquelle sont inscrits en lettres de feu les mots : *Rubet ensis sanguine hostium!* Le voilà devant moi, à présent... l'effroi me glace jusqu'aux moelles... il grandit, gigantesque, son corps s'élève vers les étoiles, les nuages noirs du ciel effleurent son front... le sang coule de son poing tel des gouttes de pluie... je voudrais appeler à l'aide... c'est Fernand Cortez, que Dieu ait pitié de moi! Il me parle... Le tonnerre gronde dans sa bouche : « Rendez-moi l'arquebuse, rhingrave rebelle! »

Qui, qui a prononcé ce nom? Quelqu'un a crié :

rhingrave rebelle ! Il est mort depuis bien longtemps, je n'ai rien à voir avec lui. Dans les rues et sur les places de toutes les villes du pays, l'empereur a fait savoir qu'il l'avait proscrit. Mais moi, je ne le connais point... Je suis le capitaine Prunelle-de-Verre, c'est le seul nom que je possède... Voilà qu'un autre vient de crier à son tour : rhingrave rebelle !

C'est l'un des mousquetaires qui a prononcé ce nom depuis longtemps tombé dans l'oubli. C'est un cavalier espagnol, un vieil homme mince, aux boucles et à la barbe grises. Ils sont tous assis en cercle autour de lui, il parle, quelqu'un bat doucement du tambour, les autres se taisent et l'écoutent.

« Honte à vous, Allemands, d'avoir oublié le rhingrave ! Vous glorifiez et admirez le dernier des coquins qui est parvenu à se hisser à quelque dignité, mais quand vous voyez un homme qui n'est pas protégé par sa bonne étoile lutter seul contre une horde entière, vous ne vous souvenez pas de lui. En vérité, le monde passe sur le corps de celui qui a trébuché. Nous autres Espagnols étions les ennemis de Grumbach, nous avons tué ses valets et lui avons causé des dommages et des préjudices considérables. Et pourtant, si je dois vous conter maintenant l'histoire de Grumbach et de ses trois balles, permettez auparavant, messieurs, que je lui rende les honneurs à la mode de Castille.

Je te salue, rhingrave rebelle ! Je te salue par-delà les temps et les mers, toi, le solitaire. Tu n'as pas fléchi devant la colère de Cortez, tu as défié courageusement toute l'Armada espagnole avec tes trois balles. Maintenant que tu reposes en terre étrangère et que personne ne se souvient de toi en terre d'Allemagne, c'est moi qui te ferai sortir de ta tombe étrangère et te ramènerai à la faveur d'une chanson allemande. »

Trois balles... L'arquebuse... L'Armada espagnole... Oui, je me souviens soudain de tout cela... Des ombres se lèvent tout à coup, des hommes à la peau brune portant des barques sur le dos... Une idole de pierre me fixe de son regard méchant... Des signes de feu sur toutes les montagnes... Je me revois à présent en train de défoncer la porte de bois, mais cette fois, je n'ai pas le cœur à me moquer de moi-même, la tristesse s'empare de mon cœur, une brume m'enveloppe, peuplée d'ombres qui lèvent les mains et veulent sortir au grand jour – mais elles s'évanouiront dans le néant avant que je n'aie eu le temps de les reconnaître... Un nom résonne à mon oreille – oui, elle s'appelait Dalila – et j'entends sa voix d'enfant gémir dans le lointain : « Que me voulez-vous ? »

C'est assez ! Qu'attend-il ? Pourquoi reste-t-il là à contempler la course des nuages ? Il est grand temps, les étoiles montent dans le ciel... La route sera longue jusqu'à la troisième balle... Bientôt il fera nuit. Oui, c'est moi, c'est moi Grumbach, c'est moi le rhingrave rebelle, commence, compagnon, commence !

Silence ! Il reprend son récit. Ses paroles résonnent à mes oreilles comme un léger roulement de tambour, on dirait qu'une peau de veau et une baguette conversent à voix basse sur ma vie passée.

L'HISTOIRE DE GRUMBACH ET DE SES TROIS BALLES

LES DEUX FRÈRES

Je me souviens avoir vu Franz Grumbach qui, avant d'être banni de l'Empire et dépossédé de toutes ses terres, se nommait « comte rebelle de Grumbach et du Rhin » – c'était là son titre complet – pour la première fois dans un pré au sud de Gand, après un duel au cours duquel le jeune duc de Mendoza toucha à mort son adversaire, un aristocrate castillan. Grumbach était penché sur son ami dont le chirurgien présent soutenait la tête, livide et éclaboussée de sang. Un silence total régna pendant un moment, le duc était appuyé contre la balustrade de pierre; il semblait accablé et plein de remords d'avoir tranché la gorge du Castillan – son ami et meilleur compagnon depuis sa plus tendre enfance. Il se taisait, et son regard se perdait dans le lointain. Seul son cheval, que je tenais par la bride, bronchait et ruait sans cesse.

Grumbach, dont le nom était alors sur toutes les bouches à cause de sa querelle avec l'évêque de Spire, qu'il avait accusé devant l'empereur d'être un curé égaré et lubrique, Grumbach fut le premier à rompre le silence en adressant au mourant des paroles si vives et précipitées qu'on eût dit qu'il craignait de ne pouvoir achever son discours :

« Soyez assuré, dit-il en jetant un bref regard au duc de Mendoza, que je veillerai sur votre fiancée comme si elle était ma propre sœur et que je ne tolérerai pas qu'on lui manque d'égards. »

Le mourant comprit parfaitement ces propos, et malgré le sang qui jaillissait de sa gorge, il répondit sur un ton léger :

« Mon cher Franz ! Il est trop tard. Il existe chez nous un proverbe qui dit : celle qu'embrasse un Mendoza deviendra une catin. Les femmes sont comme les hérons en automne : elles s'envolent et savent où les conduit leur chemin. Ne vous donnez pas ce mal, vous ne pourrez la retenir. Adieu, que la Sainte Vierge pleine de grâce vous bénisse. »

Le duc de Mendoza laissait planer son regard sur les champs alentour comme s'il n'avait pas entendu ces propos. Mais nous autres, nous sûmes dès lors que ce que nous avions appris de la bouche de l'un des écuyers tranchants de la table royale sur la cause de ce duel était la pure vérité : dans une niche de la grande salle de banquet, le duc de Mendoza avait embrassé la fiancée du Castillan, une demoiselle Catalina Juarez.

Melchior Jäcklein – l'écuyer du Castillan, jeune Allemand blond qui pleurait à chaudes larmes – se pencha vers son seigneur et lui dit :

« Maître, vous feriez bien de dire une prière ou quelque parole pieuse. Cela ne signifie pas pour autant que vous soyez perdu. Car il en va des pâtenotres comme des mixtures du sieur de Médicis, qui ne vous font mourir que lorsqu'on les utilise au mauvais moment. »

Le Castillan ouvrit les yeux et dit :

« Melchior, rappelle-moi la chanson des pétales de rose que tu chantais il y a peu en t'accompagnant du luth. »

Il se mit à fredonner d'une voix qui tremblait légèrement :

Le soleil du printemps,
Les pétales de rose, l'amour d'une jeune fille,
Le chant du rossignol et le son de ses trilles
Ne durent pas longtemps.

Nous fûmes tous très émus d'entendre le moribond chanter une mélodie aussi charmante et douloureuse.

« Je prendrai Melchior Jäcklein, votre valet, à mon service, dit Grumbach au bout d'un moment.

Le valet se redressa.

« Mon maître s'est montré courageux, ce n'est pas sa faute s'il gît pitoyablement à terre. Il ne connaît pas ces nouvelles pratiques déloyales qui font baisser l'épée comme si l'on était touché pour frapper traîtreusement son adversaire l'instant d'après !

– Tais-toi, Melchior ! cria le blessé. Ta tête est remplie d'illusions et de chimères. Ton imagination n'a pas de limites. »

Mais le duc de Mendoza perdit soudain son calme glacial, il lança sa cravache à la tête de son aubère et se mit à crier :

« Que quelqu'un prenne un fouet et fasse taire ce coquin ! Qu'on lui arrache la langue ! »

Grumbach fit un pas dans sa direction et le toisa de la tête aux pieds d'un air menaçant, mais le duc lui tourna le dos et caressa doucement l'encolure et la crinière de son cheval.

Derrière moi se trouvaient deux gentilshommes flamands qui appartenaient à la suite du duc, et l'un d'eux dit à voix basse dans sa langue maternelle :

« Ils s'affrontent comme chien et loup, et pourtant, ils sont faits d'une même pâte.

– D'une même pâte ? demanda l'autre.

– Ne me comprenez-vous pas ? Le dernier des mitrons et des palefreniers du palais sait que ces deux hommes, le rhingrave et le duc, même s'ils feignent d'être des ennemis jurés, sont les bâtards de feu le roi Philippe, mais chacun d'une autre mère.

– Dieu du ciel ! Voilà des frères fort différents !

– Cela vous étonne-t-il ? demanda le premier. Moi pas. Si le duc a hérité de la fierté du défunt roi d'Espagne, son âme allemande est échue au rhingrave.

Cependant, le chirurgien avait retiré son maigre bras de sous la tête du Castillan et s'était levé en silence. L'écuyer blond se mit à prier à voix haute, tandis que Grumbach enlevait son chapeau pour saluer son ami défunt.

C'est alors que je vis son visage pour la première fois; à cette époque, il n'était pas encore marqué par les cicatrices et les balafres qui le défigurèrent si cruellement plus tard. J'eus maintes fois l'occasion de revoir Grumbach dans le Nouveau Monde : une fois, dans l'île de Ferdinandina – il était gravement blessé et titubait sous l'effet de la fièvre; une fois, sous la tente de Cortez, où il se querellait violemment avec les officiers espagnols au sujet de la doctrine protestante; un jour, enfin, je le vis accablé par le remords et la contrition devant une image du Sauveur. Mais quand je pense à lui aujourd'hui, je le vois debout sur ce pré, à Gand; il se tient aux côtés de son ami défunt, la mine sombre, marquée par la peine, et sourit férocement en pensant à l'amour des jeunes filles et aux pétales de rose.

LE NOUVEAU MONDE

Deux années passèrent avant que je ne revoie Grumbach. Et c'est au cours de ces deux années qu'il perdit ses terres et ses dignités, tomba en disgrâce auprès de l'empereur, dut fuir sa patrie et quitter l'Ancien Monde. Je l'ai retrouvé dans le Nouveau, au camp de Cortez. Mais mon chemin avait déjà croisé une fois le sien par l'effet d'un hasard fort étrange. Je le vis l'espace d'une seconde, mais je ne pus alors le reconnaître, car la poussière et le sang avaient rendu son visage méconnaissable. Plus tard, seulement, je me rendis compte que c'était lui qui jadis avait porté Dalila depuis le sommet des falaises jusqu'à la mer. Et toutes les choses que je vécus alors sans bien les comprendre – les discours fleuris que tenaient les Allemands dans la cabane du Portugais, la formidable bataille navale qui fit rage par une nuit pluvieuse et le naufrage de la caravelle espagnole – toutes ces choses, je parviens enfin aujourd'hui à me les expliquer : le courroux impérial a fait fuir Grumbach dans le Nouveau Monde, les galères de l'empereur s'étaient lancées à sa poursuite, et j'ai vu l'ombre de cette fuite éperdue comme on voit parfois, par une chaude journée d'été, l'ombre d'une nuée d'oiseaux sauvages glisser sans bruit sur les prairies.

Nous étions six Espagnols et un Portugais, et nous nous trouvions alors dans l'île de Ferdinandina, l'une des grandes îles au large du continent. Nous faisions du troc avec les Indiens, nous achetions des dépouilles d'oiseaux et de la poussière d'or, du mastic, des grains de poivre rouge, de la cannelle et du gingembre. Tous les mois, le lieutenant du gouverneur venait de Baracoa, la capitale des îles, et emportait dans sa barque tout ce que nous avions acquis, ce qui nous permettait parfois d'encaisser vingt pesos d'or et plus pour nos marchandises. Lui nous apportait de la viande fumée, du pain, des poules, de l'eau-de-vie et tout ce dont nous avions besoin pour vivre.

Nous avions construit nos cabanes à proximité de la plage, et le murmure des vagues retentissait jour et nuit à nos oreilles. A moins de mille pas de là s'élevaient des falaises gigantesques qu'on ne pouvait cependant escalader de notre côté qu'au péril de sa vie. Depuis le sommet de cette véritable montagne, un large torrent se jetait dans le vide avec un bruit assourdissant. Il y avait de nombreux villages indiens sur ces hauteurs, et de temps à autre, les chutes d'eau emportaient avec elles des ustensiles en bois, des os et des peaux de bêtes, souvent aussi les cadavres mutilés d'Indiens, témoignant des combats que les indigènes livraient à leurs semblables ou aux gens du gouverneur. Et le vacarme des cascades était si formidable que nous devions élever la voix pour parvenir à nous entendre lorsque nous nous trouvions dehors.

C'est à cette époque que la grande pluie s'abattit sur le pays, et soir après soir, quand la nuit commençait à tomber, le ciel se couvrait de gros nuages sombres, et la pluie tombait inlassablement jusqu'au matin du jour suivant. Le vent soulevait les feuilles imbibées d'eau et nous en fouettait le visage. Le triple chant de l'eau – le mugissement de la mer, le vacarme de la cascade et le murmure de la pluie – dérangeait nos sens et réveillait dans nos cœurs la mélancolie et de bien sombres pensées.

Nous disposions d'une cathédrale de bois, d'un grenier spacieux et d'une remise aux larges poutres et aux portes bien gardées dans laquelle nous entreposions les marchandises que nous avions négociées. Chaque soir, lorsqu'il commençait à pleuvoir, nous nous retrouvions dans la cabane du Portugais, qui nous tenait lieu de taverne, et passions notre temps à boire de l'eau-de-vie, à jouer aux dés et à bavarder.

Un soir nous vîmes une caravelle s'approcher de l'île. Elle jeta l'ancre dans notre petit port. Nous courûmes tous vers la plage : on mettait à la mer une chaloupe qui se dirigea aussitôt vers la grève. Six ou sept hommes en descendirent. L'un d'eux nous salua dans un espagnol exécrable, nous demanda depuis combien de temps et pourquoi nous vivions là et s'il y avait un chirurgien parmi nous. Ensuite, trois d'entre eux, armés de haches et de cordes, entreprirent d'abattre un platane dont ils voulaient faire un mât, pour remplacer celui que la tempête avait brisé. Les autres creusèrent une fosse profonde non loin de notre cathédrale, et lorsqu'ils eurent achevé cette tâche, ils retournèrent sur la plage et sortirent de leur chaloupe le cadavre d'un vieil homme dont le front avait été transpercé par une balle. Avec force cérémonies étranges qui nous semblèrent bien peu chrétiennes, ils le firent descendre dans la fosse. L'un d'eux sortit alors de son habit un étendard en tissu noir. Lorsqu'il le déploya, nous vîmes à notre grand étonnement qu'aucun écusson ni aucune image sainte ne l'ornait. On y avait simplement reproduit un grand sabot de paysan. Ils déployèrent cet étandard sur le corps et le recouvrirent ensuite de terre; ils ne prononcèrent pas un mot en accomplissant ce travail, mais ils n'en semblaient pas moins tristes et accablés.

Entre-temps, il s'était mis à pleuvoir, et nous retournâmes en toute hâte à la cabane du Portugais en laissant les étrangers se livrer à leurs étranges pratiques. Nous étions assis autour de la table, buvant de l'eau-de-vie et méditant sur nos nouveaux hôtes, si mystérieux, et l'un de nous dit qu'il s'agissait probablement de flibustiers ou de pirates qui, à cette époque déjà, étaient fort nombreux dans ces parages. Ils devaient avoir livré peu de temps auparavant un combat difficile, car ils avaient demandé un chirurgien. Tandis que nous devisions ainsi, la porte s'ouvrit, et nous vîmes entrer trois flibustiers assez frustes qui secouèrent leurs vêtements détrempés et s'assirent pesamment à notre table.

Ils restèrent avec nous pendant un moment encore, la tête appuyée lourdement sur leurs poings. Le Portugais, quant à lui, brûlait de savoir d'où nous venaient ces hôtes étranges et dans quelle direction ils pensaient poursuivre leur route. Il posa donc un pichet d'eau-de-vie, une miche de pain et un jambon entier devant eux sur la table. Les étrangers sortirent leurs couteaux et se mirent à manger.

« Voilà tout juste onze semaines que nous ne nous sommes pas mis un morceau de pain frais sous la dent, dit soudain l'un d'eux en langue espagnole.

– Votre voyage a-t-il donc été si long? Vous êtes certainement anglais ou flamands? » leur demanda l'aubergiste.

L'étranger hocha la tête.

« Nous, notre capitaine et nos compagnons qui sont restés sur *le Hérisson de bois,* sommes tous des Allemands des bords du Rhin.

– Qu'est-ce que c'est, *le Hérisson de bois*? demanda l'aubergiste.

– C'est le nom de notre navire, répondit l'Allemand.

– On voit bien peu d'Allemands dans notre Nouveau Monde, dit l'aubergiste. Que venez-vous chercher par ici?

– Nous avons entendu dire que dans ces contrées, les curés sont encore aussi rares que la couenne dans la cuisine d'un juif.

– Avez-vous eu maille à partir avec l'Eglise? Dans ce

cas, vous serez mal reçus chez nous. Le Nouveau Monde espagnol est un pays pieux et très chrétien.

– Mon ami, dit l'Allemand, tout ce que le paysan obtient de son champ finit dans la panse d'un curé. Et aucun curé n'est assez modeste pour ne pas essuyer ses pieds sur le paysan. »

L'aubergiste était un fervent chrétien. Il fut donc très fâché d'entendre les Allemands tenir de tels discours.

« Si tu injuries les curés, lui cria-t-il, tu ne tarderas pas à trahir le pape romain. »

Le paysan vida son verre.

« Je ne suis pas papiste, dit-il. Je l'ai proclamé haut et fort. Les curés ont sucé le sang de nos veines et la moelle de nos os.

– Ce que vous dites est un infâme mensonge, s'écria l'aubergiste, le visage rouge de colère. Je suis allé moi aussi en Allemagne. J'y ai vu partout le clergé se lamenter et pleurer parce que ces sacripants de bousiers ne pensaient à rien d'autre qu'au meilleur moyen de se remplir la panse. » L'aubergiste se passa la main sur la barbe, se mit à rire, et ajouta : « Mais pas avec la parole de Dieu.

– Cela montre qu'il faut se garder des curés qui pleurent et des aubergistes qui rient, répliqua le paysan sèchement.

– Que n'êtes-vous restés en Allemagne ! grommela l'aubergiste. Vous ne rapporterez rien de ce pays que des démangeaisons derrière les oreilles.

– Un honnête homme est chez lui dans tous les pays », affirma le paysan tranquillement.

Le Portugais ne répondit pas. Il sortit, et nous l'entendîmes faire du vacarme devant la cabane, près des greniers et des étables.

« Où irez-vous quand vous repartirez ? demanda l'un de nous. Si vous vous rendez à Baracoa, le voyage ne sera pas bien long.

– Nous prendrons vers l'Ouest. On dit qu'il s'y trouve une terre que les Espagnols n'ont pas encore foulée.

– Cherchez-vous de l'or ?

– Non, dit l'Allemand. Nous voulons y cultiver de l'orge, de l'avoine aussi, et des betteraves. »

Il y avait cependant un gaillard parmi nous, nommé Guevara, un filou et un coquin invétéré, qui avait l'intention de mystifier ces paysans.

« Diable ! dit-il. Ne savez-vous pas qu'il ne pleut pas de l'eau dans ces contrées, mais de la cire fondue, et que seul des cierges bénis peuvent y prospérer ?

– Ainsi, il n'y pousse ni blé ni orge ? Et où donc les vaches trouvent-elles leur trèfle et les chevaux leur avoine ?

– Dans ce pays, il n'y a ni chevaux ni vaches.

– Où les boulangers prennent-ils alors le lait et la farine pour leur pain et leurs quiches ?

– Sachez, dit Guevara, que les gens, là-bas, obtiennent le lait en trayant une sorte de tortue ou de crapaud étrange qui mesure plus de quatre pieds de haut et traîne partout sur les chemins. Les boulangers, eux, savent à merveille utiliser les fientes d'oiseaux en guise de farine. Mais il n'existe pas d'autres animaux dans ces contrées. »

Les paysans en restèrent bouche bée; la bave s'échappait de leurs bouches.

« Dans les forêts d'Allemagne, dit l'un d'eux, on trouve beaucoup de gibier : des cerfs, des chevreuils, des sangliers et des lièvres à foison. Il y a aussi des grives, des bécasses, des cailles et des coqs de bruyère. Mais le paysan n'en a cure, car les poux de son pourpoint sont le seul gibier qu'il lui soit permis de chasser.

– Puisque vous semblez avoir tant voyagé dans le Nouveau Monde, monsieur, dites-nous donc à quoi ressemblent les femmes de ces contrées, fit un autre en s'adressant à Guevara. Qu'en est-il de la beauté et de l'éclat de leurs cheveux ? Ont-elles des yeux de tourterelle, des lèvres comme des pétales de rose et des mains aussi douces que du lin tissé ? Sont-elles d'une humeur enjouée, savent-elles danser, chanter et rire à la kermesse que c'en est un plaisir de les regarder ?

– Sachez, répondit Guevara, la mine sombre, que les femmes, ici, rampent à quatre pattes et que leur corps est recouvert de poils noirs et roux comme celui des singes. Elles pondent également des œufs et couvent leurs petits, et ce trois fois l'an. »

L'un des Allemands tapa alors du poing sur la table et se mit à hurler :

« Diable ! Si notre capitaine est assez fou pour aller se perdre dans un pays aussi immonde, moi, je ne le suis pas et je ne partirai pas avec lui !

– Allons donc, pauvre nigaud ! dit le second. Croyais-tu peut-être trouver de l'autre côté de la mer un pays aussi merveilleux et béni que l'Allemagne ? Tu ne retrouveras jamais l'Allemagne dans le Nouveau Monde. » Et d'un ton empreint d'une profonde tristesse, il ajouta : « S'il n'y a plus de vin, nous devrons nous contenter de petite bière. »

Il voulait dire par là que comme il leur était interdit de rester en Allemagne, ils devraient bien s'accommoder du Nouveau Monde, que cela leur plût ou non.

Nous fûmes pris de pitié en l'entendant parler ainsi et comprîmes que grands devaient être le malheur et les souffrances qui avaient poussé ces paysans à quitter leur pays et à partir pour le Nouveau Monde encore inexploré.

Même Guevara décida alors de les consoler en disant :

« Les Indiens du Nouveau Monde sont un peuple paisible et charitable. Cela vaut la peine d'aller au marché chez eux, car ils méprisent la richesse et l'or. Moi-même, j'ai négocié avec eux une poignée de pépites d'or contre un pot de verre bleuté et deux aunes de tissu. »

A peine Guevara avait-il achevé sa phrase que l'Allemand qui se trouvait le plus près de lui lui assena un coup brutal sur la nuque.

« Que la peste t'emporte ! hurla l'Allemand furieux, voilà la gifle que tu mérites pour un mensonge aussi grossier. Il faut être fou pour croire à un marché aussi insensé !

– Ha ! Sacripant ! cria Guevara en fuyant vers la porte. Pourquoi me bats-tu, alors que je disais vrai, pour une fois ? C'est la pure vérité, je le jure sur tous les saints du ciel. »

A cet instant, la porte s'ouvrit brusquement et le Portugais s'engouffra dans la pièce, hors d'haleine. Il écarta Guevara de son chemin et cria :

« Sortez vite. La meute du gouverneur attaque de nouveau les villages des Indiens ! J'ai entendu la " dernière confession ". »

Nous nous levâmes tous d'un bond et nous précipitâmes à l'extérieur, car nous savions bien ce que les paroles du Portugais et la « dernière confession » voulaient dire. Une fois dehors, nous courûmes en toute hâte vers l'endroit de la plage où le torrent se jetait du haut des falaises dans la mer. Nous courions encore lorsque nous entendîmes de nouveau du haut de la falaise retentir ce cri de mort que l'aubergiste avait appelé la « dernière confession ». C'était un cri si terrifiant et si horrible que nos genoux se mirent à trembler pendant que nous courions.

« En voilà un qui vient de se confesser pour la dernière fois, dit le Portugais, hors d'haleine, à côté de moi. De sa vie, il n'aura plus guère l'occasion de crier. »

Entre-temps, nous étions parvenus au pied de la falaise. Nous levâmes un regard épouvanté vers les masses d'eau bouillonnantes et déchaînées qui se précipitaient dans le vide.

« Le voyez-vous, là-bas, qui gigote ? » dit soudain le

Portugais en désignant du doigt les arêtes rocheuses entre lesquelles les eaux bouillonnaient dans un fracas de tonnerre.

Nous vîmes un corps sombre qui plongea dans l'abîme à la vitesse de l'éclair au milieu de l'écume. Bientôt, la rivière déposa à nos pieds le cadavre d'un homme aux membres brisés.

C'était un vieil Indien, maigre, aux cheveux gris. On lui avait attaché les mains derrière le dos, une plaie béante s'ouvrait sur sa poitrine. La tête et les membres avaient été fracassés par la violence de sa chute.

« Ce sont les gens du gouverneur qui font cela, dit Guevara. Don Diego Velasquez a besoin d'un grand nombre de valets et de serfs pour cultiver les terres qu'il a reçues dans cette île par la grâce du roi. Il envoie donc des soldats, qui attaquent les villages des Indiens pendant la nuit et emmènent les hommes, les garçons et les jeunes femmes. Quand ils ne parviennent pas à trouver refuge dans les profondeurs de la forêt, les vieillards sont abattus sans merci.

– Ce n'est pas vrai, riposta le Portugais. Ils n'abattent que les païens obstinés, mais si l'un de ces vieillards accepte de se faire baptiser, ils lui offrent même du pain et de la viande. Un ou deux prêtres accompagnent toujours les chasseurs d'esclaves pour baptiser les Indiens. »

Le deuxième Allemand souleva la tête de l'Indien assassiné et dit :

« Il a une bonne tête de paysan. Sa figure est ridée et ses mains sont calleuses. Cet homme a bêché la terre et battu le blé sa vie durant; la misère des paysans est donc la même dans tous les pays! Il me semble me retrouver soudain en Allemagne!

– Mon ami, les curés et les beaux seigneurs sont là-haut maintenant; ils ont bu à se faire éclater la panse, ils ont volé aux Indiens leur lard et leurs saucisses dans les greniers, ils ont abattu les porcs dans les étables et s'amusent à tirer du plomb sur leurs poules. Mes amis, que diriez-vous de monter là-haut et d'offrir à ces joyeux messieurs un dernier verre?

– Mes amis, il faut que notre maître voie ce paysan assassiné. Portez-le! »

Les trois hommes soulevèrent le corps de l'Indien, le transportèrent jusqu'à leur chaloupe et prirent la mer.

Dans la nuit, je fus réveillé par les aboiements des chiens. Je jetai un coup d'œil par la fenêtre de ma cabane et vis sept Allemands qui se dirigeaient à grands pas sous la pluie vers la forêt. D'une main, ils portaient des lanternes-tempête, de l'autre leurs arquebuses, et celui qui marchait devant tenait en laisse un couple de chiens. Ils disparurent avec leurs lanternes entre les arbres de la forêt, et les aboiements des chiens s'éloignèrent peu à peu. Je m'abandonnai à nouveau au sommeil en me demandant quel gibier les Allemands allaient chasser dans les forêts inhospitalières de notre île.

Il faisait grand jour lorsque le raffut de mes compagnons et les coups martelés contre ma porte me tirèrent de mon sommeil. En me dirigeant vers l'entrée, j'entendis le vacarme des arquebuses amplifié par l'écho. Je vis également la lueur d'un feu au sommet des falaises, et l'air retentissait de cris sauvages. On ne voyait aucun Allemand, mais soudain, je me souvins de la chasse nocturne et compris qu'ils avaient escaladé l'imposante falaise pendant notre sommeil et qu'ils étaient en train de chasser du village les chiens sanguinaires de Diego Velasquez avec leurs mousquets.

Nous étions plantés là, épiant les bruits, lorsque le Portugais poussa soudain un cri et courut vers la falaise du haut de laquelle le torrent se jetait à la mer. Nous le suivîmes en toute hâte et le trouvâmes penché sur le corps criblé de coups de couteau de l'un des Allemands; le courant l'avait précipité entre les rochers qui bordaient le torrent de la même façon que le cadavre de l'Indien la veille. Et tandis que nous nous occupions du mort, l'eau déposa à côté de lui un chien égorgé. Les coups de feu et le vacarme semblaient s'apaiser peu à peu au sommet de la falaise, et, saisis d'horreur et d'effroi, nous vîmes les corps de trois autres Allemands échouer sur la berge.

Nous passâmes trois heures à laver les cadavres de la boue et du sang qui les maculaient et à creuser une vaste fosse non loin de l'endroit où, la veille, les Allemands avaient enterré leur compagnon. Nous pensions qu'ils avaient tous été tués par les gens du gouverneur et avaient payé de leur vie leur expédition téméraire, puisque le vacarme des mousquets avait cessé depuis longtemps. C'est pourquoi, à l'aide de perches et de filets, nous draguâmes longuement le lit de la rivière à la recherche d'autres corps, mais nous ne repêchâmes qu'un chapeau et un pourpoint déchiré.

Vers quatre heures de l'après-midi, nous entendîmes des aboiements qui venaient de la forêt, et peu après, nous vîmes les trois Allemands sortir entre les arbres, épuisés, avançant difficilement et d'un pas lourd.

Le premier marchait à grand-peine, penché en avant : il portait en effet un fardeau pesant sur son dos. Celui qui le suivait semblait blessé; il se faisait soutenir et conduire par le troisième.

Leurs vêtements étaient si déchirés que l'aubergiste leur demanda d'une voix ironique s'ils avaient eu une escarmouche avec un buisson de ronces. Mais lorsqu'ils furent tout près de nous, le Portugais se tut, car on eût dit que trois cadavres grimaçants s'avançaient vers nous. Ils se traînaient, les yeux hagards perdus dans le néant : celui qui se trouvait au milieu titubait sans cesse, et tous les trois avaient sur les lèvres un rire insensé.

Soudain, comme s'il n'avait plus la force de le porter, le premier fit glisser son fardeau à terre. Nous vîmes que c'était une fillette indienne, complètement nue, une enfant de douze ou treize ans pas plus, mais qui était d'une grande beauté et avait un corps aux proportions parfaites – comme je n'en ai jamais revu depuis. Elle avait perdu connaissance, respirait à peine et n'ouvrit même pas les yeux lorsque nous la lavâmes avec de l'eau froide.

C'était Dalila. Je devais la retrouver plus tard au campement de Cortez, avec Grumbach et ses valets. C'est à cause de Dalila que Grumbach voulut faire assassiner son frère, le duc de Mendoza. Et malgré toutes les années qui ont passé depuis le jour où elle fut tuée dans la tente de Mendoza par la balle qu'avait tirée Melchior Jäcklein, je la vois encore distinctement aujourd'hui danser, rire ou baisser les yeux lorsqu'elle était triste. Et depuis, je n'ai jamais revu une jeune fille d'une telle beauté et d'une telle grâce, si bien qu'il me semble souvent que Dieu ou le Diable, quel que soit celui des deux qui l'a créée, n'a pu accomplir qu'une seule fois pareil miracle.

« Où avez-vous trouvé cette fille? demanda l'aubergiste.

– Ils étaient trop nombreux! » balbutia l'Allemand, et il nous sembla entendre le rire d'un dément. « Quatre de nos compagnons sont morts, et le capitaine est gravement blessé. » A voix basse, le corps tremblant de froid et de fièvre, il ajouta : « C'est de l'enfer que nous l'avons ramenée.

– Nous l'avons arrachée à la meute des chiens », dit le second.

Je tournai mon regard vers le capitaine et vis qu'il avait la tête, les tempes et le front bandés de morceaux d'étoffe. Du sang en coulait et lui souillait la joue et le nez, si bien que ce visage ne ressemblait plus à celui d'un être humain. Il avait de la fièvre, il titubait et bredouillait des paroles indistinctes :

« Je l'ai ramenée de l'enfer. »

Pendant ce temps, une chaloupe accosta sur la plage. Quatre ou cinq Allemands sautèrent à terre et coururent vers nous.

« Capitaine ! s'écria le premier de loin. Il est grand temps que vous veniez ! Deux caravelles sont en vue ! »

Nous scrutâmes l'horizon et aperçûmes effectivement au loin deux navires qui approchaient du port.

« C'est vrai ! s'exclama le Portugais qui avait des yeux de faucon. Ce sont les caravelles du gouverneur, *El Sol* et *Dei Gratia* ! Je me demande ce que Diego Velasquez peut bien venir chercher sur nos rivages. »

A ces mots du Portugais, une frayeur et une inquiétude considérables s'emparèrent des Allemands, qui s'éparpillèrent comme des quilles fauchées par la boule. Seul le capitaine ne prêta pas attention à tout cela. Il était agenouillé près de la fillette et murmurait en bredouillant :

« Je l'ai ramenée de l'enfer. »

La fillette avait repris connaissance, mais elle ne bougeait pas; seuls ses yeux intelligents passaient de l'un à l'autre.

« Capitaine ! fit la voix désespérée de l'un des Allemands qui venaient d'arriver, un vieil homme au visage criblé de vérole. Capitaine ! Réveillez-vous ! Ce n'est pas le moment de rêver !

– Capitaine ! Ce sont les caravelles de l'empereur ! Enfer et damnation ! Qu'allons-nous faire ? » criaient les Allemands tous ensemble d'une voix qui trahissait leur immense désarroi.

Le capitaine se leva alors, fit deux pas – ses yeux exorbités lançaient des regards féroces tout autour de lui –, puis il partit d'un rire méchant et terrifiant.

« Hé ! cria-t-il en mettant son poing sous le nez de l'un des Allemands. C'est maintenant que vous volez à mon secours, mes chers et cruels amis de la noblesse ? Auparavant, vous m'avez laissé affronter seul l'évêque, vous étiez ses hôtes à table, vous avez gentiment happé les bons morceaux et avalé ce qui flattait votre palais ? Ah, les carpes et les oies du curé ! J'en connais plus d'un qui serait volontiers devenu chevalier grâce à elles !

– Dieu nous vienne en aide ! dit l'un des Allemands. Notre maître ne nous reconnaît pas.

– Voilà qu'il est reparti en Allemagne, murmura le second.

– Il croit que nous sommes les comtes et les seigneurs de la vallée du Rhin qui, dans sa querelle allemande, avaient pris le parti de l'évêque de Spire », dit le troisième. Il saisit le capitaine sous le bras et lui cria : « Maître, ne me reconnaissez-vous pas ? Je suis Jakob Thonges, votre valet ! »

Mais le capitaine le repoussa, le regarda méchamment et se mit à crier :

« N'avez-vous pas jusqu'à présent léché les plats du curé ? Eh bien, que le bourreau vous essuie le bec, graine de curé !

– Cette farce a assez duré ! » s'écria d'une voix déterminée Jakob Thonges, qui s'était mis soudain en colère. Il saisit à nouveau fermement le capitaine par le bras et lui hurla dans l'oreille : « Nous combattons contre les Espagnols, capitaine ! »

Le capitaine se réveilla d'un coup, se passer la main sur le front, regarda Jakob Thonges et scruta immédiatement la mer.

« Combien sont-ils, Jakob ? demanda-t-il au bout d'un moment.

– J'aperçois deux caravelles. Hier, il y en avait encore trois lancées à notre poursuite, répondit Thonges.

– Transporte le grand canon à terre et place-le entre les écueils afin que nous prenions ces coquins en tenaille ! »

L'Allemand courut vers la mer, s'arrêta après avoir fait quelques pas, se retourna et lança :

« Lequel des gros canons ? Le Frelon, le Bourdon ou la Folle Marguerite ?

– La Folle Marguerite ! s'écria le capitaine d'une voix si formidable que nous sursautâmes tous. Et maintenant, à bord ! A bord ! »

Mais il perdit à nouveau la raison, tituba, s'effondra, poussa un gémissement et bredouilla :

« Je l'ai ramenée de l'enfer. »

Deux des Allemands relevèrent le capitaine et le portèrent jusque sur la plage. Le chiffon ensanglanté qu'il portait autour du front s'était détaché et traînait dans le sable; nous vîmes que le capitaine avait perdu l'œil gauche. L'un des Allemands, un homme corpulent avec une petite bedaine et un visage camus, prit la fillette indienne sur son dos et suivit les autres en haletant.

« Si tu me vends la fille, lui lança le Portugais, je t'en donnerai deux pesos d'or! »

La pluie se mit à tomber. Les Allemands ne répondirent pas. Ils transportèrent la fillette et leur capitaine dans la chaloupe.

L'aubergiste les suivit jusqu'à la plage en courant et en criant, tel un possédé :

« Trois pesos d'or! Trois pesos d'or! »

Et comme ils ne prêtaient pas attention à lui, il leur lança :

« Allez donc vous faire pendre, bande de sacs d'avoine hérétiques! »

Mais les Allemands ne l'écoutaient pas, ils prirent la mer. Peu après, la nuit tomba, et avec elle une pluie battante. La dernière chose que nous aperçûmes furent les contours sombres du *Hérisson de bois* qui filait fièrement à la rencontre des Espagnols, toutes voiles dehors.

Vers onze heures du soir, nous entendîmes le premier coup de canon. Il venait de la plage, et c'était « la Folle Marguerite » qui disait clairement ce qu'elle avait à dire. Nous nous précipitâmes à l'extérieur et montâmes sur le toit de la cathédrale. Les canons se mirent à tonner sur les trois navires dans un bruit si assourdissant que nous en eûmes le front inondé de sueur. A cela s'ajoutaient les mugissements impressionnants des vagues qui bouillonnaient férocement. Peu après, le feu se déclara sur l'un des navires espagnols qui s'appelait *El Sol*, et comme le Diable voulut que la pluie cessât précisément à ce moment, ce beau navire offrit bientôt un spectacle des plus affligeants.

Entre-temps, le tonnerre des canons s'était tu, remplacé aussitôt par le bruit assourdissant des arquebuses et des mousquets et les craquements du bois qui volait en éclat sous les coups des haches et des cognées. Le navire en feu éclairait la nuit, et dans la lueur rougeâtre des flammes, nous vîmes les Espagnols s'enfuir en hurlant, les Allemands monter avec leurs chiens sur le pont de l'autre navire, le *Dei Gratia*, et jeter par-dessus bord le lieutenant du gouverneur, le sieur Fernand Cortez, qui se débattait furieusement et refusait de se rendre. Mais alors que les combats se poursuivaient sur le pont, le feu avait atteint la Sainte-Barbe de la caravelle *El Sol* qui explosa soudain dans un vacarme épouvantable, et l'air se remplit de poutres, de planches et d'éclats de bois provenant du mât. Terrifiés, nous descendîmes en toute hâte du toit de la cathédrale et allâmes chercher refuge dans nos cabanes tandis qu'une grêle de débris s'abattait alentour.

Le vacarme des combats s'arrêta soudain. Un profond silence s'installa qui dura jusqu'à l'aube.

Peu après le lever du soleil, les marins du gouverneur arrivèrent sur la plage et nous intimèrent l'ordre de quitter nos cabanes. Le *Dei Gratia* s'était approché de la côte et échoué dans le sable, aussi désemparé qu'un veau suspendu à un croc de boucher. Nous dûmes transporter cinq ou six blessés dans nos cabanes; aucun de nous n'eut le temps de s'occuper des cadavres des marins tués ou noyés et dont le nombre dépassait la quarantaine, car nous dûmes sans tarder prendre nos outils et remettre rapidement en état le navire très endommagé par les écueils et les boulets de canon ennemis. La Folle Marguerite se trouvait sur les hauteurs surplombant les écueils, renversée, la gueule déchiquetée. Au large, pas plus gros qu'un thaler, nous voyions le navire des Allemands qui filait toutes voiles dehors vers le riche Eldorado de l'Ouest.

Tandis que nous pataugions dans le sable, occupés à manier la scie, le marteau et les clous, Don Diego Velasquez, le gouverneur, passa à côté de nous, en compagnie du duc de Mendoza, que le roi avait envoyé peu avant dans le Nouveau Monde avec des troupes fraîches et qu'il avait nommé gouverneur de l'île de la Jamaïque malgré sa grande jeunesse. A ses côtés marchait Fernand Cortez – à cette époque lieutenant et secrétaire du gouverneur. Ses habits étaient encore détrempés, et l'eau de mer s'échappait de ses chaussures à chacun de ses pas.

Le gouverneur était dans une rage folle, il frappa plusieurs fois le sol de son fouet et cria d'une voix tonitruante :

« Le Diable lui-même les a aidés à se tirer d'embarras avec sa queue!

– A présent, dit Cortez d'un air sombre, à présent, votre bouche écume, vous montrez les dents comme un chien à la chaîne. Mais quand je vous ai conseillé hier de profiter de la nuit pour faire sauter la caravelle des Allemands, vous n'avez pas voulu m'écouter.

– Monsieur Cortez! répliqua le gouverneur d'un ton sec, il est bien possible que vous ayez certaines connaissances dans l'art de la guerre. Mais vous n'avez guère encore d'expérience dans les choses de la Cour, dans les affaires du grand monde et de la politique. Sinon, vous auriez comme moi compris la volonté secrète et les intentions de Son Altesse royale en lisant la lettre que vous m'avez remise : nous devions traiter le comte avec beaucoup de ménagements et l'arrêter sans mettre sérieusement sa vie en danger. Il faut croire que cet Allemand bénéficia jadis de hautes faveurs à la Cour. Savez-vous, ajouta-t-il en s'adressant à Mendoza, ce qui lui valut sa disgrâce? J'ai entendu parler d'atteinte à la paix civile, d'association avec des paysans rebelles et de révolte ouverte contre la personne de l'empereur.

– Ah! dit le duc d'une voix indifférente, tout cela est arrivé à cause d'une querelle à la mode sans grande importance. Il ne souffrait pas les frocs noirs. Et vous savez à quel point il sied, à la cour » – il se mit à fredonner – :

... de chanter le Placebo au curé
Si l'on veut aux honneurs accéder.

« Le voilà qui s'enfuit », s'écria Cortez, écumant de colère, en désignant le navire des Allemands qui n'était plus pour l'œil qu'un petit point sombre à l'horizon. Il serra le poing et le secoua si violemment que de l'eau s'écoula par sa manche. « Il aura tôt fait d'enseigner aux Indiens comment se servir d'une arquebuse. Quand nous accosterons sur leurs côtes, l'année prochaine, ils ne manqueront pas de nous accueillir avec des salutations de plomb.

– Don Fernand, dit le duc d'un ton moqueur, il est bien possible que vous ayez certaines connaissances dans les choses de la Cour, du monde et de la politique, mais pour ce qui est de l'art de la guerre, vous manquez encore d'expérience. Laissez-moi vous dire que le navire des Allemands n'atteindra jamais les côtes du continent, car il a plus de trous dans le corps que le manteau d'un juif ne compte de poux. »

Les trois hommes marchaient lentement le long de la grève. Mais lorsque j'entendis ces mots, le destin de Grumbach passa devant moi comme l'ombre d'un oiseau dans les airs. Pourtant, je ne compris pas tout de suite que c'était lui dont ils parlaient, et c'est bien plus tard seulement que je devais m'en souvenir, le jour où je le revis avec ses valets et sa fillette indienne que les Allemands avaient baptisée du nom de Dalila : c'était à cause d'elle, en effet, que Grumbach, tel un nouveau Samson, avait perdu un œil.

Mais jadis, dans l'île de Ferdinandina – qui s'appelle aujourd'hui Cuba – je n'ai pas reconnu Grumbach, et toutes les choses que j'ai vues – l'enterrement de l'Allemand, les divagations du capitaine et le combat nocturne des caravelles –, tout cela fut effacé de ma mémoire à peine quelques jours plus tard. Nous fûmes assaillis par tant de phénomènes étranges dans le Nouveau Monde qu'il nous arrivait parfois de perdre la faculté de nous étonner : j'ai trouvé dans les forêts du Nouveau Monde des araignées de la taille d'un loup et des hirondelles armées d'un dard. Dans ces contrées, il existe des ruisseaux qui sont chauds en hiver, mais frais en été, si bien que les gens y dorment la nuit comme dans un lit. J'ai rencontré des peuples indiens aux cheveux pourpres, et d'autres qui, lors des repas de fête, gobaient des perles grosses comme le poing – on eût dit des œufs à la coque. Sur certains arbres du Nouveau Monde, on voit aussi des fruits que l'on appelle figues du Golgotha. Quand on ouvre ces fruits, il en jaillit du sang, et au lieu de pépins, il renferme des centaines de croix du Christ et tous les ustensiles sacrés. *In summa* : les forêts et le sol du Nouveau Monde offrent tant de curiosités qu'on en oublie les singularités de l'âme humaine et que l'on ne prête guère attention à la colère, à la vengeance ou à l'hérésie. Et c'est pourquoi nous oubliâmes bien vite dans cette île le capitaine allemand et ses hommes.

Car, là-bas, chaque jour apporte un nouveau prodige.

LE CANON DE DIEU

Cette année-là et celle qui suivit, j'avais gagné plus de trente onces de poussière d'or en m'adonnant au commerce dans l'île de Ferdinandina. Je gardais cette richesse dans une bourse de cuir cachée derrière le pont de mes chausses, et je ne doutais pas que ce trésor m'apporterait le bonheur sur cette terre. Mais je dilapidai tout mon or en futilités à Baracoa. En effet, les maisons de cette ville sont remplies de catins portant des gants, des voiles et des vêtements fins profondément échancrés dans le dos. Je les poursuivis de toutes mes ardeurs et me montrai plus sot qu'un poisson, car je mordis à leur appât, si bien qu'en quelques jours, je ne portais plus le moindre sou derrière le pont de mon pantalon.

J'avais pris mes quartiers dans une auberge dont l'enseigne représentait le géant Christophe allongé sur le ventre, aspirant à pleines joues les eaux du fleuve Jourdain. Cette image me mettait en colère à chaque fois que je la voyais, car mon sort n'était alors guère plus enviable que celui de ce saint homme. Depuis qu'on avait vidé ma bourse de l'or qu'elle contenait, l'aubergiste ne m'offrait plus que de l'eau, et quand parfois il me donnait un pichet de vin, je pouvais être sûr que c'était de la piquette d'une mauvaise année. Je passais donc mes journées dans la salle de l'estaminet, d'humeur maussade, à maudire les aubergistes et les femmes. Je m'étais confectionné un bâtonnet de bois pointu avec lequel je tuais toutes les mouches que je voyais.

Deux cavaliers espagnols qui entrèrent par hasard dans l'auberge me surprirent un soir alors que je m'adonnais à cette activité. Ils avaient mis leurs plus beaux atours et portaient un grand nombre de plumes de héron sur leur chapeau. Ils se firent servir par l'aubergiste en personne et se remplirent la panse.

Je connaissais le nom de celui qui portait le bras en écharpe, c'était un sot vaniteux, brutal, et arrogant. Or, je savais qu'il s'était rendu peu de temps auparavant sur le continent indien avec l'Armada de Cortez, et c'est pourquoi je lui demandai :

« Mon ami, quel bon vent t'amène ? La guerre est-elle finie et portes-tu la couronne du Grand Seigneur indien dans ta besace ?

– Cortez nous a congédiés de son Armada, car nous sommes chargés de l'approvisionner en pain, en lard et en avoine, répondit le cavalier. Nous devons aussi lui envoyer des couleuvrines et de bons chevaux. Que la peste s'abatte sur tous les Allemands ! S'ils n'étaient pas là, cela ferait belle lurette que nous aurions mis la main sur le trésor du roi indien.

– De quels Allemands parlez-vous ? demandai-je avec étonnement.

– Sacrebleu ! Ne sais-tu pas qu'un grand nombre d'Allemands sont arrivés avant nous au pays du roi païen ? Ils opposent une forte résistance à Cortez. L'un d'eux m'a même frappé si brutalement que le sang dégoulinait sur mon épaule, aussi chaud que les crêpes à la bière le dimanche de Pâques. »

Je ne pus m'empêcher de rire en l'entendant se lamenter de la sorte. Lui, cependant, se mit à jurer comme un charretier :

« Que le Diable emporte tous ces gredins allemands et leur capitaine enragé ! »

Je compris alors que ce capitaine enragé n'était autre que l'Allemand de l'île de Ferdinandina. Je demandai donc aux deux hommes de poursuivre le récit des combats qu'ils avaient menés.

Ils se mirent alors à se vanter de batailles, de pillages et de carnages, et la description de ces tueries semblait ne pas devoir prendre fin.

« Veux-tu venir avec nous? me demanda soudain d'un des deux hommes. Tu ferais un bon cavalier dans l'Armada de Cortez. Nous en avons déjà recruté dix-sept qui se trouvent tous à bord du navire. »

Et ce disant, mon camarade plongea la main dans sa poche et posa un petit tas de poussière d'or sur la table, avec deux crabes en or dont les Indiens de ces contrées parent leurs cheveux ou leur cou.

Je pensai alors à la fortune dont je m'étais si lamentablement laissé déposséder. L'envie me démangeait de saisir cet or, et il me semblait que m'engager dans l'Armada de Cortez serait la solution la plus raisonnable.

Le second cavalier me frappa sur la main et lança à son camarade en riant :

« Fais disparaître cet or, il dresse déjà les oreilles comme un cheval quand on lui apporte son sac d'avoine. »

Mais au moment précis où je voulus toper, je fus pris d'un terrible remords. Je me demandai en moi-même ce que pouvait me rapporter un tel marché, et il me sembla qu'il valait mieux me garder d'accepter. C'est pourquoi je dis aux deux cavaliers :

« Chers compagnons, voilà qui mérite d'être mûrement réfléchi. La nuit porte conseil.

– Allons! insista le cavalier. Il n'y a pas là matière à tant réfléchir. Tu ferais mieux de nous remercier chaleureusement. Accepte, accepte, une telle affaire ne se représentera pas de si tôt.

– Laisse-moi réfléchir un jour ou deux. Ayez un peu

de patience. Aujourd'hui, c'est mercredi, ce n'est pas un bon jour; c'est un mercredi que notre Seigneur Jésus-Christ a été trahi par Judas.

– Non, s'écrièrent en chœur les deux cavaliers. Il faut que tu nous accompagnes sur le navire cette nuit même, car demain, tu ne nous trouveras plus au port. Tu ne veux pas? Dans ce cas, c'est une peau de lièvre que tu portes autour du cou, que les catins du Diable t'emportent! »

Ce marché ne me convenait guère. Mais ma fortune perdue ne me sortait pas de la tête, et je me dis : si le diable a la selle, qu'il prenne aussi le cheval. Je me laissai convaincre par les deux cavaliers et les accompagnai sur leur navire.

Un petit homme à la lippe baveuse s'avança vers moi sur la passerelle du navire. Il avait une tête de coq, il portait d'ailleurs une plume de coq au chapeau, et d'une voix éraillée, me cria dans l'oreille :

« Sois le bienvenu sur mon bateau! Sois le bienvenu!

– Qui êtes-vous? lui demandai-je.

– Je suis Pedro Carbonaro, le prévôt de Cortez.

– Par tous les saints du Ciel! m'écriai-je. Chez moi, c'est le Diable que l'on nomme ainsi.

– Ah! lança le petit homme d'une voix fielleuse. Garde pour toi tous tes saints, et moi, par le Diable, je garderai mon nom diabolique. »

Et à ces mots, il passa son chemin. Je descendis la passerelle vers les soutes du navire pour me mettre en quête d'un logement. Mais je ne trouvai pas le moindre recoin où j'eusse pu m'allonger, car il y avait là des bœufs et des chevaux couplés, et parmi eux des couleuvrines, des bouches à feu légères, des canons et des barils de poudre, si bien que j'eus toutes les peines du monde à me frayer un chemin.

Je pris donc quartier avec un grand nombre d'autres cavaliers chez les catins, présentes en grand nombre sur le navire. Elles aussi voulaient se rendre à Veracruz et, de là, au camp de Cortez. La longueur et les dangers de cette traversée ne leur faisaient pas peur, et chacune espérait remplir un seau d'or avec le torrent de richesses qui se déversait dans les poches des Espagnols au royaume indien.

Pour les femmes, on avait construit sur le pont des cabanes de bois qu'elles durent partager avec nous. Et croyez-moi, le pont du navire retentit pendant toute la durée de la traversée de plus d'alléluias que n'en chantent les curés entre Pâques et la Pentecôte.

Après minuit, peu avant que le navire ne prît la mer, une noble dame monta à bord accompagnée de ses valets et de ses servantes, d'un bouffon et d'un joueur de luth. Elle avait emporté un grand nombre de caisses et de malles. Trois tentes de soie qui avaient été dressées fastueusement à son intention l'attendaient sur le pont.

« C'est Catalina Juarez, elle aussi veut se rendre au camp de Cortez. Elle a payé quarante castillans d'or à Pedro Carbonaro pour qu'il l'emmène. Et toi, mon gaillard, il t'emmène gratis ! » me dit mon camarade.

Je reconnus en effet la maîtresse de Mendoza. Elle portait une coiffe brodée, un voile rouge et un manteau de la même couleur. Un petit chien blanc gambadait dans ses jambes en jappant.

« Elle suit Mendoza, me raconta mon camarade. Elle ne peut pas plus se passer de lui qu'une corneille ne peut s'empêcher de sautiller. Et pourtant, il l'a chassée à coups de cravache de chez lui, à Baracoa. Il ne veut plus la voir. Ce jeune duc se préoccupe désormais beaucoup plus de ses batailles que de jolies femmes. »

A cet instant, on entendit un grand vacarme et force vociférations. Dans l'une des tentes de soie, les valets de Catalina venaient de chasser deux catins qui croyaient y avoir trouvé un gîte sûr. Elles refusaient de céder la place, se battaient pour le lit en criant aussi fort et en faisant un tapage aussi formidable que les deux femmes qui se disputaient leur enfant devant le roi Salomon.

Catalina Juarez se trouvait devant la tente – visage arrogant, regard furieux – et tapait nerveusement du pied. Ses valets firent alors sortir les catins de la tente en criant :

« Allez donc, maudites mégères! Allez donc, filles égarées et de peu de vertu! »

Le silence retomba bientôt. Catalina disparut dans sa tente, et notre navire quitta lentement le port de Baracoa.

Après avoir traversé par beau temps la mer indienne, nous arrivâmes à la ville de Veracruz que l'on appelle également « la riche ». De là, il nous fallut ensuite parcourir une distance de plus de quatre-vingts lieues à travers les contrées nouvellement conquises et ravagées par l'Armada de Cortez, qui avait pillé, incendié et dévasté tout sur son passage. Nous marchâmes pendant trois jours dans la région de Cempoal où nous fûmes fort bien reçus et traités par les indigènes, car ces indiens-là étaient les ennemis du royaume de Tenochtitlán contre lequel Cortez guerroyait.

Puis nous arrivâmes à une chaîne de montagnes abruptes, où nous passâmes un col que l'on appelle le col « Au-nom-de-Dieu ». De là, nous traversâmes un désert désolé et inhospitalier en raison de son infertilité et de la chaleur torride qui y régnait, pour atteindre finalement une province du nom de Tlascala, dans la capitale de laquelle nous attendait un lieutenant espagnol avec plus d'un millier d'Indiens, des hommes paisibles que Cortez avait envoyés à notre rencontre afin qu'ils nous conduisent jusqu'au camp espagnol.

Au vingt-deuxième jour de notre voyage, nous atteignîmes la haute vallée de Tenochtitlán, après avoir dû nous défendre par deux fois des attaques d'Indiens ennemis qui nous firent subir quelques pertes. Mais plus nous approchions du camp de Cortez, plus la chaleur était insupportable, et la poussière nous faisait tant souffrir que nous avions du mal à respirer. Plus nos chevaux avançaient, plus il nous fallait chasser des nuées de vautours et de corbeaux qui se disputaient les cadavres d'animaux morts de soif, et nous ne parvenions à les éloigner qu'en leur jetant des pierres. Le chemin que nous empruntâmes était bien balisé et nous ne pouvions nous égarer : de chaque côté, en effet, gisaient les cadavres de mulets, d'ânes et de chevaux, le cou tendu, la langue pendante, et ils empestaient l'atmosphère de leur puanteur. A chaque pas, nos bêtes soulevaient des tourbillons d'une poussière qui nous pénétrait dans la gorge et dans les yeux, si bien que nous avançions tous tels des aveugles.

Lorsque nous ne fûmes plus qu'à deux lieues du campement, les premières sentinelles espagnoles nous interpellèrent, et l'une d'elles nous accompagna, chevauchant à côté de la litière de Catalina, jusqu'au camp.

Nous aperçûmes bientôt le campement devant nous, installé au sommet d'une colline, non loin de quelques roches abruptes et boisées à l'ombre desquelles nous voulions poursuivre notre route, car il nous semblait qu'elles nous apporteraient un peu de fraîcheur et nous protégeraient de la chaleur du soleil. Mais notre guide nous ordonna de prendre le chemin qui passait à découvert, disant que les Allemands rebelles s'étaient retranchés sur l'un de ces rochers et que nous devions nous attendre à ce qu'ils nous attaquent ou nous tendent une embuscade. Nous chevauchâmes donc, las et désespérés, dans la chaleur écrasante et impitoyable du soleil qui faisait ruisseler la sueur sur notre front.

Or, nous transportions un chargement de plus de trente sacs à vin, dont douze appartenaient à Catalina. Lorsque la chaleur fut à son comble, nous fîmes une courte halte et nous désaltérâmes. Ce fut notre guide qui but le plus. Mais, ô miracle il ne semblait pas s'enivrer pour autant.

« Ecoutez ! dit-il lorsque nous fûmes remontés en selle. Voilà deux semaines qu'il n'est pas passé plus de vin par mon gosier que ce qu'un moucheron pourrait emporter sur sa queue. Nous avons dû nous contenter d'eau croupie et boueuse que nous trouvions en creusant la terre. Et ce désagrément est d'autant plus difficile à supporter que l'eau ne manque pas tout près d'ici. Car là-haut, dans ces montagnes, il y a un grand nombre d'étangs à l'eau fraîche et claire que des conduites de bois et de mortier conduisent jusqu'au centre de la ville de Tenochtitlán, et tous les Indiens de la cité peuvent utiliser cette eau et la boire. Si nous pouvions monter là-haut, nous aurions tôt fait de briser ces tuyaux de bois, privant ainsi la ville de son alimentation en eau potable. Mais c'est là-haut que les Allemands se sont retranchés, ils y restent et nous ne pouvons les déloger. Toute la puissance de Cortez ne sert donc à rien. Que la peste les emporte ! »

Entre-temps, nous étions enfin arrivés au camp et allâmes tous immédiatement nous reposer. Chacun s'allongea pour dormir à l'endroit même où il se trouvait, car personne n'avait plus la force de se tenir debout tant nous étions accablés de chaleur et de fatigue.

Le soir était tombé lorsque nous fûmes réveillés par des bruits et une bousculade. Quelques Espagnols rendus à moitié fous par la soif avaient trouvé les sacs à vin de Catalina et s'étaient jetés dessus. Certains étaient allongés sur le sol et buvaient le vin, la bouche pressée sur les trous qu'ils avaient percés dans les outres à l'aide de leurs couteaux. D'autres, qui n'avaient que ce récipient à portée de main, avaient rempli de vin leurs chapeaux. Un autre encore avait chargé un sac sur ses épaules et tentait de s'échapper discrètement sans être vu, mais ses camarades se précipitèrent sur lui, le rouèrent de coups et le jetèrent à terre – et par-dessus le marché, les valets de Catalina faisaient un tapage épouvantable par leurs cris et leurs vociférations.

C'est alors qu'un groupe de cavaliers traversa la place du camp au grand galop, au son des fifres et des tambours, avec à leur tête le duc de Mendoza. De part et d'autre couraient d'innombrables Indiens qui se battaient au service de Cortez. Le duc mit pied à terre et cria d'une voix coléreuse :

« Que se passe-t-il donc ici ? A qui appartient ce vin ? »

Les Espagnols qui s'étaient disputés se levèrent d'un bond et regardèrent le duc d'un air hébété. Des gouttes pourpres perlaient aux coins de leurs lèvres, la soif et la fièvre brûlaient dans leurs yeux. Mais les cavaliers qui accompagnaient le duc jetaient eux aussi des regards avides sur les outres gonflées.

« Ce vin appartient à notre maîtresse, dit enfin l'un des valets de Catalina.

– Ce vin nous appartient, et c'est le Diable qui voulait nous le prendre ! hurla l'un des lansquenets.

– Ce vin nous appartient ! Ce vin nous appartient ! » hurlèrent tout à coup en chœur trente gosiers en colère.

Le duc dégaina son épée et s'avança au milieu des hommes qui criaient.

« Ce vin appartient à Cortez, au campement tout entier et à chaque brave soldat, mais pas à vous seuls, que la grêle s'abatte sur vous ! Et le premier qui protestera, je lui marquerai le cou d'une façon qu'il ne saura plus se tenir sur ses jambes. »

Les Espagnols ne disaient mot ni ne bougeaient, et pourtant, il n'y en avait pas un parmi eux qui n'eût donné son dernier haut-de-chausses pour un pichet de vin.

Entre-temps, Catalina, dans sa tente, avait entendu la voix de Mendoza. Elle sortit et se dirigea vers lui, les bras grands ouverts, en s'écriant :

« Juan ! C'est vous ! »

Mais le duc recula d'un pas et dit lentement :

« Qui êtes-vous, femme, je ne vous connais pas. »

Catalina ne l'avait pas entendu; elle courut vers lui, tenant à la main un gobelet d'argent rempli de vin et dit :

« Prenez ceci, que la Sainte Vierge pleine de grâce vous bénisse. »

Le duc prit le gobelet, regarda Catalina d'un air féroce et méprisant et dit :

« Soyez-en remerciée, femme, mais je n'ai point besoin de vin. »

Puis il se retourna, ouvrit la bouche de son cheval et lui versa le vin dans le gosier.

Catalina poussa un cri de colère et leva la main comme pour souffleter le jeune homme. Mais ses servantes retinrent son bras et la ramenèrent dans sa tente. Le joueur de luth se mit à chanter à plein gosier, le petit chien aboya, le bouffon la précéda en poussant des cris et en exécutant ses bonds et ses cabrioles, mais tout ce vacarme ne nous empêcha pas d'entendre les pleurs de Catalina.

Le duc, cependant, se tourna vers ses cavaliers, l'air indifférent, et leur lança :

« Qui parmi vous a été choisi pour déloger les Allemands de leur rocher? »

Huit cavaliers sautèrent à bas de leur cheval et se mirent en rang.

« Chacun de vous recevra cette nuit deux pichets de vin et un demi-castillan », dit le duc. Et à l'adresse de son lieutenant, il ajouta : « Que voulez-vous, la guerre coûte de l'argent. Je ne connais personne qui accepte gratuitement de risquer l'enfer. »

Dans la nuit, pendant que les cavaliers de Mendoza buvaient le vin que le duc leur avait offert, allongés devant leurs tentes, les discussions allaient bon train au sujet du comportement de Mendoza, qui avait refusé le vin offert par Catalina pour le verser dans le gosier de son cheval. Et il ne se trouva personne qui n'eût à y ajouter son grain de sel.

« Une gorgée de vin suffit à lui faire perdre son courage. Il craint le vin parce qu'une seule goulée le rend si niais qu'il se livre à des jeux d'enfants ou à d'autres sottises.

– De par sa mère, c'est un infidèle, un maure. Il n'a pas le droit de boire du vin.

– Camarades, si le vin lui était interdit, il aurait au moins le droit de boire de l'eau. Y a-t-il parmi vous quelqu'un qui l'ait vu boire? Nous autres, nous mourons de soif et de chaleur, mais lui n'avale jamais la moindre goutte d'eau, et malgré tout, il se rit de la chaleur du soleil.

– Silence! Ne parlez pas si fort! Approchez-vous, et je vous conterai des choses étonnantes et de bien grands secrets. Sachez donc qu'il n'a pas de sang dans les veines. Chez nous, à Grenade, n'importe quel enfant sait cela. Sa mère était bel et bien une Mauresque infidèle, une princesse de la famille des Abuahmeidos de Grenade. Les membres de cette famille n'ont pas de sang dans le corps; c'est le sable chaud du désert maure qui coule dans leurs veines. A présent, vous savez pourquoi il n'est jamais accablé par la soif.

– C'est vrai! C'est vrai! s'écria un homme. J'ai pu le constater moi-même lors de la grande tuerie de Cholula. Lorsqu'une flèche lui érafla le bras, c'est un peu de sable, et non du sang, qui s'écoula de sa blessure.

– C'est également pour cette raison que son visage est toujours aussi blême. Il n'a pas de sang rouge comme nous autres.

– Balivernes que tout cela! lança un autre en riant. Moi, je m'en tiens à l'avis des médecins. Il a un postérieur passablement impétueux qui lui remplit les culottes par-derrière quand l'odeur du vin lui monte dans les narines par-devant. »

A ces mots, tous partirent d'un grand éclat de rire,

trinquèrent à l'amélioration de la santé de Mendoza et parlèrent d'autre chose.

Le lendemain matin, le duc prit le commandement du coup de main contre le camp des Allemands. Ceux-ci s'étaient retranchés au sommet d'un rocher dont l'un des flancs n'était pas trop abrupt et que l'on pouvait probablement escalader. Un certain nombre d'entre nous nous cachâmes derrière les grosses pierres qui jonchaient le sol au pied du rocher, et chacun mit en joue son arquebuse. Les huit cavaliers qui avaient reçu la veille leur demi-castillan jetèrent bas leur mousquet, prirent leur épée entre les dents et entreprirent d'esacalader le rocher.

Aucun bruit ne trahissait la présence des Allemands, qui restaient silencieux et ne bougeaient pas. Les nôtres montaient de plus en plus haut, leurs silhouettes s'amenuisaient de plus en plus, mais les Allemands n'avaient toujours tiré aucun coup de feu, et l'on eût dit qu'il n'y avait âme qui vive au sommet du rocher.

« Camarade ! dis-je à mon voisin. Voilà qui est fort curieux. Est-ce contre des pierres que les nôtres ont l'intention de se battre à l'épée ?

– Oui ! répondit d'une voix atone l'homme qui se trouvait à mes côtés. Ils vont se battre contre des pierres.

– Pourquoi les Allemands ne tirent-ils pas, là-haut ?

– Quelle sotte question ! Avec quoi veux-tu tirer si tu n'as pas d'arquebuse ? Avec tes culottes bouffantes ?

– Les Allemands n'ont-ils donc pas de mousquets ?

– Ils les ont perdus lors du terrible naufrage qu'ils ont subi près des côtes de ce pays.

– Ils sont donc tous perdus ! Que Dieu leur vienne en aide ! » dis-je à voix basse, car j'éprouvais une grande pitié pour le capitaine allemand et ses hommes qui se battaient contre nous sans arquebuses.

« Camarade ! s'exclama mon voisin. C'est à nos soldats que Dieu devrait venir en aide! Les Allemands, là-haut, ont une arme plus puissante que la nôtre. »

Et non loin de moi, j'entendis quelqu'un murmurer :

« Ils vont à nouveau faire tonner le canon de Dieu. »

Je ne comprenais pas ce qu'il voulait dire par là. Pourtant, j'eus des frissons en entendant ces mots : le canon de Dieu.

Les nôtres venaient tout juste d'arriver à proximité du sommet.

C'est alors que Mendoza, qui était allongé derrière moi, se leva d'un bond. Il posa sa main sur mon épaule et cria :

« Vois-tu celui qui est debout, là-haut? Tire! »

J'épaulai et tirai à l'aveuglette, car je n'avais rien vu. L'arquebuse siffla à mon oreille, et la fumée de la poudre me piqua les yeux. Du haut du rocher, cependant, on entendit soudain une voix claire :

« Arrière! Ou vous allez faire la connaissance des rochers avec lesquels Dieu a bâti le monde!

– C'est Melchior Jäcklein », me dis-je immédiatement, car bien que je ne l'eusse pas vu depuis de nombreuses années, j'avais reconnu sa voix.

Ceux des nôtres qui avaient escaladé le rocher s'étaient arrêtés et ne bougeaient plus. Un seul d'entre eux avait rebroussé chemin et dévalait la pente en faisant de grands bonds.

Puis le silence fut à nouveau total pendant un moment. Aucun de nous n'osait bouger. Une sourde peur m'étreignait le cœur. Je ne savais pas ce qui allait se passer là-bas, et pourtant, mes mains tremblaient et j'entendais ces mots terrifiants : « Le canon de Dieu! le canon de Dieu! » cogner et marteler dans mes oreilles. On eût dit que la peur de ceux qui se trouvaient là-haut dévalait la pente tel un fleuve invisible et nous enveloppait tous de ses frissons.

Soudain, les nôtres se jetèrent à terre. Peu après, on

entendit en haut un vacarme assourdissant, on eût dit que le rocher tout entier allait exploser. Le canon de Dieu ! Ces mots retentirent une fois encore à mon oreille, puis il me sembla voir s'élever une nuée d'abeilles sauvages qui se précipita dans l'abîme.

C'étaient des rochers, d'énormes blocs de pierre qui s'étaient détachés du sommet de la falaise et se précipitaient dans les profondeurs. Ils se dispersèrent tout à coup comme un troupeau de chèvres sauvages, s'entremêlant en tournoyant dans les airs, sautant et bondissant en direction des hommes apeurés qui cherchaient un abri dans les fissures de la roche. Mais derrière les blocs de pierre s'éleva un nuage de poussière qui s'enfla peu à peu et s'écoula doucement vers le bas. L'espace d'un instant encore, nous pûmes entrevoir les éclairs et les reflets des épées, mais presque aussitôt, le troupeau sautillant des pierres avait rejoint nos soldats. Un cri immense s'éleva et tenta de lutter pendant quelques secondes encore contre le fracas des blocs de pierre. Puis tout fut terminé. Le nuage de poussière se gonfla, s'étira et avala les corps déchiquetés et pantelants qui étaient accrochés entre les arêtes des rochers.

Seul celui qui avait pris la fuite dès le début était encore en vie, et nous le vîmes bondir de rocher en rocher en poussant de hauts cris. Mais derrière lui, les pierres poursuivaient leur course folle, rebondissaient dans un bruit d'enfer sur le sol, repartaient, emportaient d'autres blocs sur leur passage et traversaient les airs en sifflant comme s'il s'agissait de mortiers. Les pierres le rattrapèrent, le plaquèrent sur le sol, et la coulée l'entraîna avec elle dans les profondeurs.

Tandis que nos cœurs semblaient s'être arrêtés de battre tant notre détresse était grande à la vue de ce spectacle, Mendoza se leva d'un bond derrière moi, m'arracha l'arquebuse des mains, visa et tira. Du haut du rocher où les Allemands s'étaient retranchés, on entendit un cri. Mendoza me rendit l'arquebuse en riant et s'écria :

« En voilà un qui ne lancera plus de pierres. »

Puis il se retourna, rejeta la tête en arrière, leva les bras au ciel, et j'eus l'impression d'entendre un léger ruissellement et un crissement, comme du sable qui s'écoule.

Nous nous levâmes pour porter secours à celui que les pierres avaient projeté dans le vide. Mais nous trouvâmes un corps sans vie. Nous l'enterrâmes donc en le recouvrant des mêmes pierres qui l'avaient tué. Elles avaient déformé et brisé son corps : il n'y avait pas un osselet que les rochers avec lesquels Dieu a bâti le monde n'eussent brisé trois fois. Seule sa tête était indemne; elle était comme celle d'un vivant et nous regardait, l'air pitoyable et terrifié. Bien longtemps, je revis en pensée cet homme dévaler la pente en bondissant pour se retrouver ensuite plaqué contre le sol, couvert de sang et broyé par le canon de Dieu.

LE BROUILLARD

Dans le crépuscule du souvenir où se fondent les choses que j'ai vues de mes propres yeux et celles que d'autres m'ont racontées, dans le jardin à l'abandon du passé il est une journée qui se détache de toutes les autres et qui n'a ni passé ni futur : c'est la « Nuit triste » de Cortez.

Nous menions alors notre plus dur combat, non pas contre des hommes, mais contre le brouillard. Dans la journée, chape dense et pesante, il recouvrait la ville ennemie telle une tortue venimeuse et la mettait à l'abri de nos regards. Mais la nuit, lorsqu'il avait cédé la place à l'obscurité qui enveloppait et masquait la ville, il se levait et abandonnait sa faction. Sans bruit, il s'approchait de notre camp; des lambeaux de brume, tels des tentacules, s'insinuaient dans les allées, s'infiltraient dans nos tentes et pesaient lourdement sur la poitrine des dormeurs.

Cette nuit-là, la nuit où commença la tristesse de Cortez, tous les Espagnols firent le même rêve, à la même heure, pendant leur sommeil.

Il leur sembla voir Cortez allongé dans sa tente, sur un catafalque, la tête pendante. Le duc de Mendoza se tenait dans un coin de la tente. Il portait une lampe à huile à la main. Pedro Carbonaro, le prévôt, se trouvait à côté du cadavre de Cortez; il tenait un tisonnier dans sa main droite, sa main gauche s'agrippait à la poitrine de

Cortez. Un son de cloche retentissait dans le lointain, terrifiant et effrayant, comme jamais ils n'en avaient entendu auparavant.

Apeurés par ce rêve ou cette vision nocturne, les Espagnols se levèrent tous de leur paillasse et sortirent de leurs tentes en poussant de grands cris, et même ceux que la fièvre avait affaiblis au point qu'ils n'avaient plus la force de chasser avec la main les mouches de leur visage, même ceux-là se traînèrent à l'extérieur. Un grand désarroi avait saisi le cœur de tous les hommes. Nous encerclâmes la tente de Cortez en criant et en nous lamentant.

La toile de la tente s'entrouvrit alors, et nous vîmes apparaître Mendoza lui-même. L'effroi nous glaça jusqu'aux moelles et nos jambes se mirent à trembler, car le duc tenait bel et bien une petite lampe à huile entre ses mains, comme nous l'avions vu dans notre rêve. Il nous demanda sèchement quelle était la cause de tout ce tapage, et nous ne retrouvâmes notre courage qu'en voyant apparaître derrière lui la grande silhouette de Cortez, sur le visage duquel on ne pouvait lire ni courroux ni étonnement.

Tous se calmèrent en constatant que Cortez était encore vivant, et nombreux furent ceux qui eurent honte d'avoir cédé au désespoir sur la foi d'un simple rêve. D'autres, en revanche, eurent l'audace de se quereller à mi-voix sur le motif pour lequel Cortez et Mendoza avaient eu une discussion aussi secrète au beau milieu de la nuit, jusqu'au moment où de grandes clameurs s'élevèrent de l'autre côté de la tente; un homme arriva en courant et jura que l'ombre vivante du Diable se dessinait sur la toile, avec ses cornes, ses griffes et son pied fourchu, qu'il était assis dans la tente de Cortez et dévorait un poulet rôti. Le silence se fit brusquement alentour, tous reculèrent d'un pas, celui qui se trouvait devant récita une prière d'une voix blanche de peur et en claquant des dents, et un autre s'écria :

« Aide-nous, notre Sauveur Jésus-Christ, dont je porte le nom ! »

Mais personne ne voulait entrer, chacun tentait de pousser son voisin vers l'avant.

Mendoza, cependant, partit d'un rire tonitruant :

« Vous aurez l'occasion de faire la connaissance du Diable lorsque vous serez en enfer », dit-il de sa voix claire de jeune homme en pénétrant dans la tente.

Il revint quelques instants plus tard en compagnie du prévôt Pedro, le petit homme boiteux qui m'avait lancé « Sois le bienvenu ! » sur la passerelle du navire. Il avait un poulet rôti dans la bouche, et c'est son ombre qui avait tant effrayé les soldats ivres de sommeil.

Honteux, sans mot dire, nous retournâmes sous nos tentes, mais certains hochaient la tête et juraient qu'ils avaient distinctement vu la queue, le pied fourchu et les griffes du Diable, ajoutant qu'ils savaient bien, eux, qui était le compère avec lequel Cortez avait conclu un marché au cours de cette nuit, mais qu'il valait mieux taire cette affaire.

Nous retournâmes tous nous coucher, mais aucun de nous ne retrouva le sommeil cette nuit-là. Nous nous tournions et nous retournions sur nos paillasses, agités par la fièvre, et restâmes éveillés jusqu'aux premières lueurs de l'aube.

Lorsque je sortis de ma tente après le lever du jour, je vis qu'un important groupe d'hommes s'était rassemblé non loin de mon logis. De tous côtés, les gens accouraient et se précipitaient vers cet endroit, et l'un d'eux me cria au passage :

« Le secrétaire du Ciel dit son sermon de comédie ! »

J'aperçus alors Garcia Novarro, l'homme qu'on appelait dans le camp « le secrétaire du Ciel », debout sur une charrette. Il faisait des moulinets avec ses bras, agitait ses mains et accompagnait le tout de grands cris, comme un curé en chaire.

Cortez avait libéré Garcia Novarro des geôles de Baracoa et l'avait emmené avec lui à cause de son arquebuse, qui ne manquait jamais sa cible. Le vieil homme errait à présent dans le camp espagnol et prêchait aux soldats une vie pieuse et chrétienne. Ses genoux fléchissaient à chaque pas et sa tête branlait sous l'effet d'une agitation continuelle, comme s'il avait des crampes au cerveau; ses mains tremblaient au point qu'il parvenait à peine à tenir son arquebuse, et pourtant il était capable de toucher à mille pas de distance le clou auquel était accroché la cible. C'est à cause de cette aptitude que Cortez l'avait tiré de la prison où il croupissait depuis trois ans et l'avait emmené avec lui. Au cours de la grande bataille de Cocotlan, où plus de cent mille Indiens avaient encerclé les Espagnols, Garcia Novarro, sur l'ordre de Cortez, avait abattu grâce à son art magique le cacique ou héros des Indiens, qui tenant à la main un filet aux mailles d'or (c'est ainsi que sont les étendards indiens), menait les siens à l'attaque alors que les colonnes espagnoles avaient commencé à faiblir. Mais ce haut fait qui avait apporté aux Espagnols la victoire sur les fortes légions indiennes, Garcia Navarro l'avait accompli à contrecœur, en se lamentant pitoyablement, et seulement après que Cortez l'eut menacé de la potence. Car Garcia Novarro maudissait son art, il refusait de tuer avec ses balles une créature vivante.

C'est lui, Garcia Novarro, qui se trouvait sur la charrette vide. Ses mèches de cheveux gris lui fouettait les tempes, il se tordait les mains et gémissait :

« Malheur à toi, Babel! Ville meurtrière! Malheur à toi, Babel, le Diable erre dans tes rues tel un lion en colère! Malheur à vous, grands seigneurs! Malheur à vous, courtisans et arrogants qui avez convié le Diable à votre table, malheur à vous, cette singerie vous a fait perdre votre salut éternel! »

Il se tut, épuisé, hors d'haleine, suffoquant. Nous lui faisions bien souvent des farces, nous nous moquions de lui et le tourmentions, mais cette fois, personne parmi nous n'avait le cœur à rire, car il nous semblait que Garcia Novarro en savait plus que nous sur les événements mystérieux de la nuit précédente.

Le secrétaire du Cicl reprit ses lamentations :

« Gardez-vous ! Gardez-vous ! Le rapace diabolique a bâti son nid dans votre camp. Priez et repentez-vous ! Car la taupe infernale creuse et fouille la terre sous vos pieds. Regardez-le, le coq diabolique...

– C'est assez, à présent ! cria le prévôt, qui se retrouva soudain au milieu de nous. Descends de ta chaire ou je t'emmène sur-le-champ. »

Garcia Novarro poussa un cri de douleur, et son visage fit une grimace qui trahissait la peur sans nom qui le tenaillait.

« Aidez-moi, mes chers frères ! gémissait-il. Aidez-moi, le Diable veut m'emmener. »

Le prévôt se mit à rire de sa voix éraillée :

« Tu as bu ! Tu vois un diable noir dans les moindres recoins ! Allez, je t'emmène au cachot ! »

En un éclair il avait bondi sur la charrette et saisi Garcia Novarro au collet. Une lutte s'engagea, ils tombèrent à terre, roulèrent dans la poussière. Ils s'étranglaient l'un l'autre, se griffaient, se mordaient, crachaient et criaient comme deux chats à la Chandeleur qui s'étripent et s'entredéchirent.

Finalement, Garcia Novarro parvint à se relever; il était dans un état pitoyable, couvert d'égratignures et d'écorchures, et saignant de la bouche et du nez. Il fila sans demander son reste, laissant à Pedro Carbonaro une touffe de cheveux entre les dents.

Le prévôt lissa la plume de coq de son chapeau, arrangea son habit et, de sa voix criarde, lança à Garcia Novarro :

« Pauvre hère ! Vieux fou ! Je t'apprendrai à jouer au plus malin, attends un peu que je te tienne ! Quand tu auras tiré ta dernière balle, je t'épouillerai tant et si bien que ton âme demandera grâce et s'échappera. »

Mais Garcia Novarro se précipita à l'autre bout du camp, où il reprit ses jérémiades. Bientôt, un attroupement se constitua à nouveau autour de lui. Le jeune Mendoza passa là par hasard, un manteau de soie très beau et précieux, bordé de fourrure, jeté sur les épaules. Lorsque Garcia l'aperçut, il cessa ses lamentations, leva la main en direction du duc et se mit à l'invectiver :

« Malheur à toi, arrogant, qui parades dans le luxe ! Regarde la vie du Christ et tu n'y verras point de manteau de soie bordée de fourrure. Tu n'y verras que pauvreté, humilité et rigueur. Mais toi, tu espères devenir le maître du monde, tu t'es mis sous la protection du Diable et tu as négligé ton salut éternel.

– C'est un fou, on devrait le laisser dire », remarqua le lieutenant de Mendoza.

Le duc rejeta la tête en arrière, croisa les bras sur sa poitrine et dit en riant :

« Monsieur le secrétaire, à vous entendre délirer, on pourrait croire que vous ne vous sentez pas bien. Je m'en vais donc vous soigner et vous faire frotter le dos avec le fouet, afin que vous guérissiez ! »

Garcia ne faisait plus attention à lui, il reprit ses lamentations en montrant des deux mains la capitale indienne qui se trouvait dans la vallée, enveloppée de brouillard :

« Gardez-vous ! Ne vous laissez pas entraîner dans la Sodome païenne où l'on vénère le Diable assis sur un trône d'or. Rentrez chez vous ! Rentrez chez vous ! Ne vous laissez pas conduire par Cortez dans la gueule infernale de Satan ! »

Le duc fut pris alors d'une colère soudaine. De la main, il frappa Garcia au visage et lui dit :

« C'est la dernière fois que tu m'as désobéi. Emmenez-le et pendez-le. Qu'il se balance à un arbre bien vert et que le chanvre l'étouffe ! »

Les valets de Mendoza saisirent Garcia Novarro. Mais lorsqu'ils voulurent l'emmener, un effrayant miracle se produisit qui sauva Garcia de la fureur du duc mais causa une grande frayeur et un immense désarroi dans le camp espagnol.

Un coup de vent avait soudain déchiré le nuage de brouillard qui enveloppait la capitale indienne et levé ainsi pour un court instant le voile de mystère qui entourait la ville ennemie. Mais nous ne vîmes ni palais, ni églises, ni tours, ni jardins, ni marchés, non, rien de tout cela. Nous aperçûmes une terrasse immense, élevée, sur laquelle trônait un monstre de pierre plus grand que la Giralda de Séville et qui se tenait assis, les jambes croisées, à la manière des païens; il ouvrait la gueule, son visage diabolique nous regardait fixement et ses mains se levaient comme pour s'emparer de nous... Mais l'océan de brume engloutit à nouveau ce satan et se referma sur la ville tel un voile que les yeux des mortels ne peuvent pénétrer.

Des hurlements de frayeur s'élevèrent dans le camp des Espagnols, ils se jetèrent à terre pris d'une peur indicible, et nombreux furent ceux qui enfouirent la tête sous leur manteau, car personne ne voulait voir ce satan de pierre. L'ordre et la discipline furent oubliés en l'espace d'un instant, personne ne faisait plus attention au duc et à ses commandements. Les Espagnols prirent la fuite en criant et en proférant des jurons, et des protestations s'élevèrent parmi eux :

« Nous voulons rentrer! Qu'on ne nous conduise pas dans cette ville où trône Satan, tel un roi!

– Nous ne voulons pas nous battre contre la citadelle du Malin!

– Avez-vous vu? Ses yeux jetaient des flammes?

– Et de la fumée lui sortait par la bouche!

– Ils veulent nous emmener dans la cathédrale de l'enfer! »

Cependant, il y avait un prisonnier dans le camp

espagnol, l'un des Allemands dont la jambe avait été brisée par un coup de feu et qui souffrait également de la fièvre traumatique qui le clouait sur sa paillasse. Cet homme rampa hors de sa tente en entendant les cris désespérés des Espagnols, il se mit à quatre pattes et s'exclama :

« Qu'avez-vous à crier si fort ? Vous êtes les bouffons de l'empereur, vous lui gagnez ses batailles pendant que les curés et les seigneurs, au pays, vous volent vos maisons et vos champs et traitent vos femmes de façon bien plus vile que le sultan turc ou le Diable lui-même ! »

Et il ajouta :

« L'empereur vous a-t-il fait tant de promesses pour que vous vous laissiez à présent entraîner à combattre contre les Indiens ? Oui, vous acceptez la chaleur, le froid, la faim, la soif, des membres brisés et tant de peine que la peau de vos jambes part en lambeaux ! »

Un vent de rébellion se leva alors et souffla sur le camp de Cortez.

Quinze arquebusiers, avec à leur tête un homme nommé Pedro Barba, commencèrent. Ils se rassemblèrent, amenèrent un affût et le dirigèrent sur la tente de Cortez. Ils se mirent aussi à tirer avec leurs arquebuses sur tous les officiers qu'ils apercevaient. De toute part, des hommes accouraient, et tout ce monde faisait un beau tapage et criait :

« Nous ne voulons pas nous jeter dans la gueule du Diable ! »

Et :

« Nous refusons de nous coucher sur la paillasse infernale ! »

Mais une voix parmi eux s'éleva soudain et leur ordonna de faire silence. Puis un homme cria :

« Que quelqu'un se rende dans la tente de Cortez et lui dise en deux mots ce que nous pensons.

– Que Pedro Barba y aille ! Pedro Barba ! » hurla tout le groupe.

Pedro Barba sortit de leurs rangs. C'était un grand gaillard barbu, et l'on eût dit que Dieu l'avait pétri dans une motte d'argile. Il grimpa sur l'affût et cria :

« J'irai voir Cortez et je briserai sa volonté obstinée et impie. Sa force ne m'impressionnera pas. »

La masse des rebelles avança telle une coulée de lave dans l'allée du camp. Devant la tente, Pedro Alvarado, l'un des lieutenants de Cortez, montait la garde.

Pedro Barba s'arrêta, se retourna vers les autres et cria :

« Attendez-moi ici ! Vous donnerez à mes paroles honnêtes la force qu'il leur faut. Monsieur Alvarado, laissez-moi passer, je veux parler à Cortez. »

Alvarado ne répondit pas et ne bougea pas d'un pouce. Il barrait l'allée du camp avec sa lance. C'est alors qu'on vit accourir par l'autre côté le cuisinier de Cortez, un Maure de l'île de Malte, tenant dans ses mains un petit plat qui contenait un rôti dans lequel était planté un couteau à pain. Alvarado le laissa passer, et Pedro Barba en profita pour se glisser dans la tente de Cortez.

Les rebelles restèrent à l'extérieur, immobiles. Chacun tendait la tête vers la tente dans l'espoir de happer une bribe des propos de Pedro Barba et de la réponse de Cortez.

Mais le silence était complet dans la tente de Cortez; on aurait entendu une mouche voler. Ceux qui se trouvaient à l'arrière commencèrent à s'impatienter et à s'énerver, et l'un d'eux lança :

« Cette affaire prend un mauvais tour ! »

Le rideau qui barrait l'entrée de la tente s'écarta alors et l'on vit apparaître Pedro.

Une immense clameur s'éleva alors parmi les Espagnols :

« Pedro Barba ! As-tu bien parlé ? Es-tu parvenu à te mettre d'accord avec lui ? »

Pedro Barba resta planté devant l'entrée et avança la tête. Puis il fit quelques pas vers nous, ses mains happant l'air comme s'il avait voulu attraper une mouche. Il s'arrêta.

« Pedro ! hurla la foule. Viens avec nous ! »

Pedro Barba ouvrit la bouche, puis la referma. Il avança la tête, fit un grand pas en avant et s'arrêta de nouveau. Il semblait vouloir s'appuyer de ses mains sur un bâton invisible planté dans le sol.

« Pedro ! hurlaient les rebelles. Réponds ! »

Pedro Barba restait immobile; il nous fixa de ses grands yeux, puis il tomba soudain à terre, comme foudroyé.

Nous nous précipitâmes vers lui et déchirâmes sa chemise : le couteau à pain de Cortez était planté dans sa poitrine jusqu'au manche.

A cet instant, Cortez en personne sortit de sa tente et vit Pedro Barba allongé sur la terre froide devant l'entrée. Il fronça les sourcils, leva le bras et dit :

« Déguerpis, rebelle ! »

Je sens aujourd'hui encore la sueur froide me couler dans le dos quand je pense à ce qui se produisit alors.

C'est vrai ! Le mourant se leva, posa un pied devant l'autre et se mit à marcher, docilement, le couteau à pain planté dans le cœur, il avança et ne s'effondra, sans vie, que lorsqu'il se trouva hors de la vue de Cortez.

Celui-ci tourna alors les talons, sans plus s'occuper de nous, et rentra dans sa tente. On n'entendait pas un bruit, et aucun d'entre nous n'osait respirer.

Ce n'est que lorsque Cortez eut disparu à l'intérieur de sa tente que la révolte éclata.

« Meurtrier !

– Que la mort te poursuive chaque jour de ta vie, assassin !

– Mettez le feu à sa tente! Qu'il suffoque dans la fumée!
– Abattez-le, ce chien enragé!
– Il a une pierre à la place du cœur! »
Alvarado se trouvait seul devant cette horde déchaînée et barrait avec sa lance l'allée étroite qui menait à la tente de Cortez. L'un des rebelles lui frappa le bras avec sa hache, deux autres s'emparèrent de sa lance, un quatrième enfin lui arracha son harnais.
A cet instant précis, un Espagnol arriva en courant, c'était l'un de ceux qui montaient la garde du côté de la capitale indienne.
Il arriva, hors d'haleine, la bouche ouverte, enjamba le cadavre de Pedro Barba et se dirigea en toute hâte vers la tente de Cortez. Il s'effondra non loin de là, resta couché sur le sol l'espace d'un instant, se releva, fit deux bonds, retomba et se mit alors à ramper sur la terre. Sa poitrine haletait et un râle s'échappait de sa gorge.
Alvarado, presque terrassé par la horde des rebelles, mais qui se défendait de son mieux, tourna la tête et cria :
« Alvarez, quelle nouvelle apportes-tu? »
L'Espagnol ne répondit pas. Il continua de ramper sur le sol, voulut se relever, mais n'y parvint pas; enfin, tourné vers la tente de Cortez, il cria :
« Les Indiens arrivent! »
La rébellion cessa sur-le-champ. Alvarado se leva à grand-peine et regarda tout autour de lui. Mais il ne voyait plus aucun de ceux qui l'avaient attaqué : il se retrouva seul devant la tente de Cortez.
De tous côtés accoururent des officiers de Cortez. L'un d'eux, Juan de Leone, traversa le camp à cheval en criant :
« Aux armes, l'Armada! Aux canons! Les infidèles avancent! »
Mais l'Armada espagnole avait disparu. L'Armada espagnole que Cortez avait conduite avec tant de bra-

voure si près de la capitale indienne, l'Armada espagnole s'était enfuie, l'Armada espagnole s'était cachée dans les saules au tronc creux qui entouraient le camp, l'Armada espagnole s'était réfugiée dans les fourrés de la forêt indienne, l'Armada espagnole se cachait dans les fours, les citernes, les tas de fumier, près des écuries, l'Armada espagnole s'était réfugiée jusque dans les trous de souris, et les rares valets d'armée qui étaient restés dans le camp imploraient Dieu et récitaient des litanies.

En effet, le son de cloche morne que nous avions entendu en rêve durant la nuit montait à présent du brouillard. C'était un chant monotone et triste, il nous parvenait de tout côté – on eût dit que cent clochers s'étaient dressés tout à coup contre nous –, il passait au-dessus de nos tête et remplissait l'air de sa lamentation.

C'étaient les clairons de l'armée indienne qui nous encerclaient et sonnaient l'heure de notre mort.

Du côté droit, là où se trouvaient les quartiers des arbalétriers, on entendit soudain des hurlements rauques et peu après un chœur de lamentations. C'était Antonio de Quiñones, le commandant des arbalétriers, un homme à qui la colère ôtait l'usage de la parole. Il avait trouvé ses hommes dans une fosse, blottis les uns contre les autres et tremblants comme un troupeau de moutons. Il poussa un formidable cri de colère et se précipita sur eux, les frappa, les bouscula et les passa au fil de son épée. Aucun d'eux ne se défendit, car la peur et la détresse avaient semé un tel désarroi dans leurs esprits qu'ils se laissèrent étriper comme du bétail.

Mendoza traversa à cheval les allées désertes du camp. Les couleuvrines et les mortiers avaient été renversés et le sable s'était accumulé dans les affûts. Des mulets et des chevaux avaient rompu leurs liens et couraient en tous sens à travers le camp, il n'y avait plus personne pour s'occuper d'eux.

Les officiers attendaient en silence devant la tente de

Cortez. On sonna du clairon, mais ce fut en pure perte, et personne ne prit garde à ce commandement.

« Que quelqu'un aille trouver Cortez et lui fasse un rapport ! » ordonna Mendoza.

Les officiers ne bougèrent ni ne répondirent.

« Que quelqu'un aille trouver Cortez et lui fasse un rapport ! répéta le duc en donnant de la voix.

– C'est inutile, Cortez ne veut rien savoir ! dit l'un des capitaines.

– Il a frappé de Neyra au visage !

– Il veut faire mettre au fer quiconque conseillera de battre en retraite.

– Il n'a plus tous ses esprits, et celui qui entre dans sa tente n'en ressort pas vivant. »

Mendoza mit alors le pied à terre et jeta ses rênes au capitaine de Neyra qui se tenait à côté de lui, l'air hagard et le visage boursouflé. Lorsqu'il pénétra sous la tente de Cortez, il affichait un air arrogant et décidé.

Les officiers de Cortez gardèrent le silence et se mirent à attendre. L'un d'eux s'approcha de l'entrée de la tente pour épier la conversation. Une bourrasque souleva l'auvent et obligea l'officier à reculer.

« Il ne ressortira jamais, et quatre d'entre nous devront le porter, je suis prêt à en jurer ! » dit de Neyra à voix basse.

Peu après, cependant, ils virent le duc sortir de la tente. Il rejeta la tête en arrière, d'un geste juvénile, et ordonna d'une voix rauque et tremblante :

« Qu'un tambour fasse le tour du camp et annonce que don Fernand Cortez a décidé de remettre entre mes mains le commandement du camp, de même qu'il place sous ma responsabilité l'usage de tout le matériel de guerre – les affûts, la poudre, les munitions et toutes les réserves – et me donne tout pouvoir pour aujourd'hui. »

Les officiers de Cortez reculèrent d'un pas et dévisagèrent le jeune homme d'un air médusé. Mais le duc se redressa de toute sa taille, écarta de la main les boucles qui lui barraient le front et poursuivit :

« Quant à moi, Juan, duc de Mendoza, j'ai décidé de battre en retraite et de retourner jusqu'à la côte et le port de Veracruz que nous atteindrons tous, si vous m'obéissez en tous points et si Dieu nous le permet. »

Lorsque le tambour annonça cette nouvelle dans le camp, les Espagnols sortirent tous de leurs cachettes. Certains tentèrent de rattraper les chevaux et de les ramener, d'autres entassèrent des réserves de vin, de pain et de viande salée, les uns chargèrent les mulets de sacs pesants et de caisses, les autres entreprirent d'enterrer le lourd canon que l'on ne pouvait emmener dans la fuite. Et ils accomplirent toutes ces tâches en grande hâte, car le son des clairons de l'armée indienne semblait se rapprocher.

Tandis que les Espagnols mettaient tout leur zèle à obéir aux ordres de Mendoza, Cortez sortit de sa tente. Il tenait une épée à la main et ne daigna pas accorder le moindre regard aux Espagnols qui s'affairaient ainsi. Son visage était de pierre, immobile comme toujours, on ne pouvait y lire ni colère, ni animosité, ni aucune souffrance. Il passa, fier et silencieux, parmi cette foule bruyante, quitta le camp et se dirigea vers les nuées de brumes d'où nous parvenait le son des clairons indiens.

Neuf de ses officiers et de ses cavaliers, résolus à ne pas retourner à Veracruz, le suivirent afin de combattre et de mourir à ses côtés.

Gonzalvo de Sandoval avait pris leur tête, derrière lui se trouvaient Antonio de Quiñones et Pedro d'Olio. Venaient ensuite Christoval Diaz, Pedro Alvarado, Juan de Leone et Diego Tapia, suivis de Jeronimo d'Aquilar et de Panfilo de Neyra.

Je les accompagnai moi aussi, et nous suivîmes Cortez; nous voulions comme lui résister aux Indiens et nous battre contre eux avec nos mousquets et nos armes blanches jusqu'à ce que Mendoza et le reste de la troupe eût une avance suffisante.

Tandis que nous attendions là, nous entendîmes soudain l'appel strident des clairons indiens, tout près de nous, venant de deux côtés à la fois. La mort nous avait encerclés comme des chiens qui assaillent un cavalier. Les armes cliquetaient dans le brouillard. On ne voyait toujours pas l'ennemi, et la peur s'abattit sur moi tel un harnais pesant. Je regardai Cortez pour me donner du courage, mais son visage restait de pierre, comme figé, et je ne pus y découvrir aucun sentiment de confiance ou de crainte. Il tenait une épée à la main dont la lame étincelante portait une inscription en lettres flamboyantes. Je voulus la lire, mais les lettres se mirent à bouger et à danser devant mes yeux, je voulus les compter – deux, six, huit, neuf, dix –, c'était impossible, le brouillard se glissait entre elles et les faisait disparaître, et j'entendais les milliers de pas indiens sans les voir, et sans savoir si la flèche qui allait me transpercer la poitrine ne traversait pas déjà les airs... ou si une massue de fer allait me fracasser la tête, ou si un couteau devait m'égorger; je n'étais plus qu'un cri et, las de supporter cette attente cruelle, j'aspirais avec la force du désespoir à cette fin.

Le brouillard livra alors brusquement son secret.

Des Indiens émergèrent du demi-jour et prirent forme peu à peu, et derrière eux d'autres, et d'autres encore – c'était un défilé interminable. A leur tête se trouvait un homme sous un baldaquin de plumes vertes, le corps recouvert de plaquettes d'or. Il se baissa, plongea la main dans la poussière, se frotta le front et prononça des mots que je ne compris pas, mais d'Aquilar fit un bond et hurla :

« *Merveille*[1] ! Il parle de paix ! »

Une immense clameur s'éleva alors, et tous se préci-

1. En français dans le texte (N.d.T.).

pitèrent vers Cortez, si bien que l'Indien fut pris de peur et se réfugia derrière son baldaquin. Moi, je tournai mon regard vers Cortez.

L'épée que je tenais à la main tomba en tintant sur le sol : le visage figé de Cortez avait soudain retrouvé vie ! Il avait un visage d'homme vivant, un visage dans lequel la peur, le souci, la tristesse, le remords et la détresse de cet ultime moment avait creusé des rides profondes, et ce visage était éclairé par un sourire qui brillait sur ses lèvres et ses joues – un sourire de joie et de bonheur comme les enfants en ont parfois dans leur sommeil. Soudain, derrière moi, quelqu'un poussa un cri :

« Cortez rit ! »

Et Sandoval, Diaz, Tapia se tapèrent sur l'épaule et crièrent :

« Cortez rit ! »

Mais Cortez avait retrouvé tout à coup son visage de pierre impressionnant, et il jeta un regard si froid et cruel à l'Indien, que nous crûmes avoir été abusés par un rêve ou simplement par le brouillard – qui avait peut-être si étrangement altéré les traits pétrifiés de Cortez. Sa voix – cette voix qui avait contraint le pauvre Pedro Barba à se relever d'entre les morts – sortit alors de sa bouche comme un coup de tonnerre; elle résonna profondément dans la masse du brouillard, et s'éleva au-dessus du camp et des troupes indiennes :

« Dis à ton roi, le seigneur Montezuma, qu'il n'y aura pas la paix, qu'il y aura la guerre et que le sang continuera d'être versé tant qu'il ne se rendra pas en personne dans mon camp. Et s'il ne s'y résout pas avant trois jours, il connaîtra la puissance de mes canons ! »

LES CHAUSSES ÉCARLATES

DANS cette guerre où tant de gens s'efforçaient de plonger leur prochain dans la détresse et la souffrance (car les hommes sont les démons de leurs semblables), dans cette guerre épouvantable, c'est une enfant innocente qui fut la dernière à verser son sang. Ce fut peut-être bien la plainte de Dalila qui s'éleva au Ciel et parvint jusqu'à l'oreille de Dieu pour apaiser sa colère. Il se peut que Dieu, en entendant les plaintes de cette enfant, fit à ces misérables – les Espagnols et les Indiens – la grâce d'une paix rapide avant l'ultime calamité et l'ultime massacre.

Le duc de Mendoza avait songé à une ruse qui lui permettrait d'attaquer Grumbach et ses Allemands afin de s'emparer des sources qui alimentaient les canalisations d'eau de la ville de Tenochtitlán.

En pleine nuit, il partit avec quelque vingt cavaliers et les conduisit pendant plus de deux heures à travers la nuit noire jusqu'à un ravin encaissé où poussaient des broussailles indiennes qui le remplissaient entièrement. Là, il donna l'ordre à ses cavaliers de mettre pied à terre et, prenant leur tête, leur fit suivre le lit desséché d'un ruisseau, tandis que deux hommes les précédaient et ouvraient la voie en coupant à la hache les ronces indiennes. Après plus d'une heure de marche, ils atteignirent une vallée très étroite entre deux rochers, et les

Espagnols virent immédiatement que l'un d'eux était le rocher des Allemands. Mais il s'agissait de sa paroi la plus abrupte, celle qui était tournée vers l'est.

Pourtant, ce n'était pas ce rocher-là que le duc songeait à escalader. Il fit traverser à ses hommes un pré en pente raide, couvert de blocs de pierre et de rocaille, qui faisait face au rocher des Allemands. Et peu après, ils arrivèrent sur une crête étroite d'aspect très sauvage, qui surgissait brusquement au milieu du pré et qui avait la forme d'une tour.

Là, le duc ordonna à ses hommes de déposer leurs arquebuses, leurs épées et toutes les armes qu'ils avaient emportées, de même que leurs cuirasses, afin de pouvoir escalader plus aisément le rocher. Ils restèrent pendant un moment à cet endroit, mais dès que la pleine lune fut apparue derrière les nuages, il entreprit d'escalader la paroi abrupte en plaçant ses pieds dans les fissures étroites et en s'accrochant des mains aux arêtes et aux pointes de la roche. Il était suivi par les frères Christoval et Guzman d'Orgiva; originaires des montagnes qui s'élèvent au sud de Grenade, ceux-ci avaient été accoutumés dès leur plus tendre enfance à escalader des rochers impraticables. Venaient ensuite les autres Espagnols, à bonne distance, l'un derrière l'autre, mais tous n'étaient pas aussi doués pour l'escalade que Mendoza. La plupart d'entre eux trouva même cette entreprise plutôt pénible. Pourtant, ils escaladèrent tous le rocher en s'aidant de toutes sortes de prises et de gestes laborieux, mais aucun d'eux ne savait pourquoi et à quelle fin ils accomplissaient tout cela, d'autant plus qu'ils avaient abandonné leurs armes dans la vallée, où elles étaient gardées par le lieutenant de Mendoza. En effet, s'ils avaient tenu une arquebuse à la main, aucun d'eux n'aurait pu escalader ce rocher abrupt.

Mais l'un des hommes de Mendoza, un gaillard de la ville de Ronda, fut incapable de s'agripper plus longtemps à la paroi qu'il devait escalader; il perdit son sang-froid et lâcha l'arête rocheuse à laquelle il s'accrochait de ses deux mains. Il tomba, et bien qu'il n'eût pas encore grimpé très haut – deux toises à peine au-dessus de l'endroit où se trouvaient les arquebuses –, il fit une chute si brutale qu'il se rompit les deux jambes. Le lieutenant de Mendoza l'aurait volontiers porté en lieu sûr, mais le garçon, saisi d'une peur bleue, poussait de hauts cris dès que le lieutenant le touchait. Et comme ses hurlements pouvaient trahir prématurément le plan et l'attaque de Mendoza, le lieutenant le saisit soudain à la gorge pour l'empêcher de hurler et cribla son corps de coups de couteau, de sorte que l'homme succombât bientôt à ses blessures.

Lorsque cet incident fut clos, les autres reprirent lentement leur escalade avec une prudence extrême – ils ne bougeaient pas le pied tant qu'ils n'avaient pas trouvé une arête de rocher ou une pierre pointue qui donnât prise à leurs mains. Ils montèrent ainsi, lentement, mais sans autre incident; quoique le jour pointât, la lune n'avait pas encore pâli, et les Espagnols étaient effrayés par les ombres dédoublées des blocs de rochers. Enfin, la lumière de l'aube leur permit de se voir les uns les autres, et ils constatèrent que la paroi à laquelle ils s'accrochaient était plus abrupte qu'un clocher d'église : chacun d'eux se trouvait juste au-dessus de la tête du suivant. Mendoza était tout en haut, et ceux qui le voyaient si haut perché étaient pris de tels frissons que leur cœur menaçait de s'arrêter de battre.

De l'endroit où il se trouvait, le duc pouvait apercevoir le camp des Allemands, juché au sommet du rocher qui lui faisait face. Il vit un vaste pré au centre duquel se trouvait un étang sombre où poussaient des roseaux. Plus loin, il vit un tas de paille sur lequel dormaient quatre ou cinq gaillards. L'un d'eux, qui venait de se réveiller, était allongé sur le dos et levait en l'air ses jambes poilues pour enfiler son haut-de-chausses. Un autre se tenait près de l'étang et puisait de l'eau à l'aide d'un seau en bois. Deux d'entre eux avaient allumé un feu au bord du rocher et se préparaient une soupe. Des poules indiennes couraient dans tous les sens sur le pré.

L'un des deux Allemands qui étaient assis près du feu cassa un œuf dans la soupe, y versa du saindoux et du sel et dit :

« Cette nuit, j'ai rêvé de mon repas de noces : un jeune coq rôti et une petite salade verte. Si tu ne m'avais pas prématurément réveillé, compère Dillkraut, je pourrais à présent chanter la gloire du Seigneur avec l'estomac bien rempli.

– Moi, les puces n'ont pas voulu me laisser dormir en paix, cette nuit. Dans ce pays, on ne voit pas de bétail, il n'y a ni vaches ni cochons, mais en revanche, on trouve des poux tant qu'on en veut », dit celui qui avait des jambes poilues en secouant le haut-de-chausses qu'il tenait à la main.

« Hé, Dillkraut ! s'écria l'un des hommes qui étaient couchés dans la paille. Je vais te donner un bon conseil : prends une corde et musèle chacun de tes poux, ainsi, tu auras la paix ! »

Lorsque le duc entendit les Allemands tenir des discours aussi stupides, il ne put s'empêcher d'éclater de rire. Les Allemands se levèrent d'un bond, dressèrent l'oreille et regardèrent vers le pied du rocher. Ils eurent tôt fait de découvrir les Espagnols. L'un d'eux laissa tomber son écuelle de soupe, tant sa frayeur fut grande; il fixait, les yeux écarquillés, la chaîne des Espagnols qui s'accrochaient les uns au-dessus des autres à la paroi rocheuse, et il se mit à hurler :

« Schellbock ! Eberlein ! Pour l'amour du ciel, il y a une arquebuse qui escalade le rocher ! »

En effet, le lieutenant de Mendoza avait chargé une arquebuse et l'avait tendue à l'Espagnol qui se trouvait au pied de la paroi. Celui-ci lâcha de sa main gauche l'arête à laquelle il s'agrippait, se pencha avec une prudence extrême en se tenant de sa main droite aux rochers et happa l'arquebuse. Il la tendit ensuite au suivant, et l'arquebuse passa ainsi de main en main jusqu'à ce qu'elle parvînt à Mendoza.

A une certaine hauteur, un érable indien poussait au flanc du rocher où se trouvaient les Espagnols. Caché derrière son tronc, le duc était à l'abri des regards des Allemands. Il posa la bouche du canon de l'arquebuse sur une branche de l'arbre et lança aux Allemands d'une voix forte :

« Désormais, je vous tiens tous tant que vous êtes. Ceux qui n'obéiront pas, je leur enseignerai les cabrioles les plus étranges avec mon arquebuse. »

Les Allemands le regardaient, bouche bée, les bras pendants, et leur frayeur était telle qu'aucun ne pouvait bouger. Un seul, celui qui avait tenté d'enfiler son haut-de-chausses, accourut en brandissant son vêtement.

« Que chacun lie les poignets de son voisin! ordonna le duc. Vous descendrez dans la vallée en file indienne. »

Les Allemands retrouvèrent alors l'usage de la parole; l'un d'eux, en proie au plus grand désespoir, s'approcha du bord du rocher et cria :

« Les meurtres et les massacres ne prendront-ils donc pas fin? Nous sommes arrivés dans ce pays avant vous, nous avons employé tous nos efforts à cultiver nos champs et sommes restés en paix avec les Indiens jusqu'à ce que vous arriviez, bande de coquins et de fripons! Et voilà que vous nous poursuivez jusqu'ici pour nous précipiter dans le souci et le malheur. Que Dieu vous frappe de sa malédiction éternelle afin que vous rentriez pitoyablement chez vous! »

Le duc l'avait calmement écouté. Il répéta alors son ordre :

« Que chacun lie les poignets de son compagnon, je ne le répéterai pas une troisième fois! » Et il désigna de la main l'Allemand dont il avait entendu prononcer le nom et dit : « Toi, Dillkraut, commence! »

Mais Dillkraut accourut en brandissant ses chausses en direction du duc. Il cracha et s'écria :

« Je préférerais me noyer dans le Rhin plutôt que d'exécuter tes ordres, espèce de canaille! »

Mendoza ne dit mot, il avança un peu le canon de l'arquebuse, visa et tira. Dillkraut poussa un cri, laissa tomber ses chausses et s'effondra.

La colère et le désespoir s'emparèrent alors des Allemands, et l'un deux, Melchior Jäcklein, s'écria :

« Faites-les tomber à coups de pierres! »

Sans tarder, ils arrachèrent des pierres du sol et les lancèrent sur le duc et ses hommes. Mais aucun de ces projectiles n'atteignit Mendoza. Ils étaient arrêtés par les branches de l'érable et tombaient dans le vide.

Entre-temps, Mendoza avait tendu l'arquebuse fumante à Christoval d'Orgiva (l'étroitesse du lieu où il se trouvait l'empêchait de la recharger s'il voulait éviter de tomber, il n'y avait pas assez d'espace pour exécuter une telle opération). Christoval la tendit à son frère Guzman qui se trouvait en dessous de lui, puis elle passa de main en main jusqu'à ce qu'elle parvînt au lieutenant de Mendoza qui la rechargea et la fit aussitôt remonter. Les Allemands, impuissants et saisis d'inquiétude, virent l'arquebuse qui devait tuer l'un des leurs escalader le rocher.

Lorsque Mendoza tint de nouveau l'arquebuse à la main, il mit aussitôt en joue celui des Allemands qui avait juré le plus fort et brandi les pires menaces et qui était en train de tirer un énorme bloc de pierre vers le bord du rocher. Lorsqu'il vit sa mort de si près sans avoir le moindre espoir d'y échapper, cet Allemand, un paysan du village de Pfinsingen qui s'appelait Stephan Eberlein, dut se souvenir de l'Allemagne et de la bourgade où il était né. Il revit certainement en pensée ce petit bourg, car il posa son poing sur son ventre et lança au duc :

« Je te souhaite d'avaler tout le fumier qui se trouve dans les rues de Pfinsingen ! »

Le duc tira et le paysan s'écroula avant d'avoir eu le temps de lui souhaiter de terminer ce repas par une autre gâterie comme dessert.

Lorsque Stephan Eberlein s'effondra, les autres s'enfuirent en poussant des cris de terreur et de rage impuissante, et Melchior Jäcklein hurla que s'il avait une seule arquebuse, il ferait tomber d'un coup tous les Espagnols de la paroi; dans cette cohue, le duc reconnut soudain Grumbach, qui se tenait au milieu des paysans. Mais il ne criait pas, ne semblait pas désespéré, se contentant de baisser la tête, le chapeau enfoncé sur le front.

Tout à coup, Grumbach se redressa, regarda à gauche, puis à droite, cherchant du regard Melchior Jäcklein, et cria :

« Une corde ! Une lanière de cuir ! Je vais vous construire une arquebuse ! »

Un léger sentiment de peur gagna peu à peu le cœur de Mendoza lorsqu'il entendit la voix de Grumbach, mais il n'en connaissait pas la raison. C'était la première fois qu'il se trouvait si près de Grumbach dans le Nouveau Monde. Et immédiatement, le souci et la crainte s'emparèrent de son cœur qui était resté si léger et insouciant jusqu'alors. Il aurait aimé savoir pourquoi Grumbach avait besoin d'une corde.

Mais Melchior Jäcklein accourait déjà avec une lanière de cuir. Grumbach lança un bout de la corde à l'un des paysans et cria :

« Claus Lienhard ! Aide-moi à attraper l'arbre, là-bas, et à l'attirer vers nous ! »

« Qu'est-ce que cet Allemand insensé veut faire de cet arbre ? » se demanda le duc en un éclair, mais ensuite, il n'y pensa plus, car il devait faire attention à l'arquebuse qui remontait vers lui.

Entre-temps, deux des Allemands avaient passé la corde autour de la branche la plus élevée de l'érable qui poussait au flanc de la paroi d'en face et entreprenait de le tirer lentement vers eux. Les autres les aidaient à tirer, sans savoir dans quel but ils faisaient tout cela.

L'arbre craquait et l'on entendait ses branches gémir, il ne voulait pas plier. Mais les Allemands ne relâchèrent pas leur effort et le tirèrent violemment à eux, comme on fait sortir un bœuf récalcitrant de son étable.

Lorsqu'ils purent l'attraper avec leurs mains, ils l'approchèrent tout près du bord de la paroi et le fixèrent à l'aide de cordes à un gros bloc de pierre, afin qu'il ne pût se redresser.

« Fixez maintenant des pierres, des épieux et des poutres pointues dans les branches ! » cria Grumbach, et les Allemands apportèrent de tout côté des billots de bois et des épieux qu'ils fixèrent avec des cordes aux branches de l'érable. Et tandis qu'ils mettaient tout leur zèle pour exécuter ce travail, l'arquebuse de Mendoza claqua à nouveau et l'un des Allemands tomba à terre, la tête fracassée par une balle.

« C'est la dernière fois que tu as tiré. A présent, c'est mon petit cheval de bois qui va te piétiner ! » lança Grumbach au duc d'une voix qui grondait de colère.

Mendoza avait enfoncé son chapeau sur son front et caché sa tête dans l'ombre des rochers, car il ne voulait pas que Grumbach le reconnût.

« Un couteau ! cria alors Grumbach. Un couteau bien affûté ! »

Lorsqu'il tint le couteau entre ses mains, son regard tomba sur les trois paysans abattus, et une pensée lui traversa l'esprit, une pensée étrange et presque inutile, mais suscitée par une imagination sauvage et cruelle.

« Relevez les morts. Placez-les à califourchon sur les branches de l'arbre et attachez-les ! ordonna-t-il.

Dillkraut, Lienhard et Eberlein monteront une dernière fois à cheval et frapperont une fois encore les Espagnols. »

Les Allemands relevèrent les corps des trois paysans et les placèrent chacun sur une grosse branche, les attachèrent et fixèrent des lances sur leurs corps.

« Coupez les lanières, à présent, cria Grumbach, et que Dieu vous protège, messieurs nos cousins espagnols ! »

Le duc venait de recevoir à nouveau l'arquebuse chargée des mains de Christoval lorsqu'il vit Grumbach couper la lanière. Il reconnut tout à coup le danger et cria :

« Christoval ! Guzman ! Gardez-vous ! »

Mais la lanière était déjà tranchée. L'arbre entravé et plié se redressa violemment. Les corps des trois paysans fendirent l'air comme un vent de tempête. Le tronc de l'arbre alla heurter en craquant la paroi du rocher. L'espace d'un instant, les trois paysans, leurs lances et leurs épieux luttèrent contre les Espagnols. Puis l'arbre se retira et se remit d'aplomb.

Un silence de mort régnait alentour. Les trois paysans morts, Dillkraut, Lienhard et Eberlein étaient toujours assis, la tête pendante et avec leurs lances ensanglantées, sur les branches de l'érable.

Les Allemands se signèrent. Ils ne parvenaient pas à comprendre ce qu'ils avaient vu de leurs propres yeux : comment le canon de Grumbach avait pu leur apporter une aide aussi considérable.

Christoval et Guzman d'Orgiva avaient été fracassés et déchiquetés par la violence du coup et précipités dans l'abîme. Mais dans leur chute, ils avaient entraîné tous ceux qui s'agrippaient en dessous d'eux à la paroi.

Seul Mendoza était encore à sa place. Il se trouvait si haut que l'arbre n'avait pu l'atteindre. La plus haute branche de l'érable avait simplement fouetté son pied et lui avait donné un grand coup sur le genou. A la main, il tenait toujours l'arquebuse chargée.

Melchior Jäcklein plongea son regard dans l'abîme où gisaient les corps des Espagnols. Il avait le cœur tendre et fut saisi d'horreur à ce spectacle.

« Seigneur! dit-il. Voilà un coup de maître! Ils ont tous enfilé des hauts-de-chausses écarlates et se sont parés de manteaux de pourpre. »

Mais ensuite, il surmonta le sentiment d'horreur et de pitié qui s'était emparé de lui.

« Il n'est point besoin de les plaindre, dit-il, c'étaient tous des incendiaires et des coquins, et le meilleur d'entre eux a sûrement assassiné sa mère. »

Son regard tomba sur Mendoza.

« Rattrapez l'arbre, cria-t-il, il y en a encore un là-bas! Hé toi, pourquoi n'as-tu pas disparu en enfer toi aussi, comme tes amis qui sont reçus à présent en audience secrète par le Diable? Tu peux rester là-bas désormais, jusqu'à ce que les corbeaux se souviennent de toi! »

Entre-temps, les Allemands avaient attiré de nouveau l'arbre à eux et l'avaient solidement arrimé, interdisant toute retraite au duc. Ils étaient fous de joie à l'idée de tenir vivant l'un des Espagnols qui avait tué trois de leurs compagnons. Ils se mirent à injurier le duc et à se moquer de lui :

« Eh bien! Maître Kristoball! Maître Kotzmann! Vous étiez bien fort en gueule! Mais à présent, la peur vous fait transpirer de l'*olium bappolium*! »

Outre Melchior Jäcklein et Grumbach, il restait trois hommes : le vieux au visage criblé de vérole qu'on nommait Jakob Thonges. Ensuite, celui qui avait rêvé d'un coq rôti – c'était Ruprecht Schellbock. Le troisième était un compère maigre et grognon, de son nom Mathias Hundt; il n'avait pas prononcé le moindre mot durant toute la bataille et restait à présent également silencieux.

Schellbock, en revanche, lança au duc :

« Pourquoi tords-tu ainsi la bouche à faire tourner le vin en vinaigre ?

– Tu croyais peut-être que Dieu Lui-même t'avait conseillé lorsque tu as grimpé là-haut ? Mais en attendant, c'est le Diable qui t'a floué ! » jubilait Thonges.

Grumbach ne disait mot, mais il restait aux aguets, prêt à trancher la corde si Mendoza devait tenter de redescendre.

La peur figeait Mendoza sur place, il ne comprenait pas ce qu'il lui arrivait. La peur de la mort s'était emparée de lui et lui nouait la gorge, il voulait respirer mais ne le pouvait pas. A présent qu'il se retrouvait seul, agrippé à la paroi, et qu'aucun être vivant ne se trouvait plus au-dessous de lui, le rocher qu'il avait eu la témérité d'escalader le remplissait d'effroi. Il eut un étourdissement. Il lui sembla soudain que les arêtes rocheuses auxquelles il s'accrochait se mettaient à chavirer et à se distendre. La paroi contre laquelle il s'appuyait commença à tanguer lentement. Son pied lui faisait mal tout à coup. Il le souleva et chercha un endroit plus sûr où le placer, mais il n'en trouva pas et dut le laisser pendre dans le vide.

Jakob Thonges, qui avait observé la scène, se mit à rire et lui cria :

« Hé, maître ! Si vous désirez danser, je vous jouerai une bonne musique paysanne. »

Il partit en courant, sortit sa vielle d'un buisson et se mit à en jouer.

Schellbock, qui était resté assis par terre, se leva, passa la tête au-dessus du précipice, gonfla ses joues et entonna une chanson par laquelle les Allemands se moquent des cavaliers espagnols :

Une catin en son manoir
Un Espagnol sur son alezan
Et un pou sur une croûte noire
Sont tous trois de fiers courtisans.

Mendoza leva son arquebuse. La peur de la mort s'était évanouie en un éclair, car en entendant la chanson de Schellbock, la colère avait pris possession de lui et lui était montée à la tête. Il mit en joue et visa, afin de clore le bec une fois pour toutes à ce niais de Schellbock.

Mais le hasard voulut qu'à cet instant précis il aperçût pour la première fois Dalila.

Quand les coups de feu avaient commencé, Dalila s'était réfugiée dans les roseaux de l'étang. Elle y était restée cachée, plongée jusqu'au cou dans les eaux sombres de l'étang. Mais lorsqu'elle avait entendu les paysans jouer de la musique et chanter, elle était sortie de son refuge.

Elle balançait les hanches au rythme de la chanson que Jakob Thonges jouait sur son instrument. Ses cheveux bruns mouillés tombaient de part et d'autre de son visage sur ses épaules. Son corps était couvert d'une multitude de gouttes d'eau dans lesquelles jouait et brillait la lumière du soleil.

Lorsque le duc aperçut Dalila, il abaissa son arquebuse et oublia qu'il voulait tirer sur Schellbock. Son regard resta fixé sur le corps brun et mouillé de Dalila, et il caressait des yeux son visage mince et sombre. Il sentit monter en lui le désir ardent de posséder la jeune fille. Et dans son cœur cruel, l'amour s'éveilla pour cette enfant, un amour étrange, plein de cruauté et de malice.

Il leva donc une dernière fois son arquebuse et tira. La balle qu'il destinait à Schellbock et à sa chanson injurieuse alla transpercer la main de Dalila.

La jeune fille poussa un cri, s'effondra et pressa la main sur ses lèvres. Saisi d'effroi, Grumbach jeta son couteau et se pencha sur elle; les autres la soulevèrent et coururent chercher de l'eau et des chiffons sans plus se préoccuper de Mendoza.

Lorsque le duc vit qu'aucun des Allemands ne faisait

plus attention à lui, sa surprise fut grande, mais il s'avisa bientôt de son avantage et se hâta de redescendre pour se tirer d'affaire au plus vite. Il descendit en toute hâte la falaise jusqu'à ce qu'il fût hors de portée des Allemands, sans même remarquer que son chapeau était resté accroché à un buisson de ronces.

Lorsque les Allemands eurent arrêté l'hémorragie et pansé la blessure de Dalila, ils se souvinrent de Mendoza. Ils conçurent une grande colère et furent fort contrariés en voyant qu'il venait de leur échapper. Ils se mirent à jurer comme des charretiers et à lui souhaiter toutes sortes de bonnes choses : le bourreau, le Diable et la diarrhée rouge. Ils jurèrent que la grand-mère de ce bourreau perdrait une jambe et qu'ils sauraient bien lui rendre la monnaie de sa pièce quand ils le retrouveraient, même s'il portait sur le dos une cuirasse semblable à celle du grand Goliath. Mais leurs menaces tombèrent dans le vide, comme la grêle sur les chaumes, c'est-à-dire : trop tard. Aucun d'entre eux, en effet, n'avait entrevu son visage, personne n'aurait donc pu jurer qu'il saurait le reconnaître un jour.

Seule Dalila l'avait vu lorsque le buisson de ronces lui avait arraché son chapeau, et l'image du duc de Mendoza s'était incrustée dans sa mémoire. Elle parvint à le décrire avec des mots : il avait des cheveux bruns et bouclés, des lèvres charnues, de grands yeux intelligents, un visage pâle et altier.

LE HÉRON MILLE-FEUX

LORSQUE le duc de Mendoza eut échappé aux Allemands, il se trouva dans un état de confusion tel qu'il erra sept heures durant dans ces maudites montagnes avant de trouver le vallon où il avait caché les chevaux. Il était déjà tard lorsqu'il revint au camp espagnol. Il se rendit immédiatement dans sa tente, et sa fatigue était si grande qu'il s'endormit profondément avant même d'avoir eu le temps de mettre bas ses armes. Ce sommeil dura toute la nuit et toute la journe suivante, et il fut si profond que le duc ne s'éveilla même pas lorsque son serviteur maure pénétra dans sa tente pour lui annoncer que le Grand Seigneur indien, accompagné de ses chanceliers, de ses courtisans et de ses conseillers, était arrivé au camp espagnol afin de décider de la paix avec Cortez.

Cortez, appuyé sur son épée et entouré de ses officiers les plus imposants, attendait le Grand Seigneur sur une place qui se trouvait au milieu du camp. Une double rangée d'hommes en armes, sous le commandement de deux capitaines – Juan de Leone et Antonio Quiñones – avait été placée sur tout le pourtour de la place.

On entendit une musique étrange lorsque le cortège de la cour indienne emprunta l'allée du camp. En tête marchaient les musiciens du Grand Roi. Ils tenaient à la main des gobelets de cuivre avec lesquels ils jetaient en l'air des boules d'argent qu'ils rattrapaient ensuite. Et chacune de ces boules produisait un son particulier : si les unes avaient une sonorité sombre, les autres produisaient des notes élevées, et tout cela donnait une mélodie qui ressemblait fort à la chanson que chantent les valets de ferme de Castille quand ils répandent avec leurs fourches le fumier dans les champs. La chose provoqua l'hilarité des Espagnols, car les paroles de cette chanson naïve leur revinrent en mémoire, et l'un d'eux, sans hésiter, se mit à chanter :

Abats le porc, tu en auras des saucisses.

Derrière les musiciens venaient d'étranges compères : des prestidigitateurs, des bateleurs et des amuseurs, des gaillards dont les facéties plaisaient au roi indien. Derrière eux venaient les nains et les éclopés : certains qui étaient nés sans bras, d'autres avec des cheveux blancs, d'autres encore qui avaient six doigs à chaque main et enfin, un homme qui avait une bouche de poisson. Ils marchaient fièrement, car chez les Indiens, ils étaient considérés comme des oiseaux rares et du gibier précieux.

Puis vinrent les Indiens qui tenaient des fleurs dans leurs mains. Ils se précipitèrent vers Cortez et les autres Espagnols et posèrent des couronnes de roses sur les épaules et le front des soldats et des officiers, qui ne s'attendaient pas à pareille courtoisie de la part des Indiens. Vinrent ensuite quatre autres hommes qui n'avaient d'autres fonctions que de précéder la litière du Grand Seigneur et de ramasser les fétus de paille sur le sol que leur maître devait fouler. Finalement on vit arriver le Grand Seigneur lui-même dans sa litière, escorté par un grand nombre de ses parents et de ses courtisans – tous nu-pieds et en haillons. Lorsque l'on fit descendre le Grand Seigneur de sa litière, ils exécutèrent toutes sortes de baisemains et de courbettes avant de se retirer. Un seul courtisan resta aux côtés de l'empereur – un homme replet, de petite taille, que le Grand Seigneur appelait Calpoqua, ce qui signifie « Maître de la matière ». Lui seul resta à proximité de l'empereur, toisant d'un regard sévère Cortez et ses gens.

Le Grand Seigneur était magnifiquement paré de broches, de ceintures et de bagues d'or; il portait également une perle sur la poitrine dont personne n'aurait songé pouvoir retrouver la pareille, même en allant jusqu'au bout du monde. Les Espagnols virent tout cela avec grand plaisir, car ils pensaient qu'il y avait là de quoi remplir leurs poches, et ils auraient tous volontiers promené leurs doigts crochus sur le dos du Grand Seigneur.

Cortez reçut très dignement et avec tous les honneurs l'empereur indien, qui s'appelait Montezuma, c'est-à-dire « Seigneur sévère ». Puis il parla en détail de la noble personne et de la sainte majesté de l'empereur romain, le roi Charles d'Espagne, en indiquant aux Indiens que toutes leurs terres et d'autres pays et royaumes plus vastes encore appartenaient en réalité au roi espagnol, et que ceux qui voulaient être ses vassaux étaient honorés et favorisés, tandis que ceux qui se rebellaient étaient punis selon les lois de la justice.

Le Grand Seigneur indien l'écouta attentivement, sans mot dire, et dès que Cortez eut fini, il prit la parole et dit qu'il se sentait en faute vis-à-vis de ce noble roi d'Espagne et qu'il était son obligé, car celui-ci avait pris la peine de venir de son pays si lointain pour s'enquérir de lui. Il ajouta qu'il accepterait volontiers de devenir le vassal d'un roi aussi généreux. Cortez devait lui indiquer quel tribut en or, en argent et en pierres précieuses, de même qu'en étoffes de coton et autres présents son roi exigeait. Il lui ferait envoyer tout cela par l'intermédiaire de Cortez, qu'il priait de retourner sur-le-champ avec ce tribut à la ville où résidait le roi. En effet, Cortez ne pourrait cette fois pénétrer dans la capitale indienne, car elle ne s'était pas préparée à recevoir la visite d'hôtes aussi éminents et manquait de tous les vivres nécessaires.

Cortez lui répondit qu'il avait reçu l'ordre de ne pas s'en retourner avant d'avoir, avec son Armada, rendu au Grand Seigneur en sa capitale la visite que celui-ci venait de lui faire et qu'il devait y avoir séjourné un certain temps. Il s'était en effet engagé à faire un rapport précis à son roi sur la noble personne du Grand Seigneur, de même que sur la vie royale qu'il menait dans la ville de Tenochtitlán.

A ces mots, cependant, une grande agitation s'empara des Indiens, qui prirent des mines consternées. Deux d'entre eux – Cacama, le frère du Grand Seigneur, et son fils Guatimotzin – s'approchèrent du seigneur Montezuma et l'adjurèrent de ne pas accéder à la requête de Cortez et de lui interdire l'accès de la capitale. L'Indien Calpoqua, à son tour, désigna deux Espagnols qui se tenaient aux côtés de Cortez et à mi-voix, d'un ton très respectueux, adressa quelques mots à son roi en décrivant avec sa main gauche des figures et des lignes courbes fort étranges.

« Que dit ce gros Indien ? » demanda Cortez à son capitaine d'Aquilar qui parlait un peu la langue des indigènes.

D'Aquilar n'avait pas compris Calpoqua, mais ne voulait pas l'avouer à Cortez. C'est pourquoi, après quelques secondes de réflexion, il déclara :

« Il dit que les Espagnols ont des nez tels des becs de vautour, qu'ils sont capables de flairer l'or dans les tombes et de le dérober. »

Cortez avait fait venir l'Allemand blessé qui était prisonnier au camp espagnol avec l'intention de l'utiliser comme interprète en plus de d'Aquilar, mais aussi dans le but de se servir de lui pour montrer aux Indiens le pouvoir que lui, Cortez, avait sur les Allemands qui étaient arrivés avant lui dans le pays.

Cet Allemand – un grand gaillard répondant au nom de Balthasar Strigl –, bien que blessé à mort et n'ayant plus que quelques heures à vivre, déconseilla vivement aux Indiens, dans leur langue, de laisser entrer les Espagnols dans leur capitale.

« Cet accord est destiné à vous nuire ! cria-t-il. Une fois que vous les aurez laissé entrer, ils vous chasseront et vous extermineront jusqu'au dernier. »

Il se redressa péniblement, se tourna vers le Grand Roi et lui dit :

« Le rapace espagnol se donne des airs bien innocents. Mais a-t-on jamais vu un vautour qui ne dévore pas les pigeons ? »

Et s'adressant aux princes Cacama et Guatimotzin, il cria :

« Les Espagnols volent tout, ils prennent même les goupilles du billot ! »

Puis il se tourna vers les Espagnols et se mit à les injurier en langue espagnole de la façon la plus grossière qui soit :

« Vous devriez avoir honte ! s'écria-t-il. Vous êtes venus ici parce que vous pouvez tout à loisir vous livrer aux infamies qui vous sont interdites chez vous, vous voudriez prendre du bon temps, porter de beaux habits et vous remplir le ventre sans travailler. »

Pedro d'Olio – l'un des capitaines de Cortez, un homme très pieux – s'avança vers Balthasar Strigl et lui dit :

« Nous ne sommes pas venus pour revêtir de beaux atours, mais pour apporter aux Indiens la vraie foi en notre sainte Église que Jésus-Christ a édifiée grâce à son sang sacré. »

L'Allemand éclata de rire et répliqua :

« Que savez-vous de la vraie foi ? Vous ne cherchez rien d'autre que de jouer ici le rôle des maîtres, alors que vous n'étiez tous jusqu'alors que de vulgaires valets de ferme et de simples ouvriers. »

Or, Diego Tapia – l'un des officiers de Cortez qui avait bel et bien été l'ouvrier d'un menuisier dans sa jeunesse, déployait un grand faste avec ses habits et ses bagues d'or; il sentait toujours la valériane et la réglisse, il ne portait que des chausses de soie noire et un manteau doublé de fourrure. Diego Tapia fut donc très contrarié par les propos de l'Allemand. Il dégaina son épée, la brandit sous les yeux de Balthasar Strigl en criant :

« Regarde ce que je tiens là : c'est une épée! Et je vais m'en servir pour t'astiquer la peau jusqu'à ce qu'elle brille autant que mon heaume de fer. »

Et en disant cela, il montra du doigt son heaume en prenant l'air féroce d'une chouette prête à mordre.

Balthasar Strigl le regarda d'un air méprisant, lui tourna le dos et grommela :

« Que tu aies une épée ou non, cela ne me préoccupe guère. »

Mais dès lors, il ne dit plus un mot jusqu'au moment où on l'emporta.

Pendant ce temps, les Indiens s'étaient consultés et s'étaient mis d'accord. Le Grand Seigneur s'adressa à Cortez et affirma qu'il userait de tout son pouvoir pour empêcher qu'un seul Espagnol ne pénétrât dans la ville dédiée aux dieux et consacrée par la mémoire de leurs nobles ancêtres.

En entendant ces propos, Cortez se mit à son tour à tenir de grands discours en indiquant d'une voix menaçante qu'il disposait d'un grand nombre de gens à pied ou à cheval, de canons et autre matériel de guerre, de même que de ce qu'il avait gagné et conquis au combat, et qu'il avait souvent mis en déroute les Indiens avec son Armada et les avait refoulés dans leur capitale, sans compter le grand nombre de nobles capitaines qu'il avait faits prisonniers.

Ce discours que Cortez adressa tant au Grand Seigneur qu'à Calpoqua – qui lui semblait être un homme de quelque importance puisqu'il était le seul autorisé à rester aux côtés du Grand Seigneur –, ce discours eut un effet tel que le Grand Seigneur se mit de nouveau à hésiter et à tergiverser. Lorsque Cortez s'en rendit compte, il reprit un ton plus affable et s'adressa très poliment au Grand Seigneur, donnant également l'ordre d'inviter les Indiens à un repas solennel.

Mais avant qu'il n'ait eu le temps de donner cette instruction, les Indiens qui s'étaient rassemblés autour des princes Cacama et Guatimotzin poussèrent tout à coup de grands cris, se jetèrent à terre en levant les bras vers le ciel. Cortez leva les yeux, mais il ne vit qu'un grand oiseau – un héron ou une cigogne – qui tournoyait à bonne hauteur au-dessus du camp.

Une grande émotion s'était emparée des Indiens, et l'un d'eux, un parent du Grand Seigneur, s'avança vers Cortez, passa respectueusement ses bras sous ses aisselles selon la coutume des Indiens, fit quelques pas à ses côtés et lui parla vivement en langue indienne en montrant à plusieurs reprises le héron qui volait dans les airs. Deux abbés ou prélats indiens qui avaient peint leurs visages avec du cinabre, si bien qu'ils ressemblaient plus à la figure du Diable qu'à des visages humains, accoururent, se jetèrent à terre et exécutèrent des danses effrayantes.

Entre-temps, Cortez avait demandé à son interprète quelle était la raison d'un comportement aussi insensé et appris de sa bouche que les Indiens croyaient reconnaître dans le héron l'un de leurs démons infernaux qui leur apparaissait parfois sous cette forme pour annoncer un malheur. Aucun d'eux n'avait jamais vu cet oiseau ou ce démon de près, car il ne bâtissait pas son nid dans les frondaisons des arbres ni sur les rochers, mais dans les nuages; il ne se montrait que rarement aux hommes, et il avait été aperçu pour la dernière fois quatorze ans plus tôt, lorsque le père du Grand Seigneur Montezuma était mort.

Les deux princes rebelles, Cacama et Guatimotzin,

s'avancèrent alors vers Cortez, affichant une grande animosité, et déclarèrent que c'était la volonté inébranlable de leur empereur de ne pas autoriser le moindre Espagnol à pénétrer dans la ville, car cela contrevenait à l'ordre de leur dieu de la guerre. Ils demandèrent à Cortez de respecter la volonté du Grand Seigneur et de retourner sans tarder dans son pays. En même temps, les Indiens qui entouraient Montezuma se mirent à brandir leurs armes en poussant des cris féroces et semblèrent vouloir en découdre avec les Espagnols. Qui plus est, les indigènes qui étaient au service de Cortez commencèrent eux aussi à se rebeller lorsqu'ils aperçurent le héron sacré; ils ne voulaient plus combattre contre la volonté de leur dieu et semblaient tentés de rejoindre les troupes du Grand Seigneur.

Lorsqu'il lui sembla que sa victoire sur les Indiens allait lui échapper, Cortez, dans son désarroi, décida de montrer au Grand Seigneur qu'il pouvait également se rendre maître de ses dieux, et demanda d'une voix forte qu'on lui amenât Garcia Novarro.

Garcia Novarro arriva à pas lents; il avait un bonnet rouge sur la tête et laissait traîner la crosse de son arquebuse derrière lui dans le sable. Sa démarche était mal assurée et ses lèvres remuaient sans cesse.

Cortez le saisit par le bras, lui montra le héron qui tournoyait haut dans le ciel au-dessus du camp et lui dit :

« Vois-tu cet oiseau? Abats-le, et plus vite que cela! »

Pour toute réponse, Garcia Novarro se jeta à terre et se mit à hurler : on eût dit qu'on le fouettait, qu'on l'embrochait ou qu'on le brûlait.

« Qu'est-ce que cela signifie? lui cria Cortez. Tire, ou tu vas t'en repentir! »

L'oiseau volait à présent à une hauteur telle qu'il n'était guère plus grand qu'un petit nuage dans le ciel.

« Pourquoi me forces-tu à tuer cette créature innocente? gémit Garcia Novarro. Veux-tu que je perde la grâce en ce bas monde et mon salut dans le ciel? »

Cortez entra dans une grande colère et le menaça, car l'oiseau était monté si haut qu'on ne pouvait presque plus le voir.

« Tire, ou je t'envoie dans l'atelier du cordier pour essayer la corde! »

Mais Garcia Novarro, rempli de haine et d'horreur, jeta son arquebuse et cria d'une voix pleine de défi :

« Tire qui veut, mais moi, je ne verserai pas le sang si précieux du Christ qui coule dans les veines de cette créature!

– Emmenez ce coquin et pendez-le! » ordonna Cortez.

Pedro Carbonaro, le prévôt, fit alors un bond impressionnant et attrapa Garcia Novarro au collet :

« Maintenant, je te tiens, pauvre diable! cria-t-il en jubilant. Tu vas être un véritable festin pour les corbeaux »

Garcia Novarro se mit à rouler des yeux, tant il avait peur. Son petit bonnet rouge était tombé à terre.

« Place! cria le prévôt en poussant le pauvre hère devant lui. Les grandes jérémiades vont commencer! »

Lorsque Garcia Novarro vit que la potence l'attendait, la peur de mourir s'empara de lui. Il saisit son arquebuse et se lamenta :

« Laissez-moi, laissez-moi, je vais tirer.

– Il est trop tard, à présent. L'oiseau a disparu! » gronda Cortez.

En effet, aucun des Espagnols ne parvenait plus à voir l'oiseau, qui semblait avoir disparu derrière les nuages. Mais Garcia Novarro leva le canon de son arquebuse et tira à l'aveuglette.

On entendit alors un bruissement et un frémissement dans l'air, le héron s'abattit et tomba à terre. La balle de Garcia Novarro lui avait traversé la tête.

C'était un oiseau tel qu'aucun d'entre nous n'en avait

jamais vu. Il mesurait plus de neuf pieds d'envergure quand on déployait ses ailes. Il avait le corps d'un héron, mais ses plumes étaient bleues et vertes comme celles d'un paon tandis que son cou se parait de tous les rouges qui existent sur terre : le rouge des myrtilles, du sorbier et des feuilles mortes; le rouge du vin, du sang et de la rose; le rouge écarlate, pourpre, vermillon et carmin.

De nombreux Indiens s'approchèrent, car aucun d'eux n'avait jamais vu d'aussi près le héron qu'ils appelaient Mille-feux. Ils étaient consternés de voir que les Espagnols étaient dotés du pouvoir de faire tomber du haut du ciel l'un de leurs dieux les plus sacrés et de le tuer. Ils soulevèrent l'oiseau, sans dire un mot, l'air soucieux, et l'emportèrent en une procession solennelle, et le Grand Seigneur ne s'opposa plus à l'entrée des Espagnols dans la ville de Tenochtitlán. Il accepta que deux officiers espagnols, Quiñones et de Leone, l'accompagnassent sur-le-champ avec quelques hommes. Cortez et les autres Espagnols devaient suivre plus tard, lorsqu'on serait prêt à les accueillir et que le brouillard, qui pesait encore lourdement sur la ville, se serait levé.

Lorsqu'il eut obtenu satisfaction, Cortez s'avança vers le Grand Seigneur et lui mit un collier de perles de verre autour du cou. Il fit de même pour les princes Cacama et Guatimotzin, ainsi que pour l'Indien Calpoqua, qui lui semblait être une sorte de maréchal, de général ou de chancelier indien, puisqu'il se trouvait constamment aux côtés du Grand Seigneur. En secret, cependant, Cortez ordonna à de Leone et à Quiñones de surveiller de près ces trois messieurs une fois qu'ils seraient entrés dans la ville.

Aucun Espagnol ne revit jamais le héron Mille-feux. Et il semble que l'oiseau abattu par Garcia Novarro ait été le seul de son espèce. Il est possible qu'il y en ait eu d'autres comme lui autrefois, et que cette immense tribu de hérons peuplait le ciel du Nouveau Monde bien avant que les Espagnols ne missent le pied sur cette terre, mais celui-là était le seul qui restait. Et lorsque ce dernier représentant de l'espèce, vieux et sage, avait tournoyé au-dessus du camp, c'était assurément pour voir de ses propres yeux les futurs maîtres du pays dont il avait appris l'arrivée. Mais il dut le payer de sa vie.

Le Grand Seigneur était retourné en sa ville de Tenochtitlán. Il était très inquiet et se sentait le cœur lourd, car le caractère sauvage et indomptable de Cortez et des autres Espagnols qu'il avait vus de ses propres yeux pour la première fois ce jour-là l'avait terriblement effrayé. D'ordinaire, il ne regardait même pas les Indiens qui se prosternaient dans la poussière et s'écartaient à genoux de son chemin lorsqu'ils le rencontraient, mais ce jour-là, il les remercia très aimablement en levant et en baissant les bras.

Lorsqu'il eut regagné son palais, il eut faim et demanda qu'on lui servît à manger. Ses serviteurs lui apportèrent toutes sortes de mets : de la viande, du poisson, des fruits et des herbes séchées, tout cela dans des plats sous lesquels ils avaient placé des chaufferettes remplies de braises afin qu'ils ne refroidissent pas. Mais malgré le grand nombre de plats qui remplissaient toute la salle de leur fumet, il n'en toucha aucun. Il se contentait de fixer le néant, assis sur son siège en cuir, sans dire un mot.

Le lendemain matin, il reçut la visite de Calpoqua : c'était l'Indien que Cortez prenait pour un général et qu'il avait menacé pour cette raison, mais qu'il avait finalement embrassé et comblé de cadeaux. Ce Calpoqua apportait à son maître des statuettes représentant Cortez et ses deux officiers, tous trois de la taille d'un doigt et qu'il avait forgés, ciselés et taillés durant la nuit en argent, en cuivre et en bois. De plus, il avait reproduit Garcia Novarro en train d'abattre le héron Mille-feux à l'aide de son arquebuse, ainsi qu'un cheval, un mulet et un porc qui n'avait qu'une oreille : en effet, par le plus grand des hasards, l'original que Calpoqua avait vu ne possédait qu'une oreille, car une roue de charrette avait écrasé et coupé l'autre, et le « maître de la matière » croyait donc que tous les porcs n'avaient qu'une seule oreille.

Le Grand Seigneur observa attentivement ces petits personnages et loua le travail précis et minutieux pour lequel il avait emmené Calpoqua avec lui dans le camp espagnol. Il reprocha seulement à l'arquebuse de Garcia Novarro de n'être pas dotée du nuage de fumée qui s'était échappé soudain par la bouche de l'arme. Calpoqua assura à mi-voix et d'un ton humble qu'il avait essayé plusieurs manières d'imiter ce nuage de fumée, mais qu'aucune matière – ni l'or, ni l'argent, ni le bois – ne s'y était prêtée. Mais il avait l'intention de poursuivre ses essais jusqu'au moment où il aurait exaucé le souhait du Grand Seigneur et réalisé un nuage de fumée artificiel.

Le Grand Seigneur fit porter ces personnages dans une vaste salle où il conservait des imitations en or, en argent, en pierres précieuses et en plumes de toutes les choses existant sur la terre et dans les mers et dont les Indiens avaient connaissance – des imitations si fidèles qu'on les eût prises pour leurs propres originaux.

Avec mainte précaution, il fit placer dans cette salle les reproductions de Cortez et de ses gens, et lorsque ce fut fait, il retrouva une humeur plus enjouée, presque joyeuse, car il lui semblait à présent que Cortez et ses troupes n'avaient plus rien de nouveau ni d'effrayant pour lui, puisque leurs images se trouvaient parmi toutes ces vieilles choses qu'il connaissait depuis si longtemps. Il se rendit dans une autre salle où il fit venir ses danseurs, ses prestidigitateurs et ses étranges éclopés afin d'être diverti par leur spectacle. Et tandis que ceux-ci exécutaient leurs tours, il aspirait lentement les vapeurs de l'herbe de Santa Croce qui rend songeurs et sages ceux qui en consomment.

Les deux officiers espagnols et leurs gens attendaient

Calpoqua, le « maître de la matière », devant le palais. Ils l'avaient vu pénétrer dans la demeure royale et avaient constaté qu'il était resté plus d'une heure à s'entretenir en secret avec le Grand Seigneur. Ils ne doutaient plus à présent qu'il eût reçu des ordres secrets de son maître destinés à nuire aux Espagnols. C'est pourquoi Quiñones le saisit brutalement par l'épaule, le secoua, le traita en langue espagnole d'infidèle, de coquin et de rebelle. Le « maître de la matière » ne comprenait pas ce qu'il disait. Il sortit une petite baguette de bois de son habit et le frappa légèrement sur les doigts.

Il n'en fallut pas plus à Quiñones pour punir de mort cette trahison. Il recula de deux pas, leva son arquebuse et lui tira une balle dans la poitrine.

Sur le moment, Calpoqua ne sentit pas qu'il était touché; il était simplement très étonné et ravi de revoir le nuage de fumée s'échapper de l'arquebuse. Et il sut dans l'instant comment et en quelle matière il pourrait l'imiter : avec le duvet que certains oiseaux des étangs portaient autour du cou et qu'il avait vus souvent dans les marais du nord de la ville. Et il se souvint que ce duvet avait naturellement la couleur du nuage de fumée : il était blanc, gris pâle et vert. Et il s'en réjouit.

Puis il s'écroula.

LE BLÉ DU DIABLE

DANS la nuit qui suivit le coup de main de Mendoza, Dalila fut prise d'une forte fièvre. Elle se mit à geindre, à crier et à prononcer des paroles insensées. Le matin, Grumbach réveilla Schellbock et Jäcklein et leur ordonna de l'emporter à travers les forêts denses jusqu'à la ville de Tenochtitlán, chez l'un des chirurgiens indiens qui y exerçaient leur art. A l'intention de celui-ci, il prépara une petite lettre à la manière indienne, faite de fils noués et de nombreuses petites lanières de cuir, car les Indiens ne savent pas lire les écritures : ils tissent leurs documents comme on tisse chez nous un bout d'étoffe de lin ou un tapis.

A l'aide d'une corde et d'un manteau, Schellbock confectiona une natte sur laquelle il allongea Dalila. Il la chargea sur son dos et se mit en chemin avec Melchior Jäcklein. Ils pensaient être de retour avant la tombée de la nuit, car ils craignaient une nouvelle attaque des Espagnols contre les sources et le point de départ des canalisations d'eau.

Mais ce matin-là, Alvarado avait quitté le camp espagnol avec quelques valets pour abattre des arbres dans la forêt indienne. Lorsqu'ils traversèrent le sous-bois, ils se trouvèrent soudain nez à nez avec les deux Allemands qui portaient leur fardeau et se frayaient un chemin au milieu des racines; les Espagnols se mirent immédiatement à la poursuite de Schellbock et de Jäcklein en poussant des clameurs. Lorsque les deux Allemands virent qu'ils ne pourraient échapper aux Espagnols, ils s'arrêtèrent, déposèrent leur fardeau sur le sol et se confectionnèrent chacun un gourdin de bois à l'aide d'une branche. Ils s'attaquèrent ainsi aux Espagnols, mais ceux-ci, plus nombreux, les maîtrisèrent rapidement et les jetèrent à terre.

Alvarado se précipita vers la natte, la souleva et cria qu'il venait très certainement de mettre la main sur un trésor du Grand Seigneur indien qui était assurément plus riche en or et en pierres précieuses que le légendaire Crésus. En entendant ses cris, les Espagnols abandonnèrent les deux Allemands et coururent vers lui, car chacun voulait en avoir sa part.

Alvarado, qui venait de saisir une torche, proféra alors un juron formidable en découvrant Dalila, terrifiée, aveuglée par la lueur de la torche, et qui ne savait pas dans quel trou de souris elle pourrait trouver refuge. Alvarado fut incapable de maîtriser sa colère et sa contrariété, il frappa Dalila deux fois sur la tête. Mais il sentit aussitôt qu'elle avait mêlé à ses cheveux des barrettes, des bagues et toutes sortes de bijoux en or, et il se hâta d'arracher toutes ces parures de sa tête. Il tira cependant si brutalement ses cheveux que Dalila poussa un cri et appela Grumbach à l'aide :

« Maître, maître ! » cria-t-elle, car elle n'appelait pas Grumbach par son nom de baptême; elle l'appelait comme le faisait Melchior Jäcklein, c'est-à-dire : « Maître ! »

« Qui est ton maître ? lui demanda Alvarado en retirant la main de ses cheveux.

– Mon maître, dit Dalila, est plus grand que vous, plus fort et plus beau. » Mais son esprit troublé par la fièvre vit alors soudain apparaître le duc de Mendoza à la place de Grumbach, et elle se lamenta : « C'est lui qui m'a rendue malade, qui m'a blessée à la main et a fait couler mon sang. » La peur s'empara d'elle, et elle se mit à geindre et à pleurer : « Que me voulez-vous? »

Alvarado eut pitié d'elle et la fit conduire avec les deux Allemands dans le camp. Une fois arrivés là, il les enferma tous les trois dans une cabane et plaça deux Espagnols armés d'un mousquet devant leur porte. Puis il alla informer Cortez qu'il avait fait deux prisonniers allemands.

Au bout d'un petit moment, Pedro Carbonaro passa en boitant devant la cabane des Allemands et leur dit qu'il leur était permis, conformément à la volonté et à l'ordre de Cortez, de se déplacer librement à l'intérieur du camp et qu'ils pouvaient garder sur eux tous les vêtements qu'ils portaient. Mais s'ils devaient se montrer rebelles ou essayer de s'échapper du camp, lui, Pedro Carbonaro, avait reçu l'ordre de leur faire prendre quartier à la potence. Il se tapota la poitrine du doigt et dit :

« Je suis le bourreau et le prévôt de Cortez. »

Melchior Jäcklein fut très contrarié d'entendre ce bourreau cagneux le menacer de la potence. Il sortit de la cabane et dit :

« Eh bien, maître Béquillard! Manque-t-on à ce point dans le camp espagnol de jambes droites et de museaux bien léchés que Cortez doive utiliser son bourreau comme *chevalier de la manche*[1] pour transmettre des messages? Maintenant que vous vous êtes si noblement acquitté de votre tâche, vous pouvez déguerpir! »

Le prévôt lui lança un regard hautain et méchant, mit les poings sur les hanches, et cria de sa voix d'oiseau éraillée :

« Toi, coquin, je ne tarderai pas à bannir ta langue de ta bouche, ou je veux bien qu'on me coupe les deux mains! »

A ces propos, les deux Allemands entrèrent dans une

1. En français dans le texte (N.d.T.)

grande colère, surtout Schellbock, qui sortit alors à son tour de la cabane et poursuivit le prévôt de ses cris.

« Hé là ! maître Ordurier ! Qu'est-ce qui te prend de nous tenir des discours aussi immondes ? Que le diable te gonfle le corps par le trou de derrière ! »

Il s'assit alors à côté de Melchior Jäcklein, hocha la tête et dit :

« Les bourreaux sont des gens grossiers, malpropres et querelleurs. Ils n'ont pas de manières, car ils exercent un métier bien déplorable, et si tu fais enfiler un pourpoint de soie à un tel porc, il ne s'en vautrera pas moins dans la fange. »

Entre-temps, on leur avait apporté du pain, du vin et de la viande froide sur laquelle ils se jetèrent avec grand appétit tandis que le chirurgien qu'Alvarado leur avait envoyé se trouvait à l'intérieur de la cabane pour laver la plaie de Dalila.

Lorsque Grumbach avait entendu Dalila au loin l'appeler « Maître ! Maître ! », il avait été saisi d'effroi et avait attendu plein d'impatience le retour de Schellbock et de Jäcklein. Mais lorsque l'aube pointa sans que les deux compères fussent revenus, il descendit de la montagne accompagné des deux paysans qui étaient restés avec lui, Jakob Thonges et Mathias Hundt.

Au bout d'une heure, il tomba sur deux Espagnols qui avaient abbatu un arbre et achevaient de le débarrasser de ses branches avec leurs haches. Un feu brûlait à côté d'eux, et ils faisaient rôtir un bout de viande de cheval à la broche.

Grumbach arriva, tel un chasseur, portant sur l'épaule deux coqs d'Inde dont les pattes étaient liées. Il avait enfoncé son chapeau sur son œil gauche. Derrière lui marchaient Jakob Thonges et Mathias Hundt, qui portaient tous deux sur leurs épaules du gibier indien.

Les deux Espagnols ne reconnurent pas Grumbach et ses valets, mais crurent qu'il s'agissait de quelques-uns des cavaliers récemment recrutés qui étaient arrivés au camp avec le prévôt. L'un deux posa sa hache, se tourna vers Grumbach et lui demanda :

« D'où venez-vous ? Etes-vous allés chasser ? »

Grumbach s'assit, jeta du bois sec dans les flammes et se mit à tailler une brochette de bois.

« Nous étions à la chasse et nous avons abattu cette sorte de faisan ou de grue, et nous voulons maintenant nous faire rôtir une cuisse. »

L'Espagnol vit qu'aucun des trois hommes ne portait d'arquebuse.

« Qu'avez-vous fait de vos arquebuses ? » leur demanda-t-il.

Grumbach se frappa le front de la main et cria à l'adresse de Thonges :

« Diable ! Nous avons laissé nos trois arquebuses près de la source où tu as bu, sot que tu es ! Que le Diable t'emporte ! Retourne sur tes pas et va les chercher ! »

Thonges se mit à rire à gorge déployée, mais resta assis et ne bougea pas d'un pouce, car il n'avait jamais entendu parler de cette source, de l'eau et des arquebuses.

« Avez-vous oublié que Cortez a juré sur la potence et son échelle qu'il ferait pendre tous ceux qui égareraient leur arquebuse ? demanda l'Espagnol.

– Je ne l'ai pas oublié ! s'écria Grumbach. Allez, cours et donne du courage à tes jambes ! »

Mais Thonges resta assis; il prit un air perplexe et naïf et se remit à rire.

« Donne-moi les oiseaux, benêt ! » cria Grumbach en prenant le gibier que Thonges portait sur l'épaule. Or, c'était un oiseau au plumage multicolore, guère plus gros qu'une grive, et Grumbach dit : « Il y a bien des choses curieuses dans ces forêts si denses. Des grenouilles qui hurlent comme des loups, des écrevisses qui grimpent aux arbres, des lézards qui bêlent comme des moutons. Mais cet oiseau-là chante avec une voix humaine. »

L'Espagnol leva les yeux de son travail, hocha la tête et lui demanda :

« Me prends-tu pour un sot? Comment un oiseau pourrait-il chanter d'une voix humaine puisqu'il n'est pas chrétien et n'a pas été baptisé!

– Eh bien, ne me crois pas! s'écria Grumbach. Je l'ai moi-même entendu hier matin non loin d'ici appeler son mâle. Il a crié trois fois, d'une voix presque plaintive, comme une petite fille. »

L'Espagnol se mit à rire.

« Qui t'a fait croire de telles balivernes? dit-il. Ce que tu as entendu, c'étaient les cris de la fille indienne qu'Alvarado a capturée avec les deux Allemands. »

Grumbach posa alors la grive et lui demanda.

« Où est-elle à présent? Où Alvarado l'a-t-il emmenée?

– Je ne le sais vraiment pas. Il faudra que tu t'adresses à Alvarado lui-même, répondit l'Espagnol en retournant son rôti de cheval de l'autre côté.

– Voilà assez de comédies! hurla Grumbach d'une voix si formidable que l'Espagnol en laissa tomber son rôti dans le feu. Je suis Grumbach, conduis-moi à votre camp! »

A peine Grumbach eut-il prononcé son nom que l'un des Espagnols abandonna sa hache et, pris de panique, dévala le coteau et disparut bientôt dans les broussailles. L'autre tendit la main dans le feu pour saisir son rôti et s'enfuir lui aussi, mais il ne le put pas, car Mathias Hundt se trouvait derrière lui et lui barrait le chemin. Il resta donc, jeta des regards affolés de tous côtés, se cracha dans la main, souffla dessus et jura, car il s'était brûlé les doigts en voulant saisir le rôti. Puis il se dit soudain qu'il sauverait peut-être sa peau en flattant Grumbach et en s'adressant à lui comme à un seigneur de noble naissance. Mais la peur qui le tenaillait l'empêcha de trouver autre chose qu'une petite phrase en latin : *Ora pro nobis*. Et il était persuadé que ces mots signifiaient « bonjour » ou « bienvenue ». Il tira donc son bonnet et dit en s'inclinant jusque à terre :

« *Ora pro nobis*, Votre Grâce ! »

Il croyait par ces mots avoir salué Grumbach de la manière la plus distinguée qui soit.

Mais Grumbach entra dans une grande colère. Il le saisit à l'épaule, le secoua brutalement et s'écria :

« Que me racontes-tu là ? Est-ce que je suis un curé, par hasard ? Tu peux aller prier avec le bourreau ! A présent, conduis-moi à votre camp ! »

L'Espagnol ne parvenait pas à croire que Grumbach voulait sérieusement se rendre au camp de Cortez, qu'il avait si durement combattu auparavant. Il avait peur et pensait que Grumbach le faisait marcher en tête afin de pouvoir plus aisément l'assommer par-derrière ou le poignarder. Il se tortillait comme une anguille prise au filet et fit mine de s'inquiéter de la vie de Grumbach :

« Votre Grâce, qu'allez-vous chercher dans le camp des Espagnols, Cortez vous fera très certainement trancher la tête. » Sa peur lui souffla alors un autre mensonge : « Suivez-moi, Votre Grâce, et fuyez avant que mon capitaine, Diego Tapia, qui recherche non loin d'ici des renards avec deux officiers, ne vous entende.

– Et même si ce devait être le Diable qui cherche des renards, cria Grumbach, que veux-tu que cela me fasse ! Allez, partons ! »

Lorsqu'il comprit qu'il n'échapperait pas à Grumbach, l'Espagnol poussa un soupir résigné et marcha en tête, jetant à chaque pas un regard de biais derrière lui pour voir quel mauvais coup les Allemands lui préparaient. Mais Grumbach et ses deux compagnons le suivirent en silence pendant plus d'une heure jusqu'à la lisière de la forêt. Lorsqu'ils arrivèrent en vue du camp, l'Espagnol retrouva tout son courage et se mit à marcher à grandes enjambées; il croyait toujours que les Allemands changeraient d'avis, rebrousseraient soudain chemin et s'enfuiraient, mais à présent, si près du camp, il était fermement décidé à ne plus les laisser échapper. En marchant entre les rangée des tentes, il vit à sa grande surprise que les trois Allemands le suivaient toujours. Il fit alors des signes discrets afin que ceux qui les croisaient comprissent qu'il avait capturé un oiseau rare et allassent en avertir Cortez. Mais personne ne faisait attention au soldat espagnol et à ses gestes, jusqu'au moment où il croisa Pedro d'Olio; celui-ci avait vu Grumbach de près lors d'un combat antérieur, près de Qualtepec, où l'Allemand avait attaqué Cortez et détruit la passerelle d'un bateau. Ce Pedro d'Olio reconnut Grumbach sur-le-champ et fit signe à deux de ses hommes de le suivre avec leurs arquebuses chargées. Puis il s'avança vers Grumbach, se découvrit très courtoisement et lui dit qu'il désirait probablement rencontrer ses deux valets qui étaient tombés la veille aux mains des Espagnols, ajoutant qu'il se ferait un plaisir de l'accompagner à l'endroit où ces deux hommes avaient été installés. Et bientôt, Grumbach aperçut Jäcklein et Schellbock assis sur le sol devant leur cabane de bois. Schellbock était occupé à raccommoder son habit.

« Celui-ci doit être une créature bien étonnante, dit Pedro d'Olio en désignant Schellbock. En un seul jour, il a avalé six livres de viande et deux miches de pain, ainsi que trois pichets de vin. Mais cela ne lui suffit pas, il réclamait encore. Il existe vraiment des êtres étranges en ce bas monde! »

C'est alors que Jäcklein aperçut Grumbach. Il se leva d'un bond, courut à sa rencontre et s'écria :

« Vous ont-ils capturé vous aussi, maître? Nous sommes donc perdus!

– Où est Dalila, lui demanda Grumbach brusquement.

– Elle dort dans la cabane », dit Jäcklein.

Grumbach entra et vit Dalila qui dormait, allongée sur un tapis dans un coin de la cabane. Elle respirait calmement, car la fièvre l'avait abandonnée depuis que le chirurgien avait lavé sa plaie.

Thonges et Mathias Hundt avaient suivi Grumbach à l'intérieur de la cabane. Grumbach ne réveilla pas Dalila; il s'approcha de la paroi de bois percée d'une lucarne et observa le camp espagnol.

Dehors, il vit trois Indiens qui chargeaient du maïs sur une charrette. Deux autres entassaient du bois de construction, des tuiles et des pierres taillées. Un garçon d'écurie promenait le cheval d'un officier devant une tente. Dix cavaliers espagnols qui galopaient de front dans l'allée du camp se dirigeaient vers la cabane.

« Les Espagnols sont donc parvenus à nous vaincre, dit Thonges à voix basse.

– Qui nous a vaincus, dis-tu? demanda Grumbach.

– Les Espagnols, puisqu'ils vous ont capturés.

– Toi, tu es peut-être prisonnier, mais pas moi! rétorqua Grumbach. Je suis entré, et je vais à présent ressortir. »

Thonges jeta un regard par la lucarne.

« Ils ont encerclé la cabane. Ils sont plus de dix, et tous bien armés. »

Pour toute réponse, Grumbach dégaina son épée, la planta dans le sol, vérifia sa souplesse et l'examina avec attention.

« Mathias et Jakob! Ecoutez bien! Le premier qui entrera ici, je lui transpercerai le corps. Vous vous jetterez tous deux sur lui et lui prendrez son arquebuse, de même que le plomb et la poudre.

– Que ferons-nous ensuite, maître? demanda Thonges.

– Ce que nous ferons? cria Grumbach. Tonnerre de Dieu, une fois que j'aurai une arquebuse, je serai le plus fort. Si j'en avais possédé une dès le début, j'aurais empêché les Espagnols d'avancer de plus de deux milles à l'intérieur de ce pays.

– Voilà qui va mal se terminer! remarqua Thonges. Les poings de trois hommes ne suffiront pas.

– Si tu as peur, tu peux rester à l'arrière, dit Grumbach. Mathias, es-tu prêt? Souffle la bougie! »

Mathias Hundt ne dit mot; il souffla la bougie et se plaça derrière Grumbach. Celui-ci leva son épée, pencha la tête en avant et épia attentivement les bruits du dehors.

Pendant un moment, le silence fut total. Les trois hommes retenaient leur souffle, sans esquisser le moindre geste.

Tout à coup, on entendit le sable crisser imperceptiblement devant l'entrée.

« En voilà un », murmura Thonges.

Grumbach se pencha en avant, on eût dit qu'il allait d'un bond se précipiter vers la porte de la cabane. Dalila dormait.

La porte s'ouvrit.

On vit apparaître la silhouette d'un Espagnol. Il baissa la tête en passant le seuil, hésita un instant, puis referma doucement la porte derrière lui.

Thonges avait saisi la main de Mathias, il respirait fort et attendait l'instant où Grumbach bondirait sur l'Espagnol.

Mais Grumbach ne bougeait pas.

L'Espagnol se redressa et fit deux pas en direction de Grumbach. Il marchait sans bruit, et l'on n'entendait qu'un léger crissement à chacun de ses pas, comme du sable qui s'écoule.

Grumbach rengaina alors bruyamment son épée, enfonça son chapeau sur son front et dit :

« Mathias, fais de la lumière! »

Mathias Hundt hocha la tête. Il était très étonné de voir que Grumbach n'avait pas transpercé le corps de l'Espagnol, comme il était convenu. Mais il ne souffla mot et fit du feu.

Lorsque la lumière fut revenue, ils découvrirent le duc de Mendoza debout devant eux, souriant et sans arme.

Il s'approcha aussitôt de Grumbach, lui posa le bras sur l'épaule et tenta de l'amadouer avec force propos et compliments courtois.

« Rhingrave ! dit-il. J'ai eu de tout temps une grande estime pour vous. Je suis désolé – Dieu m'en est témoin – que vous soyez tombé aux mains de Cortez. Car Cortez n'est pas un gentilhomme, et il convient aussi peu pour un poste de général qu'une faucille recourbée pour le fourreau d'une épée. Mais il arrive souvent en temps de guerre qu'une tête intelligente et savante tombe au moment même où les rustres s'arrogent tout le pouvoir. » Et il ajouta : « Il faut attendre la chance et espérer que les choses prennent meilleure tournure un jour prochain. »

Aucun des Allemands ne reconnut dans ce jeune homme l'Espagnol qui avait cruellement abattu deux jours plus tôt trois de leurs compagnons. Seule Dalila, qui venait de s'éveiller, le reconnut aussitôt. Elle prit peur et se précipita vers Grumbach, posa ses bras autour de son cou et se cacha sous son manteau.

Mendoza, cependant, se mit à plaisanter dans l'espoir d'égayer Grumbach.

« Ma foi ! dit-il en désignant Dalila. Vous avez là un manteau de velours brun fort beau et précieux qui pourrait rendre jaloux et rebelle n'importe quel moine. Rhingrave, je vous le dis, mon premier amour fut un manteau de velours brun. Il appartenait à la belle demoiselle italienne auprès de qui nous avons tous deux appris à jouer du luth, lorsque nous étions enfants, au château de Gand, vous en souvenez-vous ? Ah, comme j'aimais passer mes doigts sur ce velours brun ! Et aujourd'hui encore, à chaque fois que j'aperçois une telle fourrure sombre, je revis en pensée ces amours enfantines. J'entends alors un luth jouer à mon oreille une mélodie italienne impie, et il me faut fermer les yeux et passer mes doigts sur le velours si doux; je sursaute à chaque fois, et j'ai peur que quelqu'un ait pu nous voir, ma bien-aimée et moi, le velours brun... »

Le jeune duc jeta des regards apeurés tout autour de lui, singea l'inquiétude, fit mine d'être troublé et passa ses doigts sur la joue, l'épaule et la poitrine de Dalila. Et il jouait le rôle du jeune homme amoureux avec une telle grâce que Thonges donna un coup de coude à Mathias Hundt en éclatant de rire.

Dalila était toujours blottie contre Grumbach et ne bougeait pas. Mais ses yeux noirs glissèrent sur la silhouette élancée du duc et s'arrêtèrent sur le visage pâle du jeune homme.

Mendoza, s'adressant de nouveau à Grumbach, lui demanda :

« Rhingrave, est-il vrai que les femmes de ce pays conçoivent dans la douleur et qu'elles accouchent dans la volupté ? Assurément, vous le savez. »

A cette question, les deux Allemands se mirent à rire encore plus fort, mais Grumbach ne répondit pas.

Le rire des deux Allemands cessa soudain. Un vent froid s'engouffra dans la pièce et fit frissonner Grumbach, qui s'enveloppa en grelottant dans son manteau. Une sourde angoisse s'était emparée de lui et pesait sur sa poitrine telle une lourde pierre, juste sur le cœur.

Lorsqu'il leva les yeux, il vit Fernand Cortez dans l'embrasure de la porte.

Il voulut saisir son épée, mais son bras sembla soudain alourdi par des poids de plomb. Il voulut appeler Thonges et Jäcklein à l'aide, mais la peur étreignait sa poitrine.

Mendoza s'approcha sans bruit de Cortez et murmura :

« Je tiens les pattes de l'ours. » Et s'adressant à Grumbach, il dit à voix haute : « Allons, rhingrave, venez, que je vous présente don Fernand Cortez, voici mon ami et cousin Franz Grumbach, rhingrave... »

Ce jour-là, le jour où les Espagnols parvinrent à vaincre Grumbach grâce aux cris d'une enfant, il advint qu'ils furent eux-mêmes défaits par le lierre vert et vivant de la forêt indienne.

Il arriva de tout côté, du plus profond des forêts denses, et entoura d'abord le camp espagnol telle une haie de ronces. Mais dès le soir, il s'approcha un peu plus. Comme un éclaireur, il rampait sur le sol, au cours de la nuit, à travers les rangée de tentes, et quand il rencontrait une barre de fer ou un mur de bois, il grimpait et s'accrochait à lui. Il s'enroulait autour des hallebardes des sentinelles, clouait au sol les arquebuses. Il recouvrit la terre tel un lourd tapis, enferma le seau de bois dans un grillage vert et jeta des ponts d'une tente à l'autre. D'un coup, il barra les allées étroites du camp. En s'éveillant, le lendemain matin, ceux qui dormaient devant leurs tentes eurent la surprise de découvrir au-dessus de leur tête les mailles vertes de ce filet qui avait remplacé le bleu du ciel. L'un d'eux voulut se lever, engourdi encore par le sommeil, mais le lierre lui arracha son casque. Des objets étaient assemblés sans rime ni raison : un gant était accroché à une hampe, une cruche de terre cuite flottait en l'air, les chevaux, écrasés par le poids du lierre, ne parvenaient plus à se lever. Cortez lui-même fut dans l'impossibilité de quitter sa tente deux heures durant, et il fallut ouvrir un passage à travers le lierre foisonnant à l'aide de haches et en y mettant le feu.

Ce lierre, ce miracle de la forêt indienne, resta trois jours et trois nuits, et au cours de la dernière nuit, il se mit à fleurir : on vit éclore de grosses fleurs jaunes dont le parfum enivrait et troublait les esprits. Puis il disparut aussi rapidement qu'il était venu, et les Espagnols le baptisèrent « le blé du diable ».

Or, au cours de cette troisième nuit, où l'on vit éclore les fleurs du lierre qui troubla le sens des hommes avec son haleine empoisonnée, Grumbach s'empara de trois balles et de l'arquebuse.

RÊVE D'ALLEMAGNE

Grumbach resta deux jours et deux nuits dans le camp espagnol, et il semblait alors qu'il avait fait la paix avec Cortez et son Armada. Mais cette paix ne dura pas longtemps, elle prit fin au cours de la nuit où Cortez et Grumbach rêvèrent tous deux au même instant de l'Allemagne.

Le soir, un cousin du Grand Seigneur indien avait quitté la ville de Tenochtitlán et était arrivé au camp espagnol en compagnie de don Juan de Leone, l'un des deux chevaliers que Cortez avait envoyés dans la capitale indienne. Ces deux seigneurs apportaient à Cortez un trône d'or admirablement ciselé et décoré de toutes sortes d'animaux – des aigles, des griffons, des lions et de terrifiants monstres marins –, ainsi que trente lingots d'or, cent barres d'argent et deux sacs remplis de poussière d'or. Le trône à lui seul valait plus de quatre-vingt-dix mille pesos, et l'Indien lui remit ce présent du Grand Roi avec maints compliments et force belles paroles.

La joie de Cortez fut immense lorsqu'il reçut ce trésor; il fit casser immédiatement le trône d'or en morceaux, car il voulait partager ce trésor en deux. Puis il fit venir ses chevaliers et ses capitaines dans sa tente.

La vaste antichambre qui constituait l'entrée de la

tente de Cortez fut aussitôt remplie d'officiers et de cavaliers qui se pressaient autour du trésor en manifestant leur étonnement et leur admiration, car, de leur vie, ils n'avaient vu autant d'or entassé au même endroit. Aucun des officiers ne prononça un mot; ils se parlaient à voix basse, l'air craintif, et n'osèrent pas non plus saisir un morceau d'or jusqu'à ce que l'un d'eux, Christoval Diaz, s'agenouillât, examinât les restes du trône et dît que la patte de griffon qu'il tenait à la main valait bien trente pesos d'or, et la gueule de dragon soixante. Les autres surmontèrent alors leurs craintes, et d'Aquilar déclara :

« Vous savez ce que valent les rubis! J'en donne deux cents pesos d'or. »

Diego Tapia saisit à son tour un morceau d'or, le soupesa et cria que ce qu'il tenait dans sa main lui permettait de s'offrir des domestiques, des chevaux, un cocher et un carrosse. D'Olio s'exclama alors d'une voix forte :

« Oh! vaine gloire! »

Un autre, le sieur de Sandoval, dont l'esprit et les sens semblaient troublés, remarqua qu'il valait la peine de faire la guerre et qu'avec son or, il se ferait marchand. Alvarado, quant à lui, tournait sans cesse autour du monceau d'or, sans dire un mot, en lançant des regards pleins d'animosité à tous ceux qui s'approchaient trop près du trésor. Il se comportait comme le chat qui tourne autour de son écuelle de lait pour la protéger.

Le trésor qui se trouvait au milieu de la tente avait un effet étrange sur le groupe des officiers : chacun criait plus fort que son voisin, et tout à coup, Alvarado se mit lui aussi à hurler d'une voix si forte que tous les autres tressaillirent :

« A la potence! A la potence! »

Il disait qu'il fallait pendre tous ceux qui tenteraient de filer avec l'or caché sous leur pourpoint, et de Neyra s'écria que Dieu lui avait posé la pauvreté dans la bouche comme on met le mors à un cheval, mais que désormais, il ne se lasserait pas de combattre, de frapper, de boire, de festoyer et d'avoir du courage. Tapia cria plus fort que lui encore que ce bouffon et cet âne n'aurait rien, que l'or revenait seulement aux élus. Sandoval, de son côté, s'était chargé d'or comme un baudet, il ne pouvait plus ni bouger ni se tourner, et Alvarado lui sauta à la gorge en vociférant :

« A la potence ! A la potence ! A la potence ! »

De Neyra en était venu aux mains avec Tapia, et Pedro d'Olio ne cessait de crier :

« Oh, vaine gloire ! Oh ! vaine gloire ! »

C'est dans cette nef des fous que Grumbach fit soudain son entrée. Il portait son chapeau sur la tête et ne se découvrit pas. Tapia lâcha sur-le-champ de Neyra.

« Regardez-le ! hurla-t-il. Il s'imagine lui aussi qu'il est le juge suprême de l'empereur, il ne se découvre même pas devant nous.

– Tais-toi, dit de Neyra à voix basse. Il ne peut ni s'humilier ni se baisser, car jadis, chez les Allemands, il était comte ou prince, ce qui est plus qu'un grand d'Espagne.

– Il l'a été ! Mon pourpoint a servi de linceul à un grand seigneur ! s'écria Tapia.

– Qui est mort dans votre pourpoint, monsieur ? demanda Grumbach.

– Le plus grand bœuf de Baracoa, monsieur, et avec sa peau, mon sellier m'a confectionné ce pourpoint ! » s'exclama Tapia, et tous les capitaines partirent ensemble d'un rire tonitruant.

Mais soudain, le silence retomba, car Cortez était apparu dans l'embrasure de la porte.

Il piqua la torche qu'il tenait à la main dans l'un des anneaux de cuivre qui pendaient au bout d'une chaîne, au plafond. Puis il se baissa et commença à répartir en deux tas le trésor dont l'éclat se reflétait sur son casque de général et brillait de mille feux. Il fit avec l'or un grand tas, puis un autre, plus petit. Lorsqu'il eut achevé cette tâche, il se releva et engagea aussitôt le combat pour défendre le trésor de son roi.

« Messieurs! dit-il en s'adressant à ses officiers. Quels que soient l'honneur et la gloire militaire que nous avons gagnés durant cette guerre et que nous gagnerons encore, la plus grande partie de ce trésor doit revenir à la personne de notre roi, le plus noble après Dieu, tandis que nous, nous devrons nous contenter de la plus petite. Nous disposerons donc de cet or de façon à ne garder qu'une partie seulement de ce que nous avons gagné et nous remettrons le reste à Sa Majesté catholique qui en usera de la façon la plus utile pour le royaume. »

Après ce discours, les capitaines gardèrent tous le silence, car ils ne parvenaient pas à admettre qu'une partie de cet or dût revenir au roi – même s'il ne s'agissait que du petit tas que Cortez avait mis de côté.

Mais Cortez désigna justement le grand tas en disant :

« Cet or doit revenir à la couronne royale, car ses querelles avec les Allemands ont fait un vilain trou dans sa bourse et en ont tiré tous les sous d'or. Mais, avec votre accord, je vais répartir le petit tas entre les hommes de mon Armada afin que chacun d'entre vous reçoive de l'or pour une valeur de douze pesos, tandis que les simples soldats n'en recevront que deux et demi. »

Lorsqu'ils entendirent qu'ils devraient renoncer au tas d'or le plus important, les officiers se mirent tous à gronder, et la colère empourpra le visage de Diaz qui s'écria :

« Ai-je bien entendu? Nous ne recevrons pas plus de douze pesos? Je n'ai jamais vu plus grande injure ni plus grande injustice.

– Monsieur Diaz, dit Cortez d'une voix sombre, notre noble seigneur a fait parvenir à tous les gouverneurs de son triple royaume des missives qui demandaient qu'on lui procurât de toute urgence quatre cent mille pesos d'or. Il est en effet nécessaire de recruter et d'entretenir une grande armée en Allemagne, et il faut également payer nos alliés si l'on veut éviter que la révolte et la rébellion ne s'étendent.

– Vous comprenez bien vite, monsieur Cortez, ce que l'on veut entendre à la Cour ! s'écria Sandoval. Mais si le roi a besoin d'argent, cela nous importe peu. Que le paysan y laisse des plumes mais pas nous ! »

Cortez ne répondit pas, et s'enferma dans un silence plein d'amertume.

« Monsieur Cortez veut oublier ses capitaines et ses soldats, et réserve ses baisers pour le postérieur du moindre courtisan ! » s'écria de Neyra, au milieu du groupe.

– Si j'ai oublié mes capitaines et mes soldats, vous, vous avez oublié la gloire de l'Espagne ! » gronda Cortez en reculant d'un pas, si bien qu'il disparut presque totalement dans l'obscurité et que seul l'or se reflétait et brillait sur son casque. Une idée étrange et insensée traversa tout à coup l'esprit de Grumbach, qui était adossé, silencieux, contre la paroi de la tente, et cette idée le fit sourire. On eût dit qu'il en allait de tout cet éclat et de tous ces feux qui se reflétaient sur le casque du général comme de la gloire de l'Espagne dont Cortez venait de parler : tout semblait reposer sur la tête de Cortez.

Mais Pedro d'Olio se détacha alors du groupe des officiers, donna un coup de pied dans le tas d'or et dit :

« Que le Diable t'emporte ! Veux-tu te rendre à la cour du roi ? Il te transformera en vaisselle d'or dans laquelle il mangera des chapons, des gélinottes, des pâtés et du massepain, tandis que nous, nous mangerons du pain noir mêlé de terre. Il te transformera en fauteuils d'or tapissés de velours, tandis que nous, nous dormirons à même le sol...

– Assez ! » s'écria Alvarado. Il écarta d'un geste Pedro d'Olio et se retrouva en un éclair devant le tas d'or. « J'ai la parole de Cortez ! Il nous a promis que chacun de nous aurait un chapeau rempli d'or à ras bord. Faites comme bon vous semble, messieurs, moi, je prendrai la part qui me revient ! »

A ces mots, il s'agenouilla près du trésor, enleva son chapeau et se mit à le remplir de l'or du Grand Roi.

Cortez écumait de colère. Il dégaina son épée et s'apprêta à frapper Alvarado à la tête, mais celui-ci ne le vit pas : il était agenouillé, ses mains plongeaient dans le tas d'or.

Cortez se ravisa cependant; il tourna le dos à Alvarado et à l'or, baissa son épée et ne dit mot.

Les officiers de Cortez s'approchèrent un à un du trésor et remplirent leur chapeau en silence avant de se retirer. Le tas diminua de plus en plus, il disparut dans les chapeaux des Espagnols. L'éclat et les feux de l'or s'éteignirent alors peu à peu sur le casque de Cortez, et sa tête disparut dans l'obscurité. On eût dit que la gloire de l'Espagne s'éteignait sur sa tête.

La torche se balançait au bout de sa chaîne, dégageant une fumée épaisse qui enveloppa peu à peu la tête des capitaines de Cortez. Dans cette lumière incertaine, ils semblaient chanceler – on eût dit qu'ils étaient indécis ou enivrés par l'or qu'ils cachaient sous leurs manteaux.

Il ne restait plus rien du trésor du Grand Seigneur indien qu'un seul malheureux lingot d'or et quelques barres d'argent qui gisaient, éparses, au milieu de la tente.

Cortez se tenait à l'écart des autres et fixait le sol de son regard vide; les yeux grands ouverts, il rêvait de l'Allemagne.

Il vit l'Allemagne, étendue de terre infinie, sans arbre

ni buisson, sur laquelle tombait sans cesse une bruine fine. Un groupe de cavaliers traversait cette étendue au grand galop; c'étaient des évêques et des prélats, les chanceliers et les conseillers secrets de l'Empire. Mais à leur tête se trouvait l'empereur lui-même. Son manteau traînait derrière lui dans la boue, il était maculé de glaise humide. Ils galopaient si vite qu'aucun de ceux qui chevauchaient derrière lui ne releva le manteau. L'empereur rentrait la tête dans les épaules pour se protéger de la pluie, il avait la bouche ouverte, la lèvre pendante, et semblait très en colère.

Lorsque lui apparut en songe le visage courroucé de son souverain, Cortez sortit de sa rêverie et reprit le combat qu'il avait engagé pour l'or du roi, qui était déjà presque perdu.

Il chercha Grumbach des yeux, l'aperçut, adossé à la paroi de la tente, le chapeau enfoncé sur le front, et lui lança :

« Cela ne me désole pas moins que vous de voir qu'un Allemand a une fois de plus été à l'origine de toute cette agitation et de cette rébellion. »

Grumbach leva la tête.

« Monsieur Cortez, répondit-il, de quoi parlez-vous? Je ne sais que peu de chose des événements d'Allemagne. L'agitation et la révolte sont partout, car partout, sur les bords du Rhin, le paysan est frappé de dîme, de redevances, d'impôts, de corvées et de droits exorbitants.

– Allons donc, vous n'y êtes pas! s'écria Cortez. Seriez-vous aveugle? En vérité, c'est une honte de dire que les Allemands ont décidé de convertir désormais toute une horde d'infidèles, d'hérétiques, de Turcs et de Tatars à leur nouvelle doctrine!

– C'est vrai! lança Sandoval. En Allemagne, on n'entend plus parler que de rassemblements publics et d'alliances des Etats et des sujets contre Sa Majesté le roi. Depuis que le Diable a réveillé l'ennemi impie de l'Eglise, le monde vit dans le malheur et court à sa perte.

– Que la peste dévore celui qui méprise Dieu et sa sainte communauté ! » hurla soudain Alvarado, qui était assis par terre et caressait son or. Mais il se tut aussitôt et se remit à estimer la valeur de son trésor et à compter ses richesses.

Grumbach, cependant, s'approcha de lui, lui saisit le bras et s'écria :

« Qui est celui que vous accusez de mépriser Dieu, et quelle doctrine répand-il ?

– A Wittenberg se trouve un misérable parjure, déclara de Neyra, il ne vaut pas un sou. Il enseigne et affirme que la confession des péchés n'est pas nécessaire, que la messe est une abomination, le pèlerinage une superstition, et que les prêtres doivent renoncer à la chasteté. »

Grumbach blêmit. Il recula d'un pas et demanda à voix basse :

« Comment s'appelle celui que Dieu a initié à de tels secrets ?

– Le bourreau, s'écria Tapia, criera son nom bien assez fort lorsqu'il mettra le feu au bûcher. Moi, je ne le connais pas. Est-ce que je devrais par hasard connaître le nom de tous les fripons ? A un coquin, moi je dis : coquin !

– Il veut abolir les anciennes cérémonies de l'Eglise, il ne veut plus entendre parler de pénitence et de flagellation, il rejette les indulgences..., cria Diaz.

– En vérité, il a mille fois raison ! s'exclama Grumbach d'une voix formidable. Et ce n'est pas une hérésie, c'est la vraie doctrine, et je n'ai jamais eu d'autre foi que celle-là ! »

A ces mots de Grumbach, les Espagnols firent silence et s'éloignèrent de lui, si bien qu'il se retrouva bientôt seul au milieu de sa tente. De Neyra le regarda d'un air effaré et dit à voix basse :

« O Seigneur ! Aie pitié de nous ! »

Tapia fut le premier à retrouver sa voix. Il cracha sur le sol et cria qu'il avait toujours su que les Allemands n'étaient pas plus chrétiens que la chauve-souris n'était un oiseau.

« Ainsi donc, vous voulez fracasser les autels et chasser les curés ? s'exclama Sandoval.

– Dehors, les moines et les curés ! cria Grumbach. Ce sont les valets favoris du Diable !

– Le sacrifice et la prière ne sont que sottises aux yeux des hérétiques ! hurla Alvarado, qui commençait à s'échauffer.

– Vous vous moquez des cimetières ! s'écria Tapia.

– Prends garde, toi, le loup hérétique de Wittenberg ! Quelqu'un viendra un jour qui te ligotera et t'amènera devant l'empereur ! vociférait Diaz.

– C'est un Judas que l'empereur trouvera, je le crois aisément, fit la voix de Grumbach, qui couvrit toutes les autres. Mais ce sont les pièces d'argent qui lui manquent !

– L'empereur aura bien assez d'argent pour faire la guerre à tous ces loups hérétiques, rebelles et fous furieux ! s'écria Alvarado.

– Il n'aura pas besoin de puiser dans sa bourse. Il lui faudra bien nous laisser notre rite, s'exclama Grumbach.

– Il aura assez d'argent pour exterminer tous les hérétiques de son royaume.

– Il lui faudra d'abord retirer sa couronne d'or, qu'il a mise en gage chez le juif ! » lança Grumbach dans le brouhaha.

D'un bond, Pedro d'Olio se retrouva devant Grumbach, pâle de colère. Il voulut parler, mais pas un mot ne passa ses lèvres. Il leva alors son chapeau rempli d'or au-dessus de sa tête et le retourna. L'or alla rouler aux pieds de Grumbach.

Tapia, qui se trouvait derrière lui, l'écarta d'un geste,

jeta son or sur le tas sans en garder la moindre pépite et s'écria :

« Je ne veux point de cet or ! Le voilà ! Je n'ai que faire de l'honneur et de la gloire de ce monde. »

En un éclair, l'or du capitaine de Neyra vint s'ajouter à celui des autres.

« Tu auras tes chevaux, tes valets et tes canons, Charles ! Tu auras tout l'or que tu souhaiteras ! »

Sandoval, Diaz, d'Aquilar et tous les autres chevaliers et capitaines, tous déversèrent leur or sur le tas aux pieds de Grumbach et crièrent :

« Que Dieu te punisse, toi, démon hérétique et feu de l'enfer !

– Honte à l'Allemagne ! Elle n'est qu'un mouchoir sale dans lequel je crache ! »

Et aussi :

« Charles, achète avec tout cela des couleuvrines et des canons pour exterminer tous les hérétiques ! »

Alvarado fut le dernier à abandonner son or. Il fit la moue et dit d'un air soucieux :

« L'habit et le manteau des rois est donc toujours tissé dans la souffrance des autres. »

Lorsque Grumbach vit les malheurs que ses propos vengeurs avaient valus à la nouvelle foi, il serra les poings et s'écria :

« Ce or ne tombera pas aux mains de l'empereur, même si je dois pour cela me faire voleur et brigand de grand chemin ! »

Mais personne ne l'écouta, car les Espagnols, pris de folie, jetèrent alors tout ce qu'ils possédaient sur le tas d'or : leurs bagues, leurs chaînes d'or, l'un d'eux jeta même un ceinturon en argent et un autre un crucifix en or, et Tapia ajouta une broche sertie d'un rubis et de deux émeraudes. Cortez se trouvait parmi eux, le visage tourné vers le ciel, et l'éclat de l'or brillait à nouveau de tous ses feux sur son casque. Sa voix formidable s'éleva alors comme un coup de tonnerre et couvrit toutes les autres :

« Ecoute à présent, toi le *magister* arrogant de Wittenberg qui prétends connaître toute la sagesse de Dieu! Il est une chose que tu ne sais pas : Fernand Cortez, dans le Nouveau Monde, s'est pris d'amitié pour toi et te serre contre son cœur! »

A l'heure même où Cortez remportait seul contre tous ces capitaines ce combat pour la gloire et la puissance universelle de l'Espagne, le duc de Mendoza se glissa jusqu'à la tente des Allemands, car il ressentait un désir si ardent pour le corps de Dalila qu'il en oublia le roi, Cortez et toutes les querelles du monde. Son esprit était uniquement préoccupé de savoir par quel moyen il pourrait enlever la jeune fille à Grumbach. Il lui était cependant impossible d'entrer dans sa cabane, car Schellbock était assis devant la porte. Lorsque celui-ci avait vu le duc rôder dans l'obscurité, il avait ramassé une pierre et la lui avait jetée avec une telle adresse que le duc dut faire un bon de côté pour ne pas récolter une bosse.

Mendoza fit donc venir Pedro Carbonaro dans sa tente et lui demanda de vive voix de l'aider à satisfaire son amour pour Dalila et à assouvir son désir.

« Est-ce là tout ce que vous désirez? lui demanda Pedro. Votre Grâce m'a déjà chargé par le passé de missions plus difficiles.

– Allons donc! s'écria le duc d'une voix courroucée. Ce n'est pas de cela qu'il s'agit. Je ne veux plus retrouver de succube, illusion infernale, le matin dans mon lit : cette nuit, j'ai passé mon désir sur un morceau de charbon noir, à moins que ce ne fût un crapaud.

– Votre Grâce trouvera son plaisir avec Dalila en personne, dit Pedro, plein de zèle, car toutes choses m'obéissent. Sa porte sera entrouverte de deux toises pour Votre Grâce. »

Il sortit et trouva sur le sol un chat mort depuis trois

jours et qui puait terriblement. Il le ramassa, et grâce à son pouvoir magique, il métamorphosa ce chat en un instrument dont il joua comme d'une cornemuse.

Et c'est muni de cet instrument qu'il se glissa jusqu'au mur arrière de la maison des Allemands, où il se mit à souffler dans son chat mort comme s'il s'agissait d'un chalumeau.

Lorsque Dalila, dans la cabane, entendit cette musique, elle ne tint plus en place, se mit à courir dans tous les sens, à sauter et à bondir. Et lorsqu'elle se fut lassée de danser, elle passa la tête par la lucarne et l'épais feuillage du lierre indien dont les fleurs jaunes venaient d'éclore. Elle aperçut Pedro, debout sur une jambe devant la cabane, les joues gonflées, qui soufflait dans son chat. Elle lui demanda :

« Qui es-tu et comment t'appelles-tu ? »

Et Pedro répondit :

« Je m'appelle Haine-du-monde.

– Reviens demain pour jouer de la musique, mais seulement si mon maître n'est pas là, car il n'aime pas les chalumeaux et n'apprécie pas plus de me voir danser.

– Ton maître, dit Pedro en sautant soudain sur son autre jambe, ton maître est un démon ou un diable, méfie-toi de lui, je suis venu pour te mettre en garde. »

Et il se remit à souffler dans son chat.

« Qui est-ce, les démons et les diables ? demanda Dalila piquée par la curiosité.

– Les diables tourmentent, effrayent et trompent les hommes. Ce sont eux également qui font les éclairs et le tonnerre, répondit Pedro.

– Mon maître n'est donc pas un diable, car il ne m'a jamais trompée, dit Dalila.

– Et pourtant, lui chuchota Pedro de sa voix éraillée, il ne pense qu'à te prendre ton cœur et ton sang. »

Dalila éclata de rire et dit :

« Allons, Haine-du-monde, tu affabules ! Que pourrait-il bien faire de mon cœur et de mon sang ?

– Lui-même n'a pas de sang dans les veines et pas de cœur dans sa poitrine; c'est pourquoi il veut te prendre ton cœur et ton sang », murmura Pedro.

Dalila se mit en colère.

« Je vois maintenant que tu as l'art de mentir, Haine-du-monde ! s'écria-t-elle. J'ai vu de mes propres yeux son sang couler et entendu les battements de son cœur !

– Il faut que tu viennes avec moi, dit Pedro avec insistance, car je connais un meilleur amant pour toi. Il est svelte et beau.

– A-t-il des cheveux bruns ? demanda Dalila. Son visage est-il pâle et altier ?

– Oui, son visage est pâle et altier, répondit Pedro avec empressement. Et son cœur est toujours plein d'ardeur ! »

Dalila entendit alors les pas de Grumbach. Elle fit un bond en arrière et murmura à l'adresse de Pedro :

« Déguerpis, j'entends arriver mon maître. »

Dalila vit à la démarche de son maître qu'il était en colère et accablé par le souci. Il s'arrêta au milieu de la pièce, respira profondément et dit :

« Il y a une odeur de soufre et de poix, ici. Ne le sentez-vous pas ? »

Schellbock, Jäcklein, Hundt et Thonges, qui étaient entrés derrière lui, se mirent tous à renifler consciencieusement, et Thonges dit :

« Ce doit être le lierre indien, il a un parfum si lourd que la tête vous en tourne. »

Grumbach s'assit sur une chaise et jeta son manteau. Il allait enlever son chapeau lorsqu'il vit qu'il y avait de la lumière dans la chambre.

« Jakob, souffle la bougie ! » cria-t-il.

Il ne retirait en effet son chapeau que lorsque la pièce était plongée dans une obscurité complète.

Dalila s'approcha de lui en hésitant et mis ses bras

autour de son cou. Pendant un moment, tous restèrent silencieux dans la pénombre de la pièce. Puis Grumbach s'écria :

« Il me faut une arquebuse avant l'aube ! L'or ne doit pas tomber aux mains de l'empereur. Vous êtes des gaillards bien timorés !

– Maître, dit Schellbock. Ce n'est pas notre faute, nous avons tout essayé : les mensonges, le vol et les querelles. Nous avons aussi fait sonner l'or dans nos poches. Mais il était impossible d'obtenir une arquebuse, et ce même si nous leur avions promis la félicité éternelle.

– La raison en est simple, dit Jäcklein. Cortez a juré de pendre haut et court tous ceux qui perdraient leur arquebuse, et il fait régner dans le camp une discipline de fer.

– Cet or ne tombera pas aux mains de l'empereur, quand bien même je devrais devenir un voleur de grand chemin ! s'écria Grumbach. Ils veulent s'en servir pour combattre la nouvelle doctrine et permettre aux curés d'assouvir leur soif de vengeance !

– Maître, dit Thonges. Aujourd'hui, c'est jour de carnaval pour les Espagnols. Ils ont reçu deux pièces d'or et l'on peut donc s'attendre à une gigantesque beuverie, car c'est débarrassé de sa peau qu'ils aiment le raisin. Cette nuit, ils vont tous s'enivrer à en perdre la raison, et s'il y en a un qui égare son arquebuse à cette occasion, ce n'est pas moi qui irai couper la corde au bout de laquelle il se balancera.

– Il a raison, remarqua Schellbock. Venez, mes amis, car si nous ne l'obtenons pas cette nuit, nous ne l'obtiendrons pas avant le Jugement Dernier.

– Je n'ai guère d'espoir, dit Jäcklein. Les Espagnols sont entichés de leurs arquebuses, chacun courtise la sienne comme si elle s'appelait Lise ou Grete. Qu'ils se fassent dévorer par les poux ! Adieu, maître ! »

Les Allemands sortirent. Seul Grumbach resta dans la

pièce obscure, assis sur sa chaise, la tête entre les mains, car il eut en cet instant une vision fort étrange de l'Allemagne.

Au début, il ne vit rien, il entendit simplement une mélodie venue de loin, toujours la même : le son d'un tambour, d'un bourdon et d'un fifre, et cette mélodie brève et stridente se répéta bien six ou sept fois.

Tout à coup, il entrevit une bourgade. C'était une nuit d'hiver, mais Grumbach put tout de même observer tout ce qui se passait.

Il vit la neige sur les toits et les puits recouverts d'une couche de glace. Un détachement de cavaliers impériaux se trouvait au milieu de la place. Le capitaine était un jeune gaillard solide qui portait un pourpoint espagnol bleu et avait des dents de cheval. Tout autour de lui se trouvaient ses cavaliers, et ils étaient si nombreux que l'on voyait une véritable forêt de lances se dresser vers le ciel. D'autres sortaient en courant des maisons, traînaient derrière eux des coffres de bois, des oies, des poules et des cochons égorgés. Trois cavaliers enfonçaient un portail à l'aide d'une poutre. Un gaillard avait empoigné un vieillard au collet et pointait sous son nez le canon de son arme. Une grange brûlait. Un jeune garçon couvert de sang, la poitrine transpercée par une balle, gisait sur le sol. Une femme s'était jetée sur le corps en pleurant. Deux autres femmes accouraient, hors d'haleine, dans la rue, poursuivies par un cavalier, et tout en courant, elles tenaient toutes deux le bout de leur robe entre les dents.

C'est alors que Dalila poussa un cri et s'exclama :

« Maître, pourquoi votre cœur gronde-t-il ainsi ? »

Et Grumbach s'éveilla de son rêve. La vision du petit village pillé par les hommes de l'empereur s'évanouit, mais la mélodie stridente du tambour, du bourdon et du pipeau résonnait encore à son oreille. Il se passa la main sur l'œil et dit :

« Mon cœur gronde parce que je pensais à l'Allemagne. »

Dalila saisit ses mains et lui demanda :

« Maître, pourquoi votre sang mugit-il si fort ? »

Grumbach se leva, se dégagea et dit :

« Mon sang mugit parce que je pensais à l'Allemagne.

– Où voulez-vous aller ? » demanda Dalila d'une voix plaintive. Elle dénuda prestement son épaule et s'accrocha à lui en le suppliant de rester.

Grumbach se mit en colère, la repoussa et s'écria :

« C'est assez. Je dois partir, à présent. Je n'ai pas le temps de m'adonner à de tels plaisirs cette nuit ! »

Lorqu'il fut parti, Dalila sortit. A l'entrée de la cabane, elle vit Mathias Hundt qui montait la garde. Dalila s'approcha de lui, posa sa tête sur son épaule et lui dit :

« Mathias, que fais-tu toute la nuit, quand tu montes la garde ? »

Mais Mathias se contenta de grommeler et ne répondit pas.

Dalila lui tira la barbe et s'écria :

« Ne grommelle pas ainsi, Mathias, réponds-moi. Que fais-tu toute la nuit ? »

Et Mathias dit d'un ton maussade et contrarié :

« Je pense à l'Allemagne. »

Dalila se mit alors en colère et lui donna un coup sur la tête, parce que Grumbach et tous ses valets pensaient sans cesse à l'Allemagne et la laissaient seule.

Puis elle rentra dans la cabane et s'endormit; sa petite tête était lasse, et ses sens troublés par le parfum du lierre indien.

Elle aussi rêva à l'Allemagne, cette nuit-là. Elle vit Grumbach dans son pourpoint de cuir, mais sans chapeau, de telle sorte qu'elle aperçut pour la première fois son front, sa tempe et son œil gauches, qu'il cachait d'ordinaire sous son chapeau. Et elle vit qu'il avait des cheveux bruns bouclés, et que son visage était plus pâle et plus altier qu'il ne l'avait jamais été. Mais soudain, elle se rendit compte qu'il tenait une inconnue dans ses bras, et cette femme n'était pas comme elle. Elle avait un visage replet, des cuisses épaisses, une poitrine imposante et une respiration forte et bruyante. Mathias Hundt apparut soudain. Il montra du doigt la femme inconnue et dit :

« C'est l'Allemagne ! »

LE CARNAVAL

Lorsque Schellbock, Thonges et Jäcklein eurent quitté leur cabane, ils traînèrent un peu entre les rangées de tentes, jusqu'au moment où ils entendirent au loin des violons, des sifflements et des cris; ils se dirigèrent aussitôt vers l'endroit d'où venait ce vacarme. Ils arrivèrent sur une place où de nombreux Espagnols fêtaient le carnaval en s'enivrant, couchés sur le sol humide. Les trois compères durent passer l'un derrière l'autre, en faisant de grands pas, tels des danseurs un soir de bal, pour enjamber tous ces corps, car ils ne voulaient heurter ni piétiner aucun des fêtards.

Le vin avec lequel les Espagnols s'enivraient n'était pas du vin véritable, c'était le faux vin que les Indiens distillaient à partir du jus de roseau. Il avait échauffé l'esprit des Espagnols et les avait transformés en grossiers personnages qui juraient, se querellaient, se battaient et ne pensaient à rien d'autre qu'à se faire des farces où à s'injurier de la façon la plus brutale qui soit.

Au milieu de la place se trouvaient quelques musiciens avec leurs violons et leurs cornemuses. Mais ils ne savaient pas bien se servir de leurs instruments et offraient un spectacle affligeant, étonnant et tout à fait pitoyable. Un gaillard aux genoux pointus dansait devant eux : il penchait la tête sur le côté et fermait les yeux, criait que c'était un passe-pied – une danse très vertueuse et que tous devaient danser avec lui.

Mais les autres ne lui prêtaient aucune attention; c'était à celui qui boirait le plus. Le vin avait rendu certains d'entre eux nonchalants, indolents et contrariés; ils étaient accablés par une grande tristesse et poussaient des soupirs en disant qu'ils désiraient retrouver le Christ, car ils n'appréciaient guère ce qu'ils voyaient sur terre. D'autres, en revanche, discutaient de la guerre et de faits d'armes héroïques qu'ils prétendaient avoir accomplis en Hollande et en Italie, mais personne ne croyait son voisin, tous se traitaient de bouffons, de poltrons et de mauviettes tout en se graissant consciencieusement le gosier avec le vin indien, et celui qui, un instant plus tôt, dansait le passe-pied avait grimpé sur un tonneau, faisait des cabrioles et voulait qu'on le traite comme un roi d'Apulie.

Lorsque les Allemands, les jambes raides, comme juchés sur des échasses, passèrent entre les fêtards, l'un des Espagnols s'écria :

« Diantre! Les Allemands ont dû manger du gibier, pour si bien flairer le vin! »

Et un autre attrapa le pied de Jäcklein, qui s'apprêtait à l'enjamber.

« Hé! Où allez-vous? Restez ici! Vous croyez que nous n'avons pas assez de vin? Celui-ci nous a été offert par le Grand Infidèle en personne. »

On n'aurait pu donner un ordre plus agréable aux Allemands, et Jäcklein s'assit aussitôt en disant :

« Qui refuserait de boire quand on vous fait couler le vin de façon si plaisante dans le gosier! »

Schellbock et Thonges se laissèrent tomber eux aussi sur le sol, Schellbock sortit un grand fromage de sa poche et y planta les dents; à chaque bouchée, il avalait une gorgée de vin, pour faciliter le voyage du fromage dans son gosier.

« Vous ne semblez pas vous ennuyer aujourd'hui, dit

Schellbock au bout d'un moment, la bouche pleine. Cela me réjouit beaucoup.

– Devrais-je m'ennuyer, répondit l'un des Espagnols dont la barbe était aussi embroussaillée que si une hirondelle y avait fait son nid, devrais-je m'ennuyer alors que demain, le Grand Roi indien en personne va étriller mon cheval de la main même qui tient aujourd'hui son sceptre en or ? »

Les Allemands dressèrent l'oreille, regardèrent le gaillard, et Thonges se tourna vers le caporal espagnol qui était assis à côté de lui.

« Votre Sévérité, que signifient les propos que nous tient cet homme ? lui demanda-t-il.

– Ah ! dit le caporal, qui n'était guère plus grand qu'un nain. Demain, toute l'Armada quittera ces lieux pour prendre possession de la capitale indienne. Car le vent a volatilisé les bancs de brume qui l'enveloppaient. »

Le petit homme se planta solidement sur ses jambes et bomba le torse comme s'il avait lui-même chassé les bancs de brume.

Thonges voulut le questionner davantage, mais un bruit de voix confus l'en empêcha, et un homme ivre cria :

« Fêtez ce lundi gras ! Haut les verres, et buvez, même si vous deviez vomir mille fois par après !

– Aujourd'hui, c'est carnaval, hurla un autre. Il nous faudra boire tout l'argent que nous avons gagné jusqu'à ce jour. Demain, j'arracherai au Grand Roi le plat d'or dans lequel il mange.

– Le Grand Infidèle, cria un troisième larron, a offert une paire de chaussures d'écailles à de Leone : une écaille en or, la suivante en argent, la troisième en or, et c'est chaussé de ces souliers que de Leone a fièrement traversé tout le camp.

– L'Infidèle a fait cadeau au sieur Quiñones de quatre

bateleurs ou comédiens qui doivent à présent le divertir avec leurs pitreries.

– Aujourd'hui, c'est carnaval, s'écria un homme, nous devrions jouer à un jeu de mi-carême !

– Voilà qui serait un beau divertissement, observa un autre. Nous devrions jouer, comme le valet de ferme et le bourreau qui font un concours de sauts, mais c'est le bourreau qui perd.

– Moi, je connais une *commedia*. C'est l'histoire d'un maquignon juif que le Diable emmène en enfer sur une charrette à bras et qui est parvenu à convaincre le Diable de lui acheter un cheval aveugle pour tirer la charrette.

– Et moi, cria Thonges, je connais une pièce très amusante qui parle de deux juifs. C'est l'histoire d'Abraham et d'Isaac. Je l'ai vue à Cologne, sur le Rhin, et le petit ange de Dieu a berné Abraham grâce à une farce obscène.

– Laissez les Allemands jouer leur pièce de carnaval ! » dit le caporal. Puis il se leva et cria : « Arrêtez de hurler et de vous chamailler, les Allemands veulent nous jouer la *commedia* de deux juifs ! »

Les Espagnols se levèrent et formèrent un cercle autour des trois Allemands, Thonges, Schellbock et Jäcklein.

« Mon ami, dit Thonges à Schellbock, tu vas jouer Isaac. Il te suffira de rester couché sur le ventre et de te lamenter. Toi, Melchior, tu es l'ange de Dieu, ouvre ton haut-de-chausses. Moi, je vais jouer Abraham et Dieu le Père en même temps. A présent, j'ai besoin d'une arquebuse.

– A quoi te servira cette arquebuse, coquin ? demanda l'Espagnol à la barbe embroussaillée.

– J'en ai besoin parce qu'Abraham veut gratifier Isaac d'une volée de plomb, voilà pourquoi j'en ai besoin. Prête-moi la tienne ! »

A ces mots, Thonges prit l'arquebuse des mains de

l'Espagnol, fit un clin d'œil à Schellbock, et tous deux crurent qu'ils avaient gagné la partie.

Quand Schellbock fut couché par terre, Thonges s'agenouilla à côté de lui, posa l'arquebuse contre sa joue, fit une grimace et se mit à chanter :

Abraham les met en joue
et dit : « C'en est fait de vous,
Je tire, mon fils, attention!
Récitez un notre Père,
Et préparez-vous, compères,
A l'exécution!
Ne bougez plus, soyez confiants,
tandis que je vise bravement.

Lorsqu'il eut achevé sa chanson, il dirigea le canon de l'arquebuse vers le postérieur de Schellbock, et les Espagnols se mirent à rire aux éclats en voyant Schellbock ramper sur le sol en pleurant et en claquant des dents, comme s'il avait la colique.

Thonges s'était soudain transformé en Dieu le Père. Il se gratta l'oreille et chanta :

Un ange est appelé par Dieu le Père :
« Dépêche-toi de voler vers la terre
Et ce que je commanderai feras.
Pour que le juif ne puisse tirer,
Sa poudre, vite, va lui mouiller :
Ainsi, son coup ne partira.
Mais prends bien garde au vent,
Et vise bien devant.

Les Espagnols rirent de plus belle en voyant Jäcklein, plus agile qu'un chien, exécuter ses obscénités et mouiller la poudre d'Abraham. Thonges en profita pour rendre très adroitement son arquebuse à Schellbock et se hâta d'achever sa chanson :

Ainsi donc l'ange va mouiller,
La poudre d'Abraham-le-berné,
Comme Dieu le lui a ordonné.

« Mort de ma vie ![1] » *Qui m'a fait cela,*
Diable ! Le mauvais tour que voilà !
Morbleu ! Sacrebleu ! Ventrebleu !
Voyez pester le juif malicieux
qui cherche le petit ange pieux.

O juif, cesse tes farces, canaille !
Ton fusil n'a point de grenaille,
Tes menaces ne disent rien qui vaille !
Ta poudre n'est pas du piment,
Ceux qui tirent sont des hommes vaillants,
Mais jamais, ô grand jamais, les juifs, ces sacripants !

Lorsque Thonges eut terminé sa chanson, tous les Espagnols l'applaudirent, et l'un d'eux fit tournoyer son épée en l'air comme pour embrocher des étourneaux, en criant :

« Que la foudre s'abatte sur tous ces juifs – meurtriers, usuriers et rétifs ! »

Et un autre ajouta :

« A Utrecht, trois d'entre eux ont emmené un garçon dans une cave où ils l'ont égorgé, j'ai vu de mes propres yeux le poignard juif recourbé planté dans son cou.

– Chez nous, à Pfinsingen, au cours de l'enterrement d'un juif, s'écria Schellbock d'une voix pleine de ferveur, les bœufs, sans qu'on les guide, ont conduit son corps sous la potence. Ils savaient bien, eux, où est la place d'un juif.

– Enfer et damnation ! hurla soudain l'homme à la

1. En français dans le texte (N.d.T.).

barbe embroussaillée. Où est passée mon arquebuse? Rends-la-moi !

– Je ne l'ai pas, répondit Thonges. Vous l'avez certainement reprise.

– Tu mens ! s'écria l'Espagnol en roulant des yeux de terreur, comme une bête qu'on veut abattre. Je ne l'ai pas, Dieu du ciel, rends-la-moi ou je te tordrai le cou à te faire suer le sang !

– Ah ! Fiche-moi la paix avec tes farces. Je ne l'ai pas », répliqua Thonges en tournant le dos à l'Espagnol.

Celui-ci, qui un instant plus tôt, prétendait faire étriller son cheval par le Grand Roi en personne, regarda les hommes autour de lui les uns après les autres, les yeux écarquillés de terreur, cherchant quelqu'un qui pourrait l'aider. Mais tous se taisaient, seul l'ivrogne qui se prenait pour le roi d'Apulie était allongé sur le sol et ronflait bruyamment.

« O Jésus ! se lamenta alors l'Espagnol. Je ne veux pas être pendu. Que t'ai-je fait pour que tu veuilles me conduire à la potence? Pour l'amour du Christ, rends-moi mon arquebuse ! »

L'un des hommes qui se trouvaient à ses côtés lui donna un coup de coude.

« Qu'as-tu à te lamenter ainsi? Regarde là-bas, c'est Isaac qui a ton arquebuse. »

En effet, l'arquebuse avait glissé sous le manteau de Schellbock de sorte que tous purent la voir.

« Sacrebleu ! Ce n'était qu'une plaisanterie, dit Schellbock avec un rire niais.

– Tu peux aller plaisanter avec le Diable si le cœur t'en dit, mais pas avec moi ! » cria l'Espagnol d'une voix courroucée.

Dans sa terreur, il avait rendu tout le vin qu'il avait bu, souillant ainsi ses habits et son pourpoint et offrant un spectacle affligeant.

Thonges prit l'arquebuse des mains de Schellbock et la tendit à l'Espagnol.

« Voilà ton arquebuse, gros porc !

– Il m'a traité de porc, s'écria l'Espagnol qui avait retrouvé tout son courage. Que quelqu'un aille me chercher mon épée !

– C'est assez, cria un autre en l'attrapant au collet. Nous ne gagnerons pas le Ciel cette nuit avec des jurons, des querelles et des bagarres. Pourquoi n'avons-nous pas encore joué aux dés, ce soir ?

– Il a raison ! crièrent les autres. Nous avons perdu trop de temps avec les pitreries des Allemands. Qu'on apporte les osselets ! »

Ils déployèrent des manteaux sur le sol, cherchèrent dans leurs poches des pièces d'argent ou des sous et engagèrent d'impressionnants combats à coup de dés sans plus s'occuper des Allemands.

Ceux-ci restèrent assis à leur place, l'air maussade. Ils faisaient la moue et ne disaient mot, car ils étaient fort contrariés de n'avoir pu garder l'arquebuse. Ils buvaient en silence pichet sur pichet, mais plus ils buvaient, plus ils s'entêtaient : ils ne repartiraient pas avant d'avoir mis la main sur l'arquebuse qu'ils voulaient obtenir.

Au loin, le jour commençait à poindre, et le vent frais du matin leur fouettait le visage. Un pichet s'était renversé et les vapeurs humides du vin répandu monta dans leurs narines à leur soulever le cœur.

Tandis qu'ils étaient assis là, hargneux et contrariés, l'un d'eux eut une idée : ils pourraient peut-être gagner leur arquebuse aux dés. En effet, ils voyaient qu'un grand nombre de joueurs avaient perdu tout ce qu'ils portaient sur eux; d'autres, par contre, afin de pouvoir poursuivre le jeu, vendaient leur manteau, leur chapeau et leur épée à un gaillard qui faisait office d'arbitre et qui prêtait également les dés, échangeait les pesos d'or contre des pièces d'argent et recevait pour tous ces services une part des gains.

Lorsque les Allemands virent que de nombreux Espagnols étaient très tristes et désespérés de ne pouvoir continuer de jouer, ils se mirent à chuchoter entre eux. D'un coup, Schellbock se leva, s'approcha du groupe des joueurs et donna à l'un d'eux une tape dans le dos en disant :

« Je veux jouer à ce jeu, moi aussi.

– Va-t'en au Diable, tu n'as pas un sou vaillant en poche », répondit l'Espagnol.

Schellbock se rassit lentement, plongea la main dans sa poche et commença à la vider. Il en sortit tout d'abord un petit foulard rouge, puis une pelote de fil, un couteau, un fromage, une pierre à feu munie de sa mèche, un bout de tissu avec lequel il graissait ses souliers, deux betteraves, une grande molaire qu'il avait perdue la veille, un bout de lard et finalement une poignée de pépites d'or que l'eau avait polies en leur donnant la forme de lentilles qui valaient bien chacune un demi-ducat : voilà ce qu'il portait dans la poche de son haut-de-chausses.

Lorsque Schellbock eut montré ces pépites d'or à l'Espagnol, les Allemands furent à nouveau les bienvenus, et les joueurs demandèrent des dés neufs et se serrèrent pour leur faire de la place.

Schellbock déposa quelques pépites sur le sol, et l'un des Espagnols s'écria :

« Je mise deux pesos d'or contre cela ! »

Mais Schellbock hocha la tête :

« Nous ne voulons pas de votre argent.

– Dans ma tente, j'ai neuf aunes d'étoffe rouge de Mecheln dont on peut faire un manteau. »

Schellbock hochait toujours la tête.

« J'ai une image de la Sainte Vierge peinte par un artiste sur une coquille d'œuf d'oiseau. J'y ajoute deux jambons bien gras et un gigot d'agneau piqué à l'ail. »

Mais Schellbock restait intraitable, bien que l'eau lui

fût venue à la bouche en entendant parler des deux jambons bien gras. Il reprit son or et dit :

« Mise ton arquebuse ! »

Les Espagnols se regardèrent et lancèrent discrètement quelques clins d'œil à celui qui prêtait les dés. Puis celui qui possédait l'œuf d'oiseau décoré d'une image de la Vierge se tourna vers Schellbock et dit négligemment :

« Eh bien, pourquoi pas ! Je mise mon arquebuse contre ton or ! »

Schellbock fut très étonné de voir l'Espagnol confier sans plus de précaution son arquebuse aux dés, car il savait bien que la corde attendait tous ceux qui la perdaient. La méfiance et la suspicion s'emparèrent de son esprit. Il saisit l'arquebuse, la tourna et la retourna en tous sens, l'examina et la renifla, mais il vit bientôt qu'elle n'était pas abîmée comme il l'avait cru un moment.

« Ajoute la poudre et le plomb ! dit-il enfin, lorsqu'il l'eut examinée et reniflée tout à loisir.

– A ton aise, j'y ajoute la poudre et le plomb ! s'écria l'Espagnol d'une voix impatiente. Prends les dés, à présent, c'est à toi de jouer en premier. »

Schellbock prit le dé et le jeta en l'air. Il vit qu'il avait joué un deux et grommela :

« Diable, quelle affreuse bête ai-je joué là, c'est le deux ! »

L'Espagnol lui prit le dé, joua un cinq et s'écria :

« Cinq ! J'ai gagné, donne-moi ton or. »

Schellbock poussa les pépites d'or dans sa direction en s'exclamant :

« Continuons, continuons, ne perdons pas de temps. »

Il jeta le dé, mais n'obtint qu'un trois et perdit à nouveau.

« Allons, dit Thonges. Laisse-moi jouer, à présent. J'ai la main plus heureuse. »

Schellbock ne voulait pas lâcher les dés. Il se mit à crier qu'il connaissait ce jeu depuis bien plus longtemps que Thonges parce qu'il avait été aubergiste, jadis, en Allemagne.

Thonges s'empara des dés et écarta Schellbock d'un geste brusque, mais lui non plus ne parvint pas une seule fois à gagner, si bien que l'une après l'autre, ses pépites d'or finirent dans les poches espagnoles.

Plus les Allemands perdaient, plus ils s'échauffaient et se prenaient au jeu. Ils avaient l'esprit embrumé et ne pouvaient remarquer que les Espagnols les trompaient depuis le début avec des dés pipés.

Les Allemands perdirent ainsi leurs pépites d'or les unes après les autres, en proférant force jurons et imprécations. Mais tandis qu'ils jouaient, ils virent arriver Garcia Novarro, le dos courbé, les jambes tremblantes. Il tenait une bourse de cuir entre ses mains et comptait son or tout en marchant.

« Hé là, monsieur le *secretarius*! lui lança d'un ton moqueur l'un des Espagnols. Est-ce que vous comptez déjà vos pièces d'or à une heure aussi matinale? Vous croyez sans doute que leur nombre a augmenté durant la nuit?

– Combien vous en manque-t-il encore pour avoir les vingt pièces qu'il vous faut? lui demanda un autre.

– Il m'en manque encore trois, marmonna Garcia Novarro. Il me faut encore trois pesos d'or, et j'en aurai vingt.

– Le démon de l'argent s'est emparé de lui. Il ne mange rien, ne boit rien et se bat avec l'épée du juif, dit un troisième larron en riant.

– Il veut rendre à Cortez les vingt ducats que celui-ci a payés pour le faire sortir de prison, mais il lui en manque encore trois, dit celui qui faisait office d'arbitre.

– Je ne veux pas continuer à tirer sur les créatures misérables que Dieu a pétries de la même argile et de la même terre que moi, murmura Garcia Novarro.

– Eh bien, regarde ! répondit l'arbitre en désignant les Allemands qui jouaient aux dés. Ici, tu peux d'un seul coup de dés gagner trois ducats.

– Et tu voudrais que je confie le fruit de ma sueur et de mon labeur à ces misérables dés ?

– Ne mise pas tes ducats, mise ton arquebuse contre les Allemands. »

Garcia Novarro prit une mine apeurée, il aurait bien aimé gagner trois ducats, mais il hésitait beaucoup.

« Prends les dés ! Prends-les ! lui disait l'arbitre à voix basse. Tu ne peux pas perdre, ce sont des dés pipés, Hollandais, si tu les lances à plat, c'est le cinq ou le six qui sort, mais les Allemands les lancent en l'air et ne peuvent obtenir que l'as, le deux ou le trois. »

Garcia Novarro se donna du courage, s'approcha de Jäcklein et lui dit :

« Je mise mon arquebuse contre trois ducats. »

Les Allemands retournèrent leurs poches et en sortirent leurs dernières petites pépites d'or.

« Je vais tenter ma chance une dernière fois, dit Jäcklein. Et si nous perdons cette fois encore, ce sera fini et nous pourrons rentrer chez nous les poches vides.

– Trois coups, cria l'arbitre. Monsieur le secrétaire, c'est à vous de jouer. »

Garcia Novarro se signa, prit le dé d'une main tremblante, et le fit rouler comme l'arbitre le lui avait montré.

« Cinq ! » cria l'arbitre.

Jäcklein prit un dé et joua un trois.

« Le trois, je joue toujours le trois ! cria-t-il d'une voix courroucée. Pourquoi ne pourrais-je pas moi aussi jouer un cinq ou un six ?

– Il te reste deux coups, lui dit Thonges, tu vas gagner. »

Pendant ce temps, Garcia Novarro avait lancé son deuxième dé et avait de nouveau obtenu un cinq.

Jäcklein saisit alors le dé et le lança. Mais cette fois encore, il ne joua qu'un trois.

Jäcklein se taisait, la mine soucieuse, car il avait misé tout ce qu'il possédait. Mais Schellbock lui chuchota à l'oreille :

« Rien n'est perdu. Il va obtenir un trois, et toi un six. »

Garcia Novarro venait de jouer son dernier coup.

« Six ! cria l'Espagnol. Le jeu est terminé ! J'ai gagné les trois ducats, donne-les-moi !

– J'ai encore un coup à jouer ! cria Jäcklein.

– Tu es vraiment le roi des sots ! lui lança l'arbitre d'un ton brusque. Il faudrait que tu fasses onze d'un seul coup pour gagner. Comment le pourrais-tu avec un seul dé ?

– J'ai encore un coup à jouer ! répéta Jäcklein imperturbablement, et je veux le jouer, par tous les diables ! »

Lorsque Garcia Novarro l'entendit parler ainsi, il crut que Jäcklein invoquait l'aide du malin. Il fut pris d'une grande agitation et se signa plusieurs fois.

Jäcklein saisit le dé et le jeta en l'air avec une force telle qu'il disparut de leur vue.

Tandis que tous regardaient en l'air, on entendit soudain un sifflement dans les airs, et l'instant d'après, le dé retomba sur le sol devant eux.

Jäcklein se baissa pour vérifier ce qu'il avait joué, puis il releva la tête et dit d'une voix calme :

« Onze. »

Schellbock et Thonges baissèrent la tête à leur tour, regardèrent le dé et s'écrièrent d'une seule voix :

« Onze. »

L'arbitre se mit en colère.

« Me prenez-vous pour un sot ? » cria-t-il avant de se pencher sur le dé. Il se redressa aussitôt, frappa ses mains l'une contre l'autre et cria : « Par ma foi, il a effectivement joué onze ! »

La violence de sa chute avait cassé le dé en deux, on eût dit qu'une épée l'avait tranché en deux. Et les deux morceaux se trouvaient sur le sol côte à côte, l'un portait le cinq et l'autre le six.

« Il a donc gagné, dit l'arbitre. Monsieur le secrétaire, vous devez lui donner l'arquebuse, il a gagné. »

Garcia Novarro regarda Jäcklein d'un air terrifié et murmura :

« Je sais bien qui vous a aidé. Celui que vous avez invoqué s'est emparé d'un grand pouvoir dans le camp de Cortez. » Et il tendit l'arquebuse à Jäcklein en ajoutant : « Prenez-la, je vous la laisse en sachant qu'elle m'a apporté bien assez de malheurs.

– Il me faut encore la poudre et le plomb, demanda Jäcklein.

– Il ne me reste qu'une poignée de poudre et pas plus de trois balles, dit Garcia.

– Donnez-les-moi ! insista Jäcklein. Je vous en paierai trois ducats. »

Lorsque Garcia vit l'or, il donna à Jäcklein la poudre et le plomb, déposa les pépites d'or dans sa bourse et partit sans demander son reste.

Les Espagnols le suivirent du regard comme ils auraient regardé quelqu'un monter à la potence. Mais Garcia Novarro ne s'en rendit pas compte, il marmonnait des paroles incompréhensibles entre ses dents, comptait son or et semblait ne plus avoir toute sa raison.

Les Espagnols se rapprochèrent et reprirent leur jeu, tandis que les Allemands se mettaient à l'écart pour admirer leur arquebuse.

« Nous avons enfin une arquebuse ! dit Thonges.

– Mais juste assez de poudre pour trois balles, remarqua Schellbock.

– Cela suffit, cela suffit ! murmura Jäcklein. Il ne nous en faut pas plus pour changer le cours de cette guerre.

– Je souhaite que la première balle soit pour le prévôt

cagneux qui m'a menacé de la potence, grogna Schellbock.

– La deuxième, je la veux pour Mendoza, ce freluquet et ce gandin qui a tué à Gand mon premier maître, dit Jäcklein d'un ton vengeur.

– Et la troisième, je la réserve au cœur de pierre de ce cruel Cortez ! gronda Thonges.

– Regardez un peu les Allemands, s'exclama alors l'un des Espagnols. Qu'est-ce qu'ils complotent ? Qu'ont-ils donc à chuchoter et à faire des messes basses ? »

A présent qu'il avait l'arquebuse, Schellbock se moquait bien des Espagnols.

« Que t'importe ? hurla-t-il. Mets ton nez dans ton propre postérieur, espèce de crotte de souris espagnole !

– Nous avons réparti entre nous ce qui nous restait de biens », lui cria Jäcklein.

Et Thonges brandit le poing, avança le menton, roula des yeux et cria :

« Vous en sortirez indemnes, valets de curés que vous êtes, et Dieu m'est témoin que je suis désolé. Nous n'avons pas assez de poudre pour vous abattre tous : la peste, la gale et la famine s'en chargeront bien. »

LE PRÉVÔT

TARD dans la nuit, Grumbach rentra dans sa cabane.

Il n'avait pu s'emparer de l'arquebuse qui était l'objet de tous ses désirs et de tous ses soucis. Pourtant, la tristesse ne gouverna pas longtemps son cœur. Il conçut bientôt un plan cruel et téméraire qui ne le laissa plus en paix.

Mathias Hundt, qui montait la garde, allongé sur le sol devant l'entrée de la cabane, vit de loin la mine rétive et altière de son maître; il comprit aussitôt que le temps des flagorneries courtoises était désormais passé et que Grumbach avait l'intention de siffler un air tout différent, mais il ne dit mot et ne lui posa pas de questions, se contentant de lancer à son maître un regard plein de curiosité et d'espoir.

« Mathias! dit Grumbach. Sois très vigilant, à présent, ne laisse entrer personne à l'intérieur de la cabane, pas même Thonges, Jäcklein ou Schellbock. Je m'en vais trouver à présent mon arquebuse, même si je devais tromper le Diable en personne dans son enfer. »

Mathias dressa l'oreille, sortit son couteau et se planta, jambes écartées, devant l'entrée afin que pas même un chat ne pût passer le seuil sans être vu.

Grumbach pénétra dans la cabane, referma la porte, souleva Dalila, qui dormait, et la porta dans l'autre pièce afin qu'elle ne fût pas réveillée par les cris et les vociférations du Diable.

Il avait en effet l'intention de conjurer le malin en recourant à la magie noire, et de le contraindre à lui procurer l'arquebuse.

Pour ce faire, il alluma un feu au milieu de la pièce, traça un cercle sur le sol de la pointe de son épée et se plaça à l'intérieur. Puis il sortit de son sac des racines aux formes étranges et des herbes vénéneuses, et les jeta dans les flammes en marmonnant des *conjurationes* et des *incantationes* latines si terrifiantes que ses cheveux se dressèrent sur sa tête.

Mais rien ne bougea. Le Diable ne vint pas, et Grumbach resta seul dans la pièce. Il s'essuya l'œil, car le feu dégageait une fumée âcre et malodorante.

« Quel Diable inculte, pensa Grumbach, que la chose contrariait fort. Il ne comprend pas le latin. »

Il reprit des formules magiques, mais cette fois en langue hébraïque, car il se disait : « Si le Diable n'est pas un curé, c'est certainement un juif! »

Mais cette fois encore, le Diable ne se montra pas, et Grumbach se mit en colère en voyant que le démon lui montrait son postérieur d'une façon aussi injurieuse. Grumbach ne voulait plus être la risée de l'enfer et le bouffon du Diable.

De la pointe de son épée, il s'égratigna le bras et fit tomber trois gouttes de son sang dans le feu en invoquant trois fois le nom du Diable en langue espagnole.

Des éclairs bleus, rouges et jaunes traversèrent les flammes, et Grumbach retourna d'un bond dans le cercle, car il pensait que le Diable allait enfin descendre dans un tumulte et une tempête si violents que les poutres menaceraient de ployer et de voler en éclats.

Mais cette fois encore, rien ne bougea, et le feu continua de brûler aussi calmement qu'auparavant; le Diable ne semblait pas vouloir venir.

Lorsque Grumbach se tourna vers la porte, il comprit

soudain pourquoi son travail et sa peine étaient restés vains. Le Diable, en effet, ne peut apparaître et se montrer sous son apparence infernale que si aucun être humain – poussé par la curiosité ou la sottise – n'assiste à l'invocation nocturne. Mais Grumbach aperçut la tête de Pedro Carbonaro dans l'embrasure de la porte. Il tenait deux œufs et passait sans cesse d'un pied sur l'autre, l'air penaud et confus.

Grumbach se mit en colère, car la sottise du prévôt avait anéanti tous ses efforts. C'est pourquoi il s'adressa à lui d'un ton brusque :

« Fripon, coquin, débris cagneux ! Que viens-tu chercher ici, qui t'a fait venir ?

– Maître, dit le prévôt d'une voix apeurée, j'ai vu de la fumée sortir de votre cheminée, j'ai donc pensé que vous faisiez du feu et que je pourrais y faire cuire mes œufs. Avec votre permission, maître ! »

Il entra dans la pièce, posa son poêlon sur le feu, y cassa ses œufs et se réchauffa les mains.

« Quelles balivernes as-tu racontées à mon valet pour qu'il t'ait laissé passer ? demanda Grumbach d'un ton sec.

– Maître, votre valet est couché en travers de la porte et ronfle à faire fuir les loups », répondit Pedro.

Grumbach sortit et trouva Mathias Hundt allongé devant la porte, plongé dans un sommeil profond, et il eut beau le secouer et lui donner des coups, il ne parvint pas à le réveiller.

« C'est le lierre indien, dit Grumbach d'une voix rageuse. Il l'a rendu indolent et paresseux, que le Diable l'emporte ! Mais maintenant, je vais chasser le bourreau de Cortez, et je recommencerai depuis le début. »

Il rentra dans la cabane. Le feu avait diminué, les flammes étaient si petites que la pièce était plongée dans une obscurité presque complète. Dans un coin, il entendit Pedro qui mangeait bruyamment ses œufs.

« N'as-tu pas encore fini, ordure ? lança-t-il au prévôt.

Déguerpis, tu pourras roter tout à ton aise et empester l'air dehors!

– Voyons, maître Bretteur! répondit une voix dans le noir. Me cherchez-vous noise à nouveau? Vous êtes empêtré dans les anciennes querelles jusqu'au cou et ne savez point comment vous en sortir!

– Faut-il que tu ouvres ton bec et que tu importunes tout un chacun avec tes gargouillements quand tu t'es rempli la panse? lança Grumbach au bourreau. Sors d'ici, toi la plus pitoyable créature de ce bas monde!

– Je ne suis pas si pitoyable que cela, fit la voix dans le coin de la pièce. Il ne vous sied vraiment pas de me maltraiter ainsi! J'ai toujours été pour vous un compagnon fidèle, je vous ai servi souvent en vous donnant mes conseils!

– Allons donc, tu n'es qu'un sot et un rêveur! dit Grumbach, fort surpris. Je ne me souviens pas de toi, je ne sache pas non plus que le bourreau ait été mon compagnon fidèle!

– Vous ne vous souvenez pas de moi? fit la voix, dans le noir, d'un ton rageur. Vous ne vous souvenez pas de la Saint-Jacques, sur la grand-route de Pfinsingen, où vous conduisiez les paysans rebelles contre l'évêque de Spire? Je vous ai bien conseillé, ce jour-là : " Ne touchez pas à l'évêque, vous ai-je dit, il n'est pas facile de remonter le Rhin à la nage. Abandonnez ce projet, vous êtes mêlé à trop de querelles. " Mais vous n'avez rien voulu entendre, il fallait que vous pilliez, que vous vous querelliez et vous battiez contre tout un chacun. »

Les pensées de Grumbach étaient retournées en Allemagne, à sa cause perdue; il ne savait plus ce qu'étaient aujourd'hui, hier et demain, il avait oublié aussi qui lui parlait. Et en pensant à l'évêque, la colère s'empara de lui.

« Il a investi mes villages, ce curé! hurla-t-il. Il a volé, pillé et massacré les pauvres gens.

– Mais si vous m'aviez écouté alors, vous pourriez

avoir fière allure, aujourd'hui, fit la voix moqueuse qui lui parvenait du coin de la pièce. Vous pourriez avoir partout prérogatives et privilèges. A présent, cependant, vos biens ont été saisis et sont revenus à l'Empire, vous êtes exilé et si pauvre que vous ne possédez plus rien que votre acte de baptême et votre foi chrétienne.

– Je n'ai pas gaspillé mon temps et ma vie dans l'oisiveté, soupira Grumbach en baissant tristement la tête. Je ne suis jamais resté avec le balai derrière la porte !

– Allons donc, ce jour-là, vous avez cédé à l'oisiveté, cria la voix dans le noir. Il vous appartenait de voler au secours de Charles, l'Espagnol, et de défendre sa cause afin qu'il fût couronné empereur romain à Aix ! " Votre honneur en souffrirait-il ? vous ai-je demandé. L'honneur n'est qu'une ombre, Charles de Gand vous donnera de l'argent, des terres et des gens pour cela. " Mais vous refusiez de m'écouter, et je vais vous en dire la raison : vous aspiriez vous-même secrètement au *Te Deum* dans la cathédrale d'Aix, parce que vous vouliez saisir vous-même la couronne dorée de l'Empire.

– Tais-toi », s'écria Grumbach. Et d'une voix tremblante, il lança une question dans le noir : « Qui t'a révélé mon secret ? A part moi, seul Dieu connaît ce moment de ma vie.

– Dieu n'en savait rien ! s'exclama la voix dans le coin de la pièce. Dieu se préoccupe bien peu des ambitions et de l'arrogance des princes et des seigneurs. Dieu a d'autres soucis : la bouillie de millet du pauvre homme, à midi, lui importe bien plus que toutes les querelles temporelles des rois. Mais moi, maître Bretteur, je le savais. C'est avec moi, et non pas avec Dieu, que vous vous êtes entretenu ce jour-là. »

Grumbach se mit à frissonner de peur. Il souffla sur les flammes, attisa le feu et saisit un morceau de bois enflammé avec lequel il éclaira tous les recoins de la pièce. Mais il lâcha aussitôt cette torche, car il vit que c'était le Diable lui-même qui était assis dans un coin et qui le tourmentait de façon aussi cruelle.

Bientôt, cependant, son cœur intrépide vint à bout de sa terreur. Il ramassa sa torche, s'approcha du Diable et dit en riant :

« Eh bien, compère Satan, comment ne vous ai-je point reconnu sur-le-champ à vos discours infâmes! Vous m'avez fait attendre bien longtemps avant de venir.

– Je n'ai pas beaucoup de temps, grommela le Diable en quittant le coin de la pièce. Mes clients sont nombreux dans le camp espagnol : je dois servir deux seigneurs et leur obéir au doigt et à l'œil.

– Qui sont les deux Espagnols qui vous tiennent en leur pouvoir, maître Belzébuth? lui demanda Grumbach, tenaillé par la curiosité.

– Le duc de Mendoza, répondit le Diable, et Fernand Cortez. Au premier, j'ai promis bien des galanteries et des plaisirs; au second, en revanche, gloire et pouvoir. Et vous, maître Bretteur, qu'attendez-vous de moi? »

Grumbach fut au comble de la surprise et de la consternation en apprenant que Cortez et Mendoza s'étaient soumis au Diable. Il comprenait bien à présent pourquoi la résistance qu'il avait opposée avec les Indiens à l'Armada de Cortez avait été vaine.

« Qu'attendez-vous de moi? répéta le Diable en s'approchant tout près de Grumbach. Dois-je vous porter sur mon dos jusqu'en Allemagne? Dois-je vous aider à reconquérir vos terres où l'évêque gouverne à sa manière, en rançonnant les gens, et en mettant le pays à feu et à sang? Dois-je reconstruire votre château du Haut-Rhin que ce curé a incendié et démoli? Rien ne m'est impossible, j'ai grand pouvoir ici-bas.

– Je ne demande pas des choses aussi importantes, maître Lucifer, dit Grumbach. Je veux une arquebuse, avec de la poudre et des balles, rien de plus.

– Maître! grommela le Diable. Je ne peux pas vous

donner une arquebuse, cela irait à l'encontre de l'accord que j'ai conclu avec Cortez et Mendoza.

– Tu refuses de me donner l'arquebuse ! cria Grumbach, pris d'une colère noire, en menaçant le Diable de son poing. Retourne donc en ton enfer, et que la peste t'emporte ! Je saurai bien retrouver seul le chemin de l'Allemagne sans recourir à ton dos !

– Ainsi donc, notre affaire est tombée dans le ruisseau ! Mais je n'ai pas envie de me baisser, qu'un autre la ramasse ! » dit le Diable d'une voix indifférente en tournant le dos à Grumbach.

L'Allemand allait et venait rageusement dans la pièce, mais il se rendit bientôt compte qu'il avait été trop impétueux. Il s'arrêta donc, prit le Diable par l'épaule et lui adressa des paroles apaisantes en l'appelant « seigneur » ou « maître ».

« Seigneur Belzébuth, dit-il enfin, que vous a donc donné Mendoza en échange de votre aide ?

– Le duc de Mendoza, dit le Diable fièrement, m'a promis son sang rouge.

– Comment ? s'écria Grumbach en frappant du poing sur la table. Il est donc possible d'abuser le Diable ? A Grenade, tous les curés proclament en chaire que la mère infidèle de Mendoza ne lui a pas donné de sang rouge, mais que c'est le sable du désert maure qui coule dans ses veines ! »

Le Diable sursauta.

« En êtes-vous sûr ? s'écria-t-il.

– J'en suis aussi sûr que je sais que la Pentecôte vient après Pâques ! répondit Grumbach en riant.

– La rumeur qui courait dans le camp ne m'a donc point trompé ! Je ne voulais pas y croire, gémit le Diable, qui se mit à grincer des dents d'une manière atroce et à souffler furieusement par les narines.

– Et que vous a promis Cortez ? reprit Grumbach.

– Cortez m'a promis son cœur », murmura le Diable d'une voix mal assurée.

Grumbach partit d'un rire formidable, se jeta sur le banc de bois, comme s'il ne pouvait plus tenir sur ses jambes, tant il devait rire, puis il s'écria :

« Le Diable a donc été abusé une fois de plus ! Chacun sait bien que si le gouverneur de l'empereur, le seigneur Diego Velasquez, a envoyé Cortez dans ces contrées pour soumettre le pays par la violence à la couronne de l'Empire, c'est précisément parce que Cortez a une pierre à la place du cœur. Las ! Vous voilà donc dupé d'une manière infâme ! »

Le Diable sembla succomber à un accès de folie furieuse et se mit à s'arracher les cheveux. Il cria tout son désespoir et se tapa la tête contre les murs.

« Puisqu'ils m'ont dupé de façon si infâme, s'écria-t-il alors, je suis disposé à vous aider à conquérir l'arquebuse. Mais que me donnerez-vous en échange de mon aide ?

– Vous pourrez prendre mon œil gauche », dit Grumbach à mi-voix.

Quand il entendit qu'il aurait l'œil gauche de Grumbach, le Diable oublia ses malheurs et se précipita sur Grumbach comme le faucon fond sur une poule.

« Tope-là, cria-t-il, l'affaire est conclue. »

Il courut vers un coin de la pièce où se trouvait un baquet de bois rempli d'eau, et le traîna en ahanant jusqu'au milieu de la pièce.

« Regardez ! dit-il à Grumbach. Que voyez-vous à l'intérieur de ce baquet ? »

Grumbach se pencha au-dessus de la seille.

« J'y vois comme dans un miroir quelques gaillards allongés sur le sol et qui jouent aux dés. Je reconnais mes valets, Thonges, Schellbock et Jäcklein, mais je ne connais pas les autres.

– Que voyez-vous d'autre ? demanda le Diable.

– Jäcklein saisit les dés et joue son premier coup. Maintenant, il joue le deuxième. Jäcklein baisse la tête, il a perdu, le sot. Voilà qu'il veut jouer son dernier coup!

– Vous m'avez promis votre œil, dit le Diable. Je vais donc voir s'il a la vue assez perçante. Quand Jäcklein jouera son dernier coup, levez votre épée et frappez le dé avant qu'il ne retombe à terre. »

Grumbach dégaina son épée et fixa le baquet.

« Jäcklein a perdu cette fois encore. Ils se querellent. Il veut jouer son troisième coup, voilà le dé qui vole dans les airs...

– Frappe! hurla le Diable. Frappe! Touche-le! »

L'épée de Grumbach fendit l'air en sifflant et s'abattit dans l'eau qui gicla rageusement de tout côté.

« Que voyez-vous à présent? demanda le Diable.

– Je ne vois rien, maintenant, répondit Grumbach. L'eau est trouble, le miroir est brisé. »

Grumbach et le Diable restèrent là sans bouger ni dire un mot pendant un moment. Grumbach ne quittait pas le baquet des yeux.

« Je le vois à présent, dit soudain Grumbach. L'image se forme. Je vois Jäcklein, Thonges et Schellbock; ils parlent à voix basse et tiennent une arquebuse à la main!

– Vous n'avez donc pas manqué votre cible, s'écria le Diable, ravi. L'arquebuse est à vous. Mais à présent, je veux mon salaire!

– L'arquebuse m'appartient-elle vraiment? demanda Grumbach d'un air méfiant. Personne ne pourra plus me la reprendre?

– C'est comme si vous la teniez déjà entre vos mains, répondit le Diable. Et si Cortez veut vous la reprendre de force, dites-lui : Don Fernand, je dois vous transmettre les salutations de votre cher cousin, il pense à vous en ce moment et s'essuie le bec! Cortez devra alors vous laisser en paix. Retenez bien cette petite formule. Mais à présent, je veux votre œil gauche! »

Grumbach éclata alors de rire pour la troisième fois et s'écria :

« Le Diable est donc toujours dupé ! Si vous voulez avoir mon œil gauche, allez le prendre là où il se trouve : j'ai dû le laisser aux Espagnols sur l'île de Ferdinandina, partez là-bas et allez le chercher ! »

Et ce disant, il arracha son chapeau et montra au Diable son orbite vide et son visage tailladé et ravagé par les coutelas des chasseurs d'esclaves espagnols. Et son visage était si horrible à voir que le Diable poussa un cri et, horrifié, détourna la tête.

Lorsqu'il s'aperçut que le Diable lui-même était épouvanté à la vue de son visage, Grumbach cessa de rire et enfonça son chapeau sur son front. Puis il se hâta de retourner à l'intérieur de son cercle, car le Diable dupé était entré soudain dans une grande fureur et se frappait de ses propres mains. Grumbach le vit courir et voler à l'intérieur de la pièce, fou de rage, se heurtant à tous les murs, jusqu'au moment où il s'échappa finalement par l'une des lucarnes.

Alors que Grumbach restait à l'intérieur de son cercle, rempli de terreur à la vue de la douleur cruelle et féroce que le Diable avait montrée, il entendit soudain qu'on frappait à la porte, et la voix de son valet Melchior Jäcklein qui criait :

« Réveillez-vous, maître ! Il fait jour ! Les Espagnols veulent lever le camp, le brouillard s'est dissipé ! »

Grumbach alla ouvrir et sortit. Dehors, il trouva Thonges, Schellbock et Jäcklein. Mathias Hundt s'était réveillé lui aussi et se frottait les yeux.

« Holà ! Mathias ! dit Grumbach. Ton sommeil n'a-t-il pas été trop troublé, cette nuit ? »

Mathias ne répondit pas et baissa la tête, l'air penaud, mais Jäcklein brandit l'arquebuse en criant :

« Regardez, maître, nous avons l'arquebuse, de même que trois balles et une poignée de poudre ! »

Mais il se tut soudain en regardant Grumbach.

« Pourquoi êtes-vous si pâle ? Avez-vous rêvé de la mort de votre mère ?

– N'avez-vous pas vu quelqu'un sortir à l'instant par la lucarne ? demanda Grumbach.

– J'ai vu une chauve-souris s'échapper par la fenêtre, dit Schellbock.

– Ne dis pas de sottises ! s'écria Thonges. C'était une chouette !

– Fadaises que tout cela ! cria Jäcklein. C'était un chat noir qui a sauté par la fenêtre.

– Regardez donc là-bas, dit tout à coup Schellbock. C'est le bourreau de Cortez qui file, Pedro Carbornaro. Donnez-moi l'arquebuse ! Il aura droit à la première balle pour avoir voulu me pendre !

– As-tu perdu la raison, Schellbock ? lui cria Grumbach. Ne touche pas à cette arquebuse. Nous n'avons que trois balles, et pour chacune d'entre elles il faudra réfléchir et méditer sept fois avant de l'utiliser !

– Ventrebleu ! grogna Schellbock en saisissant une pierre. Comment le bourreau s'est-il soudain trouvé ici ? L'un de vous l'a-t-il vu arriver ? Moi pas. »

Il leva le bras et jeta la pierre en direction du prévôt. Mais Pedro Carbonaro fit soudain un bond de côté et la pierre passa à côté de lui. Il s'arrêta, se retourna et menaça Grumbach de ses deux poings.

Puis il s'esquiva rapidement, en traînant la jambe, sautant par-dessus les pierres, les poutres et les buissons.

L'ARQUEBUSE

VERS midi, les Espagnols avaient achevé de démonter leurs tentes. Ils avaient chargé sur les charrettes de gros paquets de pieux, de cordages et de chevilles de fer, maintenus à l'aide de cordes. Les mulets et les ânes étaient alignés en longues rangées, et derrière chaque bête se trouvait le fardeau qu'elle devait porter sur son dos. Des bœufs étaient déjà attelés aux affûts, aux mortiers, aux couleuvrines, aux passe-volants et aux canons, dont deux seulement devaient porter un chargement de poudre : un long passe-volant que les Espagnols appelaient le « bedeau » et un petit mortier qu'ils surnommaient le « chien du bedeau »; tous deux devaient couvrir de leur bruit de tonnerre les hennissements des chevaux et les braiments des mulets et donner aux Espagnols le signal du départ tout en rendant dociles, craintifs et soumis les Indiens de la ville de Tenochtitlán.

Cortez avait grimpé avec quelques-uns de ses officiers au sommet d'une colline située non loin du camp et écoutait de Leone lui faire son rapport sur la topographie de la ville de Tenochtitlán, sur son organisation, son gouvernement et les choses qu'il y avait vues.

C'était un jour morne et pluvieux, les nuages chargés de pluie assombrissaient le ciel, mais on distinguait clairement les nombreuses places et rues de la ville indienne. On y voyait le marché des artisans avec ses innombrables tentes bleues, gris ardoise et blanches, dans lesquelles tisserands, barbiers et teinturiers, tapissiers, tanneurs et tourneurs vaquaient à leurs occupations. Deux ruelles donnaient sur cette place du marché : celle des chasseurs – où l'on vendait des cailles, des attrape-mouches, des oiseaux des marécages et des hérons – et la large rue des jardiniers – où l'on pouvait acquérir des fleurs, des fruits, du miel, des oignons, de l'ail et du cresson. La rue des potiers, où l'on se rendait lorsqu'on voulait acquérir des ustensiles de terre cuite – des pichets, des pots, des carreaux, tout cela passé au vernis et admirablement décoré – se trouvait non loin de ces deux ruelles et, à gauche du marché, de Leone voyait si distinctement la rue des cuisiniers qu'il lui sembla sentir monter dans ses narines le fumet des plats de poisson, des pâtés de volaille et des gâteaux aux œufs.

Cependant, de Leone expliqua à Cortez que toutes ces rues et ruelles étaient sales et sentaient terriblement mauvais; le sol était recouvert des immondices qu'y laissaient tant les hommes que les animaux.

« Voilà donc l'étable qui convient à un tel bétail », dit Tapia qui, chaque jour, s'enduisait la peau d'huiles et de pommades avant de se faire teindre et friser les cheveux. « Car les infidèles sont tous hirsutes, galeux et teigneux; ils sont toujours couverts de poux et de puces.

– Cette idole que vous pouvez voir d'ici, don Fernand, poursuivit de Leone, est considérée par les Indiens comme la représentation de leur dieu le plus sacré, en qui ils ont une grande confiance et sur lequel ils fondent tous leurs espoirs. Derrière cette statue se trouve la mosquée principale de ce dieu; elle est si vaste qu'à son emplacement, on pourrait construire une ville de mille deux cents habitants ou toute la cathédrale de Séville – que le monde entier admire en raison de ses grandes dimensions –, ainsi que la Giralda, l'Alcazar et les deux palais royaux de Grenade. Mais les Indiens sont si éloignés de la véritable connaissance de Dieu que leurs prêtres n'ont point de tonsure mais portent leurs cheveux longs. Ils s'abstiennent également de consommer de la viande, mangent de la bouillie et boivent de l'eau comme les paysans les plus frustres. »

Cortez ne répondit pas, mais Mendoza se mit à rire et s'écria :

« Voilà des curés bien étranges ! Peut-être qu'ils ne savent pas non plus trouver le chemin qui, la nuit, conduit à la maison des jeunes épouses de leurs concitoyens ? Si c'est le cas, ils ont vraiment perdu leur temps en apprenant leurs heures et leurs vigiles.

– Au cours des nuits de pleine lune, reprit de Leone, les fils des princes, des gouverneurs et des conseillers se rassemblent dans la cour de cette mosquée, vêtus de manteaux précieux et parés de tous leurs bijoux. Ils portent des masques infernaux sur le visage et exécutent des danses nocturnes terrifiantes en l'honneur de ce dieu suprême de Satan. »

Cortez, qui était resté silencieux jusque-là et n'avait pas particulièrement prêté attention aux propos de son capitaine, leva les yeux tout à coup, lança un regard sévère à de Leone et lui demanda :

« Est-ce que messieurs Cacama et Guatimotzin dansent eux aussi ?

– Tous ceux qui sont de sang noble exécutent cette danse, répondit de Leone. Et ces deux messieurs sont des parents par alliance de la famille royale. »

Cortez se cloîtra à nouveau dans son silence, ajusta sa collerette blanche et tourna lentement sur lui-même, sans dire un mot. Son regard effleura les capitaines Diaz, Tapia, Sandoval, de Neyra et Alvarado.

Le visage gras de Diaz s'empourpra alors soudain sans raison.

« Ces deux princes, oui, je m'en souviens, cria-t-il, ils étaient très arrogants, se répandaient en paroles rebelles, comme s'ils n'avaient point su que l'existence de l'homme est aussi vaine qu'une bulle de savon.

– Dans la ville de Cholula, les Indiens étaient tout aussi rebelles, hurla Sandoval. Et qu'avons-nous fait d'eux ? Nous les avons transformés en *olla-podrida* bien rouge; nous avons mis de la poudre à la place du sel, et du plomb à la place des grains de poivre !

– On devrait frapper ces Indiens jusqu'à ce qu'ils se prennent eux-mêmes pour ces herbes ! s'écria Tapia.

– Il faut capturer le Grand Roi en personne afin qu'il nous abandonne son or, ou bien il devra le payer de sa vie ! » hurla de Neyra.

Alvarado serra les poings, les brandit d'un air menaçant en direction de la ville et répéta :

« J'attends avec impatience la consécration de cette église ! »

Pedro d'Olio était le seul parmi les officiers de Cortez qui ne se fût pas laissé aller à la colère. Il fut très surpris en entendant Tapia et les autres tenir des propos aussi cruels, cyniques et violents sur les Indiens.

« La fièvre froide vous emporte, dit-il en hochant la tête. Quelle mouche vous a donc piqués pour que vous teniez tout à coup des propos aussi féroces et insensés et que vous parliez d'assassinat et d'*olla-podrida* ? Si vous avez des intentions aussi meurtrières, Dieu du ciel, je laisserai ma main... »

Mais il n'acheva pas son pieux discours, car le regard de Cortez s'était posé un instant sur lui. Un souvenir lui revint alors à l'esprit : il se rappela brusquement un vieillard de la suite du Grand Roi, un homme laid et bossu qui, tel un singe, se grattait sans cesse le dos et la tête à l'aide d'une baguette ou d'une plume. Au souvenir de ce vieil Indien, la colère se réveilla en lui, et une cruauté d'une férocité sans égale s'empara de lui. Il se mit comme les autres à crier et à vociférer :

« Qu'on les gratte avec des broches, qu'on les épouille

avec des crosses, ces infidèles récalcitrants, impies et pleins de poux, puisqu'ils ne désirent pas autre chose !

– Cet insensé d'Allemand danse-t-il lui aussi avec ses rustres de valets ? s'écria Sandoval. Il ne voudra pas se contenter de rester spectateur quand la chose aura lieu, quand nous mettrons la table et organiserons cette grande *olla-podrida.*

– J'en fais mon affaire ! dit Mendoza. Grumbach ne pénétrera pas avec nous dans la ville, je m'en charge.

– Avez-vous l'intention de clouer le bec de cet hérétique en lui trouant la peau d'une balle ? s'empressa de demander Tapia. Vous êtes un homme sage, vous savez bien qu'un cheval mort ne piétine plus personne. »

Le duc hocha la tête.

« C'est impossible. Il a trop de cousins nobles et de défenseurs, cela pourrait provoquer beaucoup de tapage à la cour de l'empereur.

– Allons donc ! Pourquoi prendre tant de précautions ? Ces Allemands n'ont que leurs épées et leurs dents. Que voulez-vous qu'ils fassent contre nos bouches à feu et nos canons ! Ils devront apprendre à se taire et disparaître. »

Les officiers de Cortez se turent et tournèrent leurs regards concupiscents et féroces vers la ville de Tenochtitlán, dont les rues étaient remplies d'une foule de gens affairés qui ne se doutaient de rien et, comme tous les autres jours, ne pensaient qu'à gagner leur pauvre croûton de pain en faisant du commerce, en menuisant et en forgeant, en portant des messages et en traînant des fardeaux.

Mais pendant ce temps, les capitaines espagnols rêvaient de partager entre eux ces gens et leurs biens ; ils se voyaient déjà régner sur de nombreux arpents de terre et de forêts, de prés et d'étangs poissonneux, avec des nuées d'esclaves qui devraient bêcher, battre le grain et couper le bois sur les terres de leurs maîtres.

Seul Alvarado ne s'imaginait rien de tout cela, ses

pensées allaient à l'or que les danseurs indiens, selon le récit qu'avait fait de Leone, portaient sur le corps lors de leurs danses des nuits de pleine lune. Il voyait cet or amoncelé devant lui : de grands tas de broches, de petits bijoux en forme de crabes, de poissons, de béliers et de serpents, comme les Indiens en portaient autour du cou et dans les cheveux; des bagues serties de pierres bleues, rouges et dorées comme le vin; des casques en métal repoussé et des bracelets doublés de coton ou de cuir. En fermant les yeux, Alvarado voyait toutes ces richesses amassées devant lui; il levait et abaissait tour à tour la main droite et la main gauche, semblant faire couler d'une main dans l'autre avec une grande volupté des chaînes d'or interminables.

En bas, dans la cabane, Schellbock avait tendu à son maître son pourpoint et son manteau sous lequel il avait caché l'arquebuse, et quand il fut prêt, il regarda Grumbach sous toutes les coutures et lui demanda :

« L'ai-je bien cachée, maître? Personne ne peut voir l'animal féroce que vous portez sous votre manteau. »

Mais Grumbach ne lui répondit pas, et Schellbock se mit en colère.

« Maître, marmonna-t-il, de quelle fièvre souffrez-vous pour que vous ne m'adressiez pas un mot de toute la journée? Sacrebleu! A vous regarder, on pourrait croire que vous avez avalé un seau de bière acide! »

Grumbach se tenait la tête entre les mains et son regard semblait se perdre dans le vide.

« Que vous est-il arrivé, maître? insista Schellbock. Parlez!

– Ruprecht, dit Grumbach. Cette nuit, j'ai rencontré le Diable.

– Morbleu! Ventrebleu! » jura Schellbock pour toute réponse, et il se signa.

« Le Diable m'a rendu visite, reprit Grumbach à mi-voix. Il a demandé à voir mon visage. Il était assis là, dans le coin, et lorsque j'ai ôté mon chapeau, la terreur lui a tellement secoué les côtes qu'il s'est enfui en hurlant. J'entends encore ses cris à mon oreille.

– Corbleu! Tudieu! fit Schellbock, tout à sa frayeur.

– Seigneur! Si tu avais vu comme il a couvert ses yeux de ses mains pour ne plus devoir supporter la vue de mon visage maudit! Dieu du ciel, mon visage doit être terriblement abîmé et défiguré pour que le Diable lui-même en soit aussi effrayé. »

Schellbock eut alors une idée.

« Vous avez certainement mangé du lard aux lentilles, hier soir. Quand je mange du lard aux lentilles, le soir, je vois souvent le Diable en songe, en compagnie de nombreuses vieilles femmes.

– Le Diable lui-même a pâli en voyant mon visage. Il grinçait des dents et m'a menacé de ses poings, et l'on aurait dit qu'il allait se venger cruellement de moi en faisant en sorte que je ne trouve plus jamais le bonheur sur terre.

– Palsembleu! Vertubleu! pesta Schellbock. Si vous vous abstenez à l'avenir de conjurer le Diable en mangeant du lard aux lentilles, il ne reviendra pas et ne pourra pas se venger de vous sur terre. Car Dieu, dans Sa toute-puissance et Sa sagesse, a tant et si bien bridé le Diable que celui-ci ne peut accabler un chrétien que lorsqu'il a trop mangé le soir.

– Ruprecht, sors et rapporte-moi un éclat de miroir ou de verre, ordonna Grumbach. Je veux voir mon visage, mon front déchiqueté et mon orbite béante. Voilà trop longtemps que je les soustrais au regard des hommes en les cachant sous mon chapeau. »

Schellbock sortit et rapporta aussitôt un morceau de miroir que les Indiens échangent aux Espagnols contre de l'or et de l'argent pour s'en parer le cou.

« Voici un miroir, maître, regardez. Votre visage n'est certainement pas aussi laid que le Diable a cherché à vous le faire croire. »

Grumbach saisit le miroir, mais le lâcha aussitôt, car il

avait peur du spectacle horrible qu'il y verrait apparaître.

« J'entends Dalila rire et chanter dehors! dit-il brusquement à Schellbock. Ferme la porte et ne laisse entrer personne! »

Schellbock ferma la porte et poussa le verrou. Mais Grumbach hésitait toujours.

« Maintenant, bouche les lucarnes, afin que personne ne puisse regarder à l'intérieur. Nul ne doit voir la façon dont les Espagnols ont lacéré mon visage avec leurs couteaux sur l'île de Ferdinandina! »

Schellbock courut d'une lucarne à l'autre et ferma tous les volets, si bien que pas un rai de lumière n'éclairait plus la pièce.

« Fais de la lumière, à présent! » lui ordonna Grumbach.

Schellbock lui tendit un tison enflammé.

Grumbach saisit le miroir, mais le baissa aussitôt, comme s'il avait tenu un fer rouge dans sa main.

« Que fais-tu encore là, sot que tu es? Mets-toi dans le coin! Je ne veux pas que tu me voies, personne ne doit voir mon visage en dehors de moi. »

Schellbock transporta docilement sa bedaine dans un coin de la pièce. Lentement, avec maintes hésitations, Grumbach enleva son chapeau. Mais à l'instant même où il allait plonger son regard dans le miroir, on frappa violemment à la porte, et il entendit la voix de Thonges qui criait :

« Maître, je suis en compagnie du duc de Mendoza, il désire s'entretenir avec vous. »

Grumbach jeta aussitôt le miroir, enfonça en toute hâte son chapeau sur sa tête afin de cacher son œil gauche, puis il sortit.

Le duc de Mendoza était venu sur son alezan et avait emmené avec lui un cheval noir et une mule blanche, tous deux magnifiquement harnachés et sellés. Dès qu'il aperçut Grumbach, il mit pied à terre et courut l'embrasser.

« Ce cheval noir est un présent de Cortez. Il vous prie de chevaucher à ses côtés lorsqu'il entrera dans la capitale de ce pays. Et pour votre tendre compagne brune, dit-il en soulevant Dalila, j'ai amené cette mule. » Il tint la jeune Indienne en l'air pendant un instant avant de la déposer sur le dos de la mule en disant : « Désormais, tu pourras fièrement suivre ton bien-aimé, ma beauté brune !

– Schellbock s'en réjouira plus que Dalila, remarqua Jäcklein, car jusqu'à présent, c'est toujours lui qui la portait sur son dos en suant sang et eau.

– Tiens ! Melchior Jäcklein, s'écria Mendoza. Ton esprit est encore plein de chimères. As-tu toujours autant d'imagination ? Les chevaux sont rares dans le camp espagnol, sinon, je t'assure que je t'aurais amené un vieux cheval pour t'éviter de faire toute la route à pied. Tu étais le meilleur valet de mon ami et tu nous chantais tant de belles chansons. Te souviens-tu de celle qui parlait de clair de lune et de vin que tu nous as chantée en t'accompagnant au luth, à moi et à ton premier maître, lors de notre dernier banquet, dans mon jardin, à Gand ? »

Il réfléchit un instant, puis se mit à chanter doucement de sa voix juvénile et tendre :

Sur la lande, déjà, la nuit est tombée.
Et la lune accomplit sa ronde feutrée.

Mes compagnons aujourd'hui vous serez,
Toi, lune pâle, et toi, le vin corsé !

Le sommeil m'a oublié cette nuit
Et ma bien-aimée, hélas, m'a trahi.

La tristesse s'empara alors de Melchior Jäcklein parce que c'était la chanson que son premier maître – le jeune

Castillan que le duc avait tué en duel – lui demandait souvent de chanter.

Mais le duc s'interrompit soudain; il ne termina pas la chanson et s'écria :

« Morbleu, je reste là à chanter alors que Cortez nous attend avec ses capitaines. En selle, rhingrave! Hâtez-vous, car le " chien du bedeau " ne va pas tarder à aboyer. »

Grumbach monta en selle et chevaucha son cheval noir avec grand plaisir, car cela faisait longtemps qu'il n'avait pas serré entre ses jambes les flancs d'un cheval. Dans le Nouveau Monde, en effet, on ne trouvait à cette époque ni chevaux ni ânes, et les poules étaient le plus gros bétail que possédassent les Indiens.

Mais Mendoza, qui voulait tromper Grumbach, avait élaboré un plan pour l'empêcher d'entrer dans la ville avec l'Armada. Après avoir adressé quelques mots d'une grande tendresse à Dalila, qui chevauchait aux côtés de Grumbach, après lui avoir caressé la joue et le bras, il leva tout à coup les yeux au ciel, l'air inquiet, et dit :

« Regardez ces nuages, rhingrave! Nous aurons certainement de la pluie et une tempête avant la tombée de la nuit. Voilà qui ne réjouira pas le père Agostín.

– Pourquoi lui précisément? demanda Grumbach.

– Eh bien, répondit le duc, Cortez l'a envoyé secrètement à Veracruz avant le lever du jour, accompagné de quelques cavaliers, pour y remplir une mission importante et urgente que ce prêtre, avec son habileté, est le seul à pouvoir mener à bien. » Il se pencha vers Grumbach et murmura à son oreille : « Il doit rapporter en Espagne les plus étranges des joyaux que recèle ce pays, des merveilles telles qu'on n'en a jamais vues dans le Vieux Monde. »

Lorsqu'il entendit ces propos, Grumbach en eut un coup au cœur, car il pensa que le prêtre emportait avec lui le trésor du Grand Seigneur et que son or était déjà en route pour aller garnir les coffres de l'empereur. Son visage perdit toute couleur, et il porta discrètement la main à son arquebuse.

Entre-temps, ils avaient atteint le sommet de la colline sur laquelle se tenaient Cortez et ses officiers; ils mirent pied à terre, et Mendoza s'approcha de Cortez, tandis que Grumbach se joignait au groupe des officiers en faisant signe à Jäcklein de le suivre.

Cortez tenait une carte ou un plan de la ville de Tenochtitlán que Quiñones avait établi et qu'il lui avait envoyé par l'intermédiaire du capitaine de Leone. Ce plan indiquait un grand nombre de rues, mais aussi les palais les plus importants de la ville, de même que les murs d'enceinte, les tours fortifiées et quelques-uns des cours d'eau qui traversaient la cité. C'est d'après ce plan qu'il tenait en main que Cortez donnait ses ordres et ses instructions aux officiers, leur indiquant l'endroit où chacun d'eux devait se trouver avec son fanion, le nombre de sentinelles ainsi que leurs emplacements et les endroits où il fallait poster les affûts. Les officiers espagnols écoutaient avec une grande attention les ordres qu'il donnait à mi-voix et n'en perdaient pas une bribe.

Seul Grumbach n'écoutait pas ce que Cortez disait. La peur de la vengeance du Diable oppressait son cœur. Il pensait sans cesse à la terrible menace du Malin; un frisson de terreur parcourut son corps, et il se retourna en tremblant vers Dalila pour l'attirer contre lui, comme s'il avait pu trouver auprès d'elle une protection contre la méchanceté et la soif de vengeance du Diable. Mais Dalila, qui était restée à l'écart, jouait avec sa mule et ne prêtait pas attention à son maître.

Brusquement il se souvint de ce que Mendoza lui avait dit à propos du voyage secret effectué par le moine. Il retrouva sur-le-champ tout son courage et toute sa bravoure et se fit un nouveau serment : l'or ne devait pas tomber aux mains de l'empereur.

« Melchior, dit-il tout bas à Jäcklein. Tiens-toi prêt. Nous deux, nous ne les accompagnerons pas dans la ville. Nous devons nous mettre à la poursuite d'un moine mendiant qui est déjà parti pour Veracruz avec le trésor.

– Est-ce Mendoza qui vous a confié ce secret? lui demanda Jäcklein. Dans ce cas, il vous a menti. Tout ce qu'il dit n'est que mensonge.

– Cet or ne doit pas augmenter le pouvoir inique de l'empereur. Pas une once de ce trésor ne traversera la mer, dussé-je finir entre les mains du bourreau!

– Maître, dit Jäcklein en tentant de mettre Grumbach en garde. Ne faites pas confiance à Mendoza, c'est un fripon caché dans la peau d'un duc. Même un renard au fond de son terrier n'est pas à l'abri des mensonges de Mendoza.

– Maître, lui demanda Thonges d'une voix qui trahissait son inquiétude, où voulez-vous que nous allions sans vous? Laisserez-vous Dalila seule? Vous devriez savoir que tous les Espagnols ne demanderaient pas mieux que de goûter au miel de sa peau : aucun d'eux ne se trouve assez édenté ni assez vilain pour accepter de renoncer à une telle douceur.

– Vous trois, dit Grumbach, vous vous rendrez avec Dalila chez le prince Cacama. C'est mon ami, il vous accueillera dans sa maison et vous traitera le mieux du monde. Ne laissez aucun Espagnol passer le seuil de la maison si vous vous rendez compte qu'il cherche une galanterie avec Dalila.

– Maître! insista Schellbock. Ecoutez le bon conseil que je vais vous donner. J'ai vu l'or dans la tente de Cortez il n'y a pas plus de deux heures, cousu dans des peaux de porc. Vous avez été dupé!

– Ruprecht, tu peux rester ici te faire rôtir des poires sur le feu, si le cœur t'en dit. Je n'ai pas besoin de toi. Je sais que tu n'aimes pas chasser le lièvre, sauf quand il est déjà lardé et rôti, répondit Grumbach d'une voix ironique.

– Maître ! grommela Thonges, vous gobez les mensonges de Mendoza comme le chien du tisserand attrape au vol un bout de viande !

– Sot ! Rustre que tu es ! lui lança Grumbach. Fiche-moi la paix, et que la goutte te ronge !

– Maître, s'écria Jäcklein, il a vraiment raison ! On vous a abusé et si bien dupé que même un porc pourrait en rire.

– Eh bien, reste ici ! J'irai donc seul. Que la flamme bleue te consume, ton cœur ne vaut pas un brouet, gronda Grumbach. Si Stephan Eberlein de Pfinsingen était encore en vie, il m'aurait accompagné sans rouspéter. »

Au début, les Allemands parlaient à voix basse, mais au fur et à mesure qu'ils s'échauffaient, le ton monta et Grumbach hurla littéralement ces derniers mots au visage de Jäcklein.

D'un coup, ils se rendirent compte qu'un grand silence régnait autour d'eux, que les Espagnols écoutaient leur dispute, et que Cortez lui-même avait interrompu son discours : il s'était tourné vers eux et les regardait fixement, le visage imperturbable. Tous les autres hommes observaient Grumbach et ses valets d'un air contrarié et furieux. Diego Tapia fit une grimace et dit d'une voix amère :

« Ils ne peuvent pas s'empêcher de se quereller et de jurer comme des charretiers. »

Les Allemands se turent, honteux, et n'échangèrent plus un seul mot.

Mais Cortez ne reprit pas le discours que la dispute des Allemands avait interrompu. Il resta planté là, la tête légèrement penchée en avant, et dévisagea Grumbach comme s'il s'agissait d'un monstre marin ou d'un être fabuleux, et les autres aussi regardèrent Grumbach et le toisèrent des pieds à la tête. Ils voulaient voir eux aussi ce que Cortez avait découvert en lui d'aussi étrange, et soudain Diaz cria :

« Sainte mère de Dieu ! Ne voyez-vous pas ? Il a une arquebuse ! »

En effet, le manteau de Grumbach s'était entrouvert laissant apparaître l'arquebuse de Garcia Novarro aux yeux de tous.

Un grand vacarme et une bousculade s'ensuivirent, tous se mirent à courir, Diaz et Tapia se précipitèrent vers Grumbach en dégainant leur épée et Sandoval cria :

« Trahison ! »

Et de Neyra hurla :

« Frappez-le ! Frappez-le ! »

Mais Thonges et les trois autres valets s'interposèrent entre Grumbach et les Espagnols en croisant le fer. Seul Mathias Hundt n'avait pas d'épée; il ne possédait qu'un gourdin, mais il ne resta pas longtemps sans rien faire : il frappa deux fois violemment à la tête le capitaine de Neyra, qui criait le plus fort. Soudain, le silence retomba : d'un geste Cortez avait écarté Espagnols et Allemands et s'était planté devant Grumbach.

Lorsqu'il vit Cortez lui faire face, Grumbach sut qu'il n'y allait pas seulement de l'arquebuse de Garcia Novarro. Ce qui était en jeu, c'était plus que quelques arpents de terre de ce pays où, avec ses valets, il avait cultivé l'orge, le froment et le blé turc; c'était plus également que la victoire ou la défaite d'une horde d'Espagnols. Car celui qui lui faisait face n'était plus Cortez, mais le grand dragon espagnol qui dévorait l'Allemagne et posait à présent ses grosses pattes sur le sol du Nouveau Monde, de l'autre côté de la mer. Grumbach lança à Cortez un regard chargé de haine et de défi. Il se sentait assez fort pour terrasser ce dragon.

La voix de Cortez, rauque et étrangement transformée, lui fouetta alors le visage comme une bourrasque de vent glacée :

« A qui appartient cette arquebuse, rhingrave ? »

Grumbach hocha la tête et tenta de parler, mais brusquement, il sentit quelque chose lui étreindre la gorge – comme une main étrangère et froide. Une crainte insidieuse s'était emparée de lui et faisait battre son cœur. Mais il se ressaisit presque aussitôt, se redressa et dit d'une voix forte :

« Dorénavant, monsieur Cortez, cette arquebuse est mienne ! »

Cortez serra les poings, son front s'empourpra et tous ses officiers se mirent à trembler et à reculer derrière lui comme pour se protéger du formidable orage qu'ils sentaient approcher.

La voix sourde et menaçante de Cortez s'éleva pour la seconde fois – comme venue de très loin, du plus profond des nuages chargés de pluie :

« Rendez-moi cette arquebuse ! Elle ne vous appartient pas, je la connais bien. »

Grumbach sentit alors un poids insupportable peser sur sa poitrine. Il ne parvenait plus à respirer, comme s'il avait été enterré sous une montagne, et les coups de marteau de la peur résonnaient, formidables, menaçants, dans son crâne. Mais cette fois encore, il parvint à maîtriser son angoisse. Il rassembla son courage et dit d'une voix posée :

« Cette arquebuse est mienne, je ne la rendrai pas ! »

Cortez recula d'un pas, tourna la tête à gauche, puis à droite, et lança un regard désespéré à ses officiers, comme s'il cherchait du secours auprès d'eux, comme s'ils pouvaient l'aider à détourner de l'Armada espagnole le grand malheur qu'il venait d'apercevoir entre les mains de Grumbach.

A ce moment précis, il eut une vision terrible et formidable des effusions de sang que Grumbach provoquerait à l'avenir avec son arquebuse dans l'Armada espagnole.

Il voyait ses officiers debout autour de lui, mais ils étaient tous morts. Il y avait là Sandoval, un homme brave et décidé, mais il semblait tituber, la bouche ouverte, et le manche d'un poignard était fiché dans son dos. Il y avait aussi Tapia, dont l'habit élégant était déchiré et taché de sang – un coup de hache avait fracassé son visage replet de jouisseur. Il y avait Pedro d'Olio, mais ses traits avaient des reflets verdâtres : son visage était bouffi, comme celui d'un noyé, et de l'eau s'écoulait par sa bouche et son nez. Il y avait aussi Juan de Leone dont les pieds et les mains étaient entravés : il levait les mains devant la poitrine pour se protéger, et sa bouche était grande ouverte, comme pour pousser un dernier cri d'horreur et appeler à l'aide. Mais personne ne pouvait l'entendre.

Et devant ce spectacle abominable, Cortez frissonna d'horreur, et il tenta une dernière fois d'arracher à Grumbach l'arquebuse de Garcia Novarro.

Il s'avança vers lui, leva la tête, et d'une voix qui semblait remonter des tréfonds insondables de l'horreur, d'une voix qui aurait fait tressaillir le fer et la pierre, lui lança :

« Rendez cette arquebuse, rhingrave ! »

Il voyait Cortez, debout devant lui, et son corps était devenu tout à coup gigantesque, sa tête se perdait dans le firmament, les nuages noirs du ciel passaient sur son front et la pluie tombait de ses poings serrés. Grumbach, au contraire, se retrouvait soudain démuni, humble et faible; l'arquebuse qu'il tenait entre ses mains pesait de plus en plus lourd et semblait être irrésistiblement attirée par la terre; il ne parvenait plus à la tenir et il lui sembla qu'il allait la laisser glisser sur le sol.

C'est alors qu'il entendit une petite voix craintive et hésitante, qui lui soufflait : l'or ne doit pas tomber aux mains de l'empereur. Et au même moment, il se souvint de la formule que le Diable lui avait dévoilée la veille au soir, et d'une voix hésitante, il parvint à bredouiller ces quelques mots :

« Monsieur Cortez, je dois vous transmettre les salutations de votre cher cousin. Il pense à vous en ce moment et s'essuie le bec ! »

Et lorsqu'il eut prononcé à grand-peine cette formule, le pouvoir de Cortez fut anéanti.

Le poids qui alourdissait les membres de Grumbach disparut soudain, les coups de boutoir de la peur n'ébranlaient plus son cœur. Il était debout, tenant fermement l'arquebuse entre ses mains, et regardait calmement Cortez dans les yeux : un être de taille humaine qui ne mesurait pas une aune de plus que tous les autres hommes.

Cortez tourna les talons.

En passant à côté d'Alvarado, il s'arrêta.

« Faites-le pendre ! ordonna-t-il.

– Qui cela ? demanda Alvarado.

– Garcia Novarro », répondit Cortez.

LA MALÉDICTION

GARCIA NOVARRO était couché sur la paille et dormait. C'est là que Pedro Carbonaro alla le chercher. Il lui ligota les mains, puis le fit avancer devant lui en lui donnant des coups et des bourrades.

« Eh bien, coquin et sot que tu es ! cria-t-il. Je serai donc finalement parvenu à mettre la main sur toi ! »

Garcia Novarro ne savait rien de ce qui venait d'arriver. Il tituba, ivre de sommeil, et se frotta les yeux avec ses mains entravées. Il avait enfoui sa tête sous son manteau pour se protéger de la forte pluie. Des brins de paille étaient accrochés dans ses cheveux et à ses vêtements.

« Garcia ! dit Alvarado d'un ton sec. Prends congé de ton or, tu vas être pendu. »

Novarro lui lança un regard effaré, plongea les mains dans sa poche et en sortit la bourse qui contenait les vingt ducats. Il la tendit à Alvarado, car il croyait que celui-ci en voulait à son argent.

« Prenez, dit-il, et laissez-moi partir. Je n'ai pas mérité la potence.

– Où est ton arquebuse ? lui demanda Alvarado.

– Ah Seigneur ! Je ne l'ai plus, je l'ai perdue au jeu.

– Tes paroles sont un aveu, lui lança Alvarado. Tu as cédé à l'arrogance; cela te vaudra d'étouffer au bout d'une corde, à la potence, et sur-le-champ. Je vais t'apprendre à gagner de l'or avec l'arquebuse de ton roi !

– Messire ! se lamenta Garcia. Je ne l'ai pas fait par arrogance ou par vilenie. Avez-vous l'intention de me remettre entre les griffes infernales du bourreau ?

– C'est par malhonnêteté que tu as commis cet acte ! cria le prévôt en portant la main au cou de Garcia. Allez, viens, ne fais pas tant de discours, la potence tend déjà son bras vers toi.

– Ayez pitié, messires ! pleurnicha Garcia. Je vous en supplie.

– Fadaises ! s'écria le prévôt, qui craignait qu'Alvarado ne laissât cette fois encore échapper Garcia. Tu vas être pendu, et je te ferai balancer tant et si bien au bout de ta corde que ton âme s'échappera avec joie de ton corps et s'envolera. »

Alvarado désigna Grumbach.

« C'est lui, là-bas, que tu dois implorer. Si tu parviens à le convaincre de te rendre ton arquebuse, tu seras libre, parole de gentilhomme. »

Garcia Novarro se retourna et vit le groupe des Allemands qui lui avaient pris son arquebuse au jeu la nuit précédente. Cela le réjouit, car il espérait pouvoir échapper à la corde que le bourreau lui destinait. Il pensait, en effet, qu'il serait aisé de convaincre ces Allemands si naïfs de lui rendre son arquebuse.

Il s'approcha donc de Schellbock et s'adressa à lui d'une voix forte et rageuse :

« Qu'as-tu à rester ainsi bouche bée et à me regarder ? N'as-tu pas entendu que le Diable veut me faire pendre à cause de l'arquebuse ?

– Voilà une fâcheuse nouvelle, en vérité, répondit Schellbock en se grattant l'oreille. Vraiment, entre toutes les herbes, le chanvre est sans nul doute la plus amère !

– Rendez-moi donc sur-le-champ mon arquebuse, lui ordonna Garcia, au lieu de rester là me faire parler.

– L'arquebuse ? dit Schellbock. Non, mon frère ! Je la garde, elle est à moi. Je l'ai gagnée au cours d'une partie honnête. Ne te rappelles-tu pas que nous avons fait onze points ? »

Lorsqu'il comprit que les Allemands avaient la ferme intention de garder l'arquebuse, Garcia abandonna aussitôt son attitude arrogante et querelleuse et se mit à geindre d'une voix qui trahissait toute sa terreur :

« Vous ne voulez donc point me la rendre ? Ne voyez-vous pas que le bourreau porte déjà la main sur moi ?

– Il est mauvais de battre le chanvre avec le bourreau, dit Schellbock en haussant les épaules. Il confond toujours ta tête avec l'aire de battage. Personne ne peut t'aider, ton affaire sent mauvais.

– Voilà donc comment vous respectez la parole de Dieu ! hurla Garcia, au comble du désespoir. N'avez-vous donc jamais lu l'Evangile ? Etes-vous chrétiens ou infidèles ? »

Thonges se mit alors en colère, car il ne souffrait pas que Garcia Novarro le traitât d'infidèle. Il s'approcha de lui, posa les mains sur ses genoux et se mit à l'injurier.

« Dans quel Evangile est-il écrit que nous devons te rendre ton arquebuse ? Est-ce Paul qui l'a prêché aux Ephésiens ou aux Corinthiens ? Allez, déguerpis ! Je connais l'Evangile mieux que toi, et il ne dit pas que tu dois échapper à la corde. »

Pendant ce temps, Schellbock avait cherché une ruse qui eût permis de satisfaire Garcia. Il venait de trouver un bon conseil, dont il lui fit part :

« Puisque tu ne pourras y échapper, dit-il, je te conseille de t'armer de tout ton courage, d'être un homme et d'aller te faire pendre sans plus attendre.

– Si tu as fini, cria au même instant Pedro Carbonaro du haut de l'échelle qu'il avait appuyée contre le tronc d'un gros arbre, nous allons faire une petite promenade ensemble, compère ! »

Lorsque Garcia Novarro entendit la voix redoutable du bourreau juché en haut de son échelle, ses jambes manquèrent se dérober sous lui : il jeta des regards désespérés tout autour de lui pour trouver une échappatoire et aperçut soudain, entre les mains de Grumbach, l'arquebuse à cause de laquelle il allait devoir mourir. Il en conçut un nouvel espoir et, s'approchant de Grumbach, exécuta une profonde révérence :

« Dieu m'est donc venu en aide, dit-il, puisque j'ai retrouvé mon arquebuse. Je suis sûr que vous allez me la rendre, à quoi pourrait-elle vous servir? »

Mais Grumbach hocha la tête.

« Je ne puis vous donner cette arquebuse. Elle ne m'appartient pas, elle appartient au roi de ce pays, au seigneur Montezuma, dont je suis le serviteur.

– Et c'est pour ce maudit infidèle que vous allez me faire pendre?

– Que Dieu me pardonne! dit Grumbach. Le roi nous a donné du pain, de la terre et des outils lorsque nous avons fait naufrage sur ses côtes. Je ne puis agir autrement.

– Ainsi vous acceptez d'être le complice de Lucifer et de l'aider à accomplir sur moi sa terrible vengeance?

– Le Diable voudrait-il lui aussi se venger de toi? demanda Grumbach avec curiosité. L'aurais-tu toi aussi dupé ou abusé, par hasard?

– Ecoutez-moi, maître », supplia Garcia Novarro. Et il se mit à parler vivement : « Maître, vous saurez tout. Dans mon village, il y a une chapelle et à l'intérieur se trouve une cloche qui appelle les gens à la messe. Une nuit, le Diable a voulu voler le battant de la cloche afin que les gens ne se rendissent pas à l'office. Je passe par là, j'entends le Diable sauter, grogner et haleter dans la cloche. Je fais un signe de croix en dessous afin de l'empêcher de sortir. Puis je cours chercher les voisins, et nous avons sonné la cloche toute la nuit, jusqu'au matin, tant et si bien que le Diable s'est rompu les os. Il en boite encore aujourd'hui. Et maintenant, il veut me faire pendre pour cela. »

Grumbach laissa échapper un cri.

« La vengeance du Diable est-elle toujours aussi cruelle ?

– Aujourd'hui, cria le prévôt du haut de son échelle en lançant la corde, c'est toi qui seras le battant. Mais cette fois, la cloche sera de chanvre !

– L'avez-vous entendu ? s'écria Garcia. Pour l'amour de Dieu, rendez-moi mon arquebuse ! »

Grumbach resta de marbre. Il avait déjà défendu l'arquebuse contre les assauts de Cortez, il se préservait à présent contre ceux de la pitié à laquelle il menaçait de céder en entendant les cris et les jérémiades pitoyables de Garcia Novarro.

« Que Dieu me pardonne, dit-il, vos supplications sont vaines. Je ne puis faire ce que vous me demandez. »

Pedro avait achevé la mise en place de la potence. Il sauta de l'échelle et saisit Garcia Novarro par le bras.

« Viens avec moi, à présent. Je vais te laver le cou dans l'étang du cordier ! »

Mais Garcia Novarro se libéra, courut vers Dalila et se mit à l'implorer :

« Jeune fille, supplie ton bien-aimé de me rendre mon arquebuse, pour l'amour du Christ et de tous les saints, sinon il me faudra mourir, tu le vois bien ! »

Mais Dalila ne comprit pas ce qu'il disait. Elle ne connaissait ni le Christ ni ses saints. Elle avait trouvé un bout de cuir muni de clochettes d'argent autour du cou de son âne. Elle les faisait tinter, souriait et se réjouissait de ces tintements.

Pedro Carbonaro saisit Garcia, le poussa vers la potence, le força à monter sur l'échelle et prit le nœud coulant dans sa main.

Garcia Novarro tourna la tête vers Grumbach et s'écria une fois encore :

« Ayez pitié de moi et rendez-moi mon arquebuse. Vous voyez bien que je vais mourir ! »

Mais Grumbach ne broncha pas.

Garcia Novarro cessa alors de supplier et d'implorer. Il se dressa de toute sa taille, serra les poings et prononça d'une voix tremblante de colère une malédiction si terrifiante que tous ceux qui se trouvaient sous la potence en furent effrayés.

« Eh bien va-t'en au Diable ! lança-t-il à Grumbach. Et emporte avec toi la malédiction de Dieu ! Qu'elle s'abatte sur toi, ainsi que le souci et la misère ! Que la première balle frappe ton roi infidèle, que la deuxième atteigne ta catin diabolique et la troisième... »

Le bourreau lui passa la corde au cou et le poussa dans le vide.

Mais Garcia Novarro ne voulait pas mourir avant d'avoir prononcé jusqu'au bout sa terrible malédiction. Il porta ses deux mains à son cou, comme pour chercher à sortir la tête du nœud. Il ouvrit grand la bouche, ses lèvres tressaillirent, il s'efforçait en vain de crier un mot qui lui restait dans la gorge. Ses yeux étaient exorbités et fixaient Grumbach avec une expression de haine. Mais Grumbach fut pris tout à coup d'une témérité impie. Il s'avança sous la potence et cria :

« Ne veux-tu pas bénir encore la troisième balle ? Pourquoi ne dis-tu plus rien tout à coup ? »

Tous ceux qui se trouvaient sous la potence reculèrent aussitôt, saisis d'effroi.

On entendit en effet un sifflement et un halètement rauque s'échapper de la gorge du pendu :

« Et la... troisième... toi... même ! »

LA CHEVAUCHÉE DU RHINGRAVE

La pluie tombait sans relâche. Le vent soulevait un tas de feuilles mortes – des feuilles du lierre indien qui avait cerné et envahi le camp espagnol deux jours plus tôt. Grumbach se tenait à côté de son cheval sellé et attendait plein d'impatience que les Espagnols se mettent en route. Dalila s'était réfugiée sous le manteau de Grumbach pour se protéger de la pluie.

Vers cinq heures, on entendit le tonnerre du petit canon que les gens du camp appelaient le « chien du bedeau ». Une grande agitation s'empara aussitôt des Espagnols : ils se mirent en rang et formèrent des escadrons.

Grumbach monta en selle et lança à Jäcklein :

« Tiens-toi prêt ! Les Espagnols s'en vont, mais nous, nous prendrons un autre chemin !

– Maître ! dit Jäcklein. Prenez patience ! Les Espagnols ne partent pas encore. Ne le voyez-vous pas ? L'évêque Olviedo vient de commencer son discours. Il nous faut attendre encore.

– Que dit ce curé ? » demanda Grumbach.

Jäcklein tendit l'oreille.

« Il promet aux Indiens la bénédiction du Saint-Père, de même que le pardon de leurs péchés s'ils acceptent de vivre selon la foi et les préceptes chrétiens. Il dit aussi que dorénavant, ils seront les valets fidèles de l'Eglise catholique et du Saint-Père.

– Comme les gens ne veulent plus le payer en Allemagne, le pape met bien du zèle à envoyer sa bénédiction dans le Nouveau Monde, ironisa Thonges. Regardez donc les mines pieuses de ces valets de curés ! »

Les Espagnols, tout autour, s'étaient découverts et baissaient pieusement les yeux. Mathias Hundt, lui aussi, tripotait son chapeau sans savoir s'il devait l'enlever ou non.

« Regardez Mathias ! cria Thonges. Il ne veut pas garder son chapeau sur la tête. Que t'importe le pape de Rome ? Ta mère a-t-elle partagé la couche d'un curé ?

– Un jour, sur une route, dit Jäcklein en riant, un abbé lui a donné un bout de fromage, et depuis, Mathias est resté bon papiste. »

Mathias grommela, garda son chapeau sur sa tête et ne répondit pas. Entre-temps, l'évêque avait achevé son discours, et les Espagnols s'étaient redressés. Ils lancèrent des regards courroucés aux Allemands qui ne s'étaient pas découverts et avaient continué de discuter bruyamment pendant la prière de l'évêque.

« A présent, en selle ! s'écria Grumbach. Melchior, nous devons partir aussi vite que des faucons, ou bien le moine nous échappera.

– Maître, quelle agitation s'est emparée de vous ? L'impatience vous fait trembler de tous vos membres, on dirait que vous avez la fièvre. Attendez encore, car maintenant, c'est au tour du duc de Mendoza de prendre la parole.

– Qu'il en ait le crève-cœur ! gronda Grumbach. Je ne veux pas attendre plus longtemps ici la vengeance du Diable ! Sacrebleu ! Parle-t-il encore ? Quelles niaiseries raconte-t-il donc aux Indiens ?

– Il leur parle de la puissance de son roi. Il dit que Charles Quint est un roi très catholique et le plus éminent des princes. A présent, il l'appelle même son très noble et intrépide seigneur et empereur, auquel le monde entier se soumet avec joie.

– Quand il était encore enfant et qu'il se promenait avec feu son père dans les rues de Cologne, j'ai vu ce noble et intrépide seigneur s'enfuir et souiller sa culotte à la vue d'un petit chien noir. Son père lui-même se bouchait le nez devant ce noble seigneur! » grommela Thonges d'un ton rebelle et plein de défi.

Les Espagnols s'étaient à nouveau découverts et écoutaient très respectueusement le discours de Mendoza. Lorsque le duc eut terminé, ils se mirent à crier de joie et à lancer leurs chapeaux en l'air. L'un d'eux, qui voulait se faire bien voir du capitaine, se tourna vers les Allemands et les injuria :

« Qu'avez-vous à rester plantés là, aussi raides que des fourches et des fléaux? N'avez-vous pas entendu que le duc de Mendoza a souhaité longue vie à notre noble seigneur? N'est-il pas votre roi autant que le nôtre?

– Si ce Charles de Gand est votre roi, gardez-le! répondit Thonges sèchement. Moi, je le piquerais volontiers de safran, de gingembre et de muscade, et ainsi préparé, je l'offrirais au diable pour la nouvelle année. Qu'avons-nous besoin d'un roi? »

Cortez, suivi de ses officiers, s'approcha alors du sommet de la colline. Il sauta de son cheval et saisit un étendard que lui tendait son capitaine d'Aquilar. Le vacarme des milliers d'hommes du camp se dissipa peu à peu; bientôt, ce ne fut plus qu'un léger bourdonnement, puis un chuchotement, et enfin, le silence fut complet. Tous les hommes – officiers et simples soldats, valets d'armée et bouviers –, tous étaient suspendus aux lèvres de Cortez.

Sa voix formidable s'éleva alors :

« En qualité de premier gouverneur du roi, je prends donc possession de ce pays, de ses villes, de ses châteaux et de ses citadelles. Je conduirai le régiment selon les préceptes de Dieu qui nous a ordonné : si tu vois ton frère pécher, punis-le. Et j'ai l'intention de glorifier dans ce Nouveau Monde le nom de notre Seigneur Jésus-Christ, notre Sauveur, car Il a sauvé ce monde comme Il a sauvé l'ancien par la richesse insondable de Sa grâce et en versant Son sang sacré. »

Cortez déroula l'étendard qui représentait le Sauveur portant le globe terrestre dans ses bras.

Les Espagnols tombèrent à genoux et se mirent à prier. L'Armada de Cortez s'était métamorphosée tout à coup en un troupeau de pieuses brebis, et le camp était devenu une cathédrale remplie de fidèles recueillis et muets. Un profond silence régnait alentour. Les Allemands se découvrirent eux aussi les uns après les autres et s'inclinèrent devant le nom sacré et l'image du Christ. Cortez, les mains jointes, était agenouillé au milieu de tout ce monde et priait.

Mais soudain, une voix éraillée s'éleva parmi la foule des fidèles recueillis :

« Il y a là quelqu'un qui ne se découvre pas devant le Christ ! »

Les fidèles sursautèrent et aperçurent alors Pedro Carbonaro, le dos courbé, qui montrait du doigt Grumbach en répétant :

« Il y a là quelqu'un qui ne se découvre pas devant le Christ ! »

Ils virent Grumbach, livide, qui n'avait pas enlevé son chapeau.

De tout côté, la colère et la rage des Espagnols fondit alors sur Grumbach :

« Le Diable a dû lui donner cette superbe qui l'empêche de se découvrir devant le Christ Lui-même !

– Le saint qu'il vénère porte un autre nom : c'est à Judas Iscariote qu'il adresse ses prières ! »

Et l'un des hommes brandit son arquebuse sous le nez de Grumbach en criant :

« Qu'on fasse tomber son chapeau d'un coup de hache, et sa tête avec ! »

Grumbach porta la main à son épée, et pourtant, il n'enleva pas son chapeau.

Mais soudain, il entendit à travers tout ce vacarme la voix froide et tranchante de Mendoza :

« Laissez-le ! Ce n'est pas sa faute. C'est la nouvelle foi allemande qui enseigne qu'il faut mépriser le Christ, s'en moquer et le trahir une nouvelle fois ! »

Lorsque Grumbach entendit le duc faire ainsi injure à la nouvelle foi en recourant à un mensonge aussi grossier, le sang lui monta à la tête, la tristesse et le remords de saint Pierre s'insinuèrent dans son cœur : il avait renié le Christ par peur de montrer son visage au grand jour. Et poussé par le repentir, il s'avança vers l'image du Christ et se découvrit.

Les cris de haine et de rage des Espagnols cessèrent d'un coup. Un murmure imperceptible traversa la foule, de bouche en bouche, lorsque les soldats virent le malheur et la misère que Grumbach avait voulu cacher sous son chapeau. Tous baissèrent les yeux ou détournèrent le regard pour ne pas être contraints de regarder plus longtemps le visage défiguré de Grumbach.

Un cri horrible déchira alors le silence profond. Et lorsque Grumbach se retourna, il aperçut Dalila qui venait de découvrir le terrible secret que son maître lui avait caché jusqu'alors. Elle mit ses mains devant ses yeux, tituba et tomba dans les bras du duc de Mendoza qui se tenait à ses côtés.

Grumbach s'approcha d'elle, un sourire craintif sur les lèvres. Il lui tendit les bras et l'appela par son nom.

Mais Dalila, saisie d'horreur, serra son visage contre la poitrine de Mendoza et ne voulut pas regarder Grumbach.

« Laissez-moi ! cria-t-elle. Que me voulez-vous ? »

Grumbach lui tourna le dos et enfonça de nouveau le chapeau sur son front. Il se souvint soudain de cette journée où Schellbock l'avait portée sur son dos jusque dans la vallée, dans l'île de Ferdinandina. Et une grande tristesse s'empara de lui en pensant à la sottise et à la cruauté qui caractérisent les choses humaines : Dalila le rejetait précisément à cause du malheur qu'il avait subi pour la protéger de la férocité des soldats de Velasquez.

Profondément peiné, il se tourna vers Schellbock et lui dit :

« Vois-tu, c'est la vengeance du Diable ! »

A cet instant, on entendit la deuxième détonation, venue de la gueule du « bedeau », et à ce signal, les escadrons espagnols dévalèrent le coteau. Thonges, Schellbock et Hundt entourèrent Dalila, la conduisirent à son mulet et suivirent les Espagnols. Lorsqu'ils furent arrivés dans la plaine, les valets s'arrêtèrent et firent de grands signes à Grumbach en agitant leurs chapeaux.

Grumbach resta seul avec Jäcklein sur le promontoire. Il suivit ses valets du regard, espérant que Dalila se retournerait vers lui et lui ferait un signe d'adieu, mais elle ne se retourna pas. Il la vit disparaître peu à peu avec ses valets et se fondre dans la masse des cavaliers espagnols qui, de loin, ressemblaient à un essaim de frelons sauvages qui se précipitaient sur la ville dans un vacarme et un bourdonnement assourdissants.

Lorsque le dernier Espagnol eut disparu, Grumbach monta en selle et lança à Jäcklein :

« Monte en croupe ! Nous partons !

– C'est un bien grand malheur qu'une telle agitation et une telle impatience se soient emparées de vous ! soupira Jäcklein.

– Nous devons arriver au col d'Iztaplán avant le père Agostín, sinon, il nous échappera, et l'or avec lui.

– Maître ! souffla Jäcklein en montant en croupe, croyez-moi, on a abusé de votre crédulité, et c'est en vain que nous partons. »

Grumbach ne répondit pas. Il éperonna son cheval, qui dévala la colline au grand galop et s'élança dans la steppe.

LE TRIBUT

Pour se rendre de la ville de Tenochtitlán à Veracruz, on peut emprunter des routes et des chemins fort nombreux; pourtant, chacun d'eux passe par le col d'Iztaplán, que les Espagnols nomment aujourd'hui le « col de saint Pierre ».

Lorsqu'il l'atteignit, après une chevauchée de trois jours, Grumbach décida de s'y arrêter, de se reposer et d'attendre l'arrivée du père Agostín.

Non loin du col, près des rives du lac, se trouvaient quelques huttes d'Indiens; chacune d'elle était entourée d'une palissade à hauteur d'homme, car l'occupation préférée des Indiens de ces contrées était la guerre. Ils étaient tous armés de lances et d'arcs – c'étaient probablement de valeureux guerriers – et Grumbach en choisit cinq ou six parmi eux afin qu'ils l'aident à reprendre l'or aux Espagnols. Pendant ce temps, Jäcklein leur acheta deux grands poissons qu'il fit rôtir sur un gril fabriqué à l'aide de baguettes de bois.

« Nous allons nous asseoir ici et attendre ce damné curé jusqu'à la saint-Glinglin! dit-il en mangeant son poisson. Je connais le duc mieux que vous; son plus grand plaisir est de tromper les gens avec de grossiers mensonges. Il a fait croire jadis à mon ancien maître, à Gand, l'histoire d'un poisson de l'océan : il salue très courtoisement les marins qu'il croise en soulevant son petit chapeau. Maître, avez-vous vu un poisson nous faire une telle révérence lorsque nous avons traversé la mer ?

– Melchior ! dit Grumbach. N'avons-nous pas observé dans ce pays des écrevisses qui grimpaient aux noyers pour couper les noix à l'aide de leurs pinces ? Les poissons que nous venons de manger n'avaient-ils pas une cuirasse pareille à celle que portent les chevaliers autour de la poitrine ? Il existe bien des bêtes curieuses dans le Nouveau Monde, pourquoi n'existerait-il pas également un poisson dont la tête aurait la forme d'une coiffe ?

– Maître, la mère de Mendoza était une infidèle mauresque de Grenade, et c'est d'elle qu'il a hérité sa langue mensongère, répondit Jäcklein. Sachez que les Maures passent leurs journées à traîner sur les places de marché pour se raconter des mensonges et des histoires insensées. Il existe là-bas des villes bâties en émeraudes et en diamants; le petit chien qui traverse la rue en courant est un prince ou un roi métamorphosé, et les porteurs et les muletiers ont vu tant d'esprits, de fantômes et de démons, la nuit, qu'on en reste tout éberlué. Mendoza, quant à lui, a gardé son cœur maure de menteur – malgré son baptême chrétien –, mais vous, maître, vous vous êtes laissé pitoyablement abuser : il s'est joué de vous !

– Fiche-moi la paix, sot que tu es ! lui lança Grumbach d'une voix coléreuse. Je ne me suis pas contenté de croire ce qu'il m'a dit. Lorsque je suis passé la veille devant la tente du père Agostín, j'ai vu que les Indiens chargeaient beaucoup de vivres sur une charrette : des poissons, du pain, du lard et des outres pleines d'eau. De plus, ils parlaient d'un long voyage, mais toi, pauvre nigaud, tu n'as rien entendu parce que, comme les autres, tu ne comprends toujours pas un traître mot de la langue des Indiens !

– Comment pourrais-je entendre un seul mot de ce

patois insensé que parlent les Indiens, puisque voilà à peine deux ans que je suis parmi eux ? Mais Ruprecht Schellbock ! En voilà un qui est intelligent ! Il est capable de parler la langue des Indiens et leur tient souvent des discours plus longs et plus savants que les vôtres, maître !

– Oui, Schellbock ! dit Grumbach. Il sait dire dans la langue des Indiens le pain, l'herbe, les betteraves, le poisson, la viande, le vin et le blé turc. C'est avec cela qu'il les mystifie toute la journée. »

Melchior ne répondit pas. Il se mit en quête d'un endroit où son maître et lui pourraient s'allonger et dormir.

Lorsque Grumbach s'éveilla le lendemain matin, Jäcklein se planta devant lui, prit une mine désolée, se gratta l'oreille et dit :

« Maître, les gaillards que vous avez choisis hier se sont enfuis et ils ont aussi emmené les autres. J'ai l'impression que vous les avez fait fuir. Leurs huttes sont vides !

– Quelles balivernes me racontes-tu là ? As-tu perdu la raison ? s'écria Grumbach. Pour quelle raison les Indiens se seraient-ils enfuis ?

– Vous ne me croyez pas ? Eh bien, descendez et voyez par vous-même, vous ne les trouverez pas. Tous ces Indiens sont un peu fous et bizarres. C'est un écheveau de fil emmêlé qui leur tient lieu de cerveau !

– Vite, grimpe au sommet de l'arbre, lui ordonna Grumbach. Peut-être parviendras-tu à les voir. »

Melchior obéit. Un instant plus tard, il cria du haut de l'arbre :

« Maître ! je les vois au milieu d'un nuage de poussière; ils sont peut-être à un quart ou à un demi-mille d'ici ! »

Grumbach grimpa dans l'arbre à son tour, mais à peine fut-il arrivé en haut qu'il redescendit en criant :

« Ce ne sont pas des Indiens ! J'ai aperçu une charrette et des cavaliers. » Il se hâta de seller son cheval et l'abreuva. « Descends, lui cria-t-il, ce n'est autre que le curé qui transporte avec lui l'or de l'empereur. Ah, coquin ! Tu t'es bien moqué de moi en voulant me faire croire que j'avais été dupé par le duc ! Voici la preuve que j'avais raison ! »

Et tandis qu'il montait en selle, il se mit à rire en lui-même : « L'empereur n'aura pas trois sous de ce trésor. Si tu veux de l'or, Charles, il te faudra continuer de le prendre chez Fugger, à Augsbourg ! »

Enchanté par cette idée, il se retourna vers Melchior et, tout en galopant, se moqua de lui :

« Tu avais tout mieux compris que moi, car toi, tu as l'ouïe si fine que tu entends même les lapins tousser dans la forêt ! »

Melchior courait derrière lui, l'arquebuse à la main. Il était tout honteux et très confus, car lui aussi apercevait à présent les trois charrettes à bœufs et le père Agostín qui portait le costume des moines de l'ordre des dominicains – un manteau noir jeté sur une robe blanche.

« Maître, prenez garde à vos paroles ! dit-il lorsqu'ils ne furent plus qu'à mille pas des Espagnols. Ils sont cinq, sans compter le curé, et tous sont bien armés. »

Entre-temps, les Espagnols avaient aperçu Grumbach et son valet. Ils firent halte et le laissèrent approcher. Mais ils s'étaient arrêtés précisément à l'endroit où la route passait à moins de vingt pas d'un précipice au fond duquel se trouvait un étang que les Indiens nomment Iztaplán, ce qui signifie dans leur langue : lac noir.

Les charretiers furent très étonnés lorsqu'ils reconnurent Grumbach. Le père Agostín le salua.

« Que le Christ, notre Sauveur, vous accorde Sa grâce et Sa faveur ! »

Puis il lui demanda comment il se faisait que Grumbach l'attendît là. Il se souvenait en effet avoir vu Grumbach en compagnie de Cortez et de quelques autres officiers juste avant de quitter le camp.

« Je vous ai suivi, car je veux vous libérer de votre fardeau qui est bien trop pesant pour votre échine », répondit Grumbach sèchement en montrant la charrette.

En disant ces mots, il serra plus fort l'arquebuse entre ses mains, car il était persuadé que les Espagnols se défendraient bec et ongles contre une telle entreprise. Mais il les vit sauter à terre, enchantés, et se précipiter vers lui et son valet pour leur serrer la main. Mais celui qui semblait être le plus heureux était le père Agostín; pour un peu, il aurait soulevé son froc et se serait mis à danser.

« Que Dieu vous récompense ! s'écria-t-il. Je suis sûr que les juifs n'ont pas autant sué pendant les quarante années de leur exode que moi pendant ces trois jours ! »

Grumbach était très surpris de voir qu'on était prêt à lui abandonner si facilement les trois charrettes chargées de l'or du Grand Roi, car il s'attendait sérieusement à devoir livrer bataille et à verser le sang. Mais tandis qu'il songeait encore à ce phénomène fort étrange, l'un des charretiers s'exclama :

« Comment voulez-vous vous charger d'une telle tâche, vous n'êtes que deux ! Nous, depuis que les Indiens se sont enfuis, nous étions six, et nous avons eu bien assez de mal pour faire avancer ces lourdes charrettes à travers les roseaux.

– Comment ? s'écria Jäcklein. Vos Indiens aussi se sont enfuis ?

– Lorsqu'ils ont aperçu la nuit dernière les feux allumés sur les montagnes, il nous a été impossible de les retenir, ils ont tous déguerpi.

– Ainsi, vous avez vu des feux allumés sur les montagnes ? demanda Jäcklein avec étonnement. Moi, je n'en ai vu aucun.

– C'est parce que nous avons dormi dans le sous-bois ! » dit Grumbach. Puis il se tourna vers le père

Agostín et lui demanda : « Quelle forme avaient ces feux sur les montagnes? Ressemblaient-ils à des serpents, à de petites boules ou à des plumes de paon? Ont-ils brûlé pendant une heure, deux heures ou bien toute la nuit?

– Ils ressemblaient à des roues de feu et ont brûlé toute la nuit, répondit le moine.

– Des roues de feu? s'écria Grumbach. Les avez-vous bien vues?

– Deux roues de feu brûlaient au sommet de chaque montagne et de chaque rocher, et entre elles on voyait s'élever une grande langue de feu qui montait vers l'ouest.

– Dieu du Ciel! dit Grumbach à Jäcklein. Que peut-il s'être passé à Tenochtitlán pour qu'ils aient allumé ces feux au sommet des montagnes? »

Pendant un moment, tous deux se regardèrent en silence. Puis Grumbach sauta à terre et lança à Jäcklein :

« Melchior, au travail, ne perdons pas de temps! »

Il saisit les rênes et le fouet que tenait l'un des charretiers, fouetta les bœufs et les conduisit au bord du précipice; Jäcklein fit de même derrière lui avec les deux autres charrettes.

« Où conduisez-vous ces charrettes? s'écrièrent les Espagnols en courant derrière eux. Qu'avez-vous l'intention de faire?

– Nous allons les pousser dans les eaux profondes de l'étang! gronda Grumbach.

– Avez-vous perdu la raison? se lamenta le moine. Quel diable cruel vous aiguillonne tout à coup? »

Mais Grumbach ne prêta pas la moindre attention aux cris du moine, il détela les bœufs et approcha à la force du bras la charrette jusqu'au bord du précipice. Il prit sa respiration, saisit son arquebuse et menaça les charretiers furieux en hurlant :

« Il faut précipiter en bas ces charrettes! Si l'un de vous tente de s'y opposer, je lui soufflerai une telle fumée au visage qu'il n'aura plus jamais le loisir de se lamenter et de geindre ! »

Il se cabra alors de toutes ses forces contre la charrette pour la pousser dans le vide.

C'est alors qu'un visage barbu surgit de dessous la bâche tendue sur la charrette, puis un deuxième et un troisième, et l'un de ces trois gaillards se mit à vociférer :

« Comment ? En plus de tous nos malheurs, vous voudriez nous noyer ? Ah ! Que le Diable se précipite dans ce gouffre ! »

Les bâches se mirent alors à bouger sur les trois charrettes, et des gaillards sortirent de leurs trous aussi prestement que des chats lorsqu'ils entendirent qu'on voulait les noyer. Grumbach eut l'air étonné, mais crut bientôt avoir tout compris. Il se mit à rire à gorge déployée et s'écria :

« Trois, six, huit, dix !... Ah ça ! Par la crainte et la sueur de Dieu ! Le duc si rusé a fort bien fait garder et surveiller son or ! Vous voilà bien alertes, tout à coup, bande de gredins. Vous ne voulez pas sauter dans l'eau avec le trésor ? »

Il cessa de rire et apostropha ces gaillards comme s'ils n'étaient pas dix, mais simplement deux :

« Sortez de là, et un peu plus vite que cela, sinon vous ferez le plongeon dans l'eau avec le trésor !

– Seigneur ! cria l'un des Espagnols. De quel trésor parlez-vous ? Je veux bien me faire pendre si vous trouvez ne serait-ce qu'un sou de cuivre dans la paille !

– Est-ce que vous voudriez nier que vous transportez avec vous le trésor du Grand Seigneur ? gronda Grumbach. De l'or, de l'argent, des pierres précieuses et de nombreux bijoux rares et de grande valeur ! »

L'Espagnol le regarda, éberlué, puis partit d'un rire tonitruant. Il hurlait littéralement de rire et semblait ne plus pouvoir s'arrêter. Il sauta enfin de la charrette et cria :

« Oui ! Des merveilles comme personne n'en a encore possédées ! Des objets rares comme personne n'en a vu à ce jour ! Des bijoux que le monde entier nous enviera ! Des escarboucles bleues ! Des rubis rouges ! Des parures et des bijoux qui me rongent la chair et les os ! »

Il souleva sa chemise en gémissant et découvrit ses jambes et son buste. C'était un spectacle horrible : l'homme était couvert de gale, de bosses et d'abcès, devant comme derrière.

Grumbach eut un mouvement de recul, son regard passa de l'un à l'autre, puis il se tourna vers le père Agostín :

« Donc, vous ne transportez pas le trésor du Grand Roi dans cette charrette jusqu'à Veracruz ?

– Je n'ai connaissance d'aucun trésor, répliqua le moine. Cortez m'a demandé de conduire sur un bateau ces malades atteints de la peste indienne et de les accompagner en Espagne afin de les faire soigner et guérir.

– Ils auraient mieux fait de m'enterrer ! gémit l'un des malades. Il n'y a plus qu'un remède pour moi, c'est une pelle. »

Grumbach fit lentement demi-tour et marcha, tête basse, vers son cheval.

« Je suis dupé ! murmura-t-il. A présent, il faut que je retourne à la ville pour dire deux mots à Mendoza.

– Ne vouliez-vous pas auparavant conduire ces pauvres gens à Veracruz par amour chrétien ? lui demanda le père Agostín d'une voix triste.

– Curé ! cria Grumbach. Sachez que je ne resterai pas une minute de plus. J'ai été dupé. J'aurais parié mon corps et ma vie que vous transportiez dans ces charrettes le trésor du Grand Roi que Cortez veut offrir à l'empereur Charles, et j'avais bien l'intention de contrecarrer son dessein ! A présent, poursuivez votre route, Dieu vous garde, moi, je dois rebrousser chemin ! »

Il appela Jäcklein.

« Melchior, rattrape les bœufs et attèle-les aux charrettes, afin que l'empereur n'attende pas trop longtemps son tribut ! Il est avide des trésors du Nouveau Monde, eh bien cette maladie est le présent qui convient et dont le Nouveau Monde est redevable à l'Espagne pour tous les malheurs que Cortez lui fait subir ! »

A ces mots, il enfourcha son cheval et prit Jäcklein en croupe. Mais le prêtre lui cria :

« Connaissez-vous cette terrible maladie ? Je n'en ai jamais vu de pareille dans le monde entier ! »

Jäcklein se retourna alors et lui lança :

« Je la connais bien ! Vous l'avez contractée dans la volupté, c'est dans la volupté que vous la transmettrez à d'autres, et si vous voulez lui donner un nom, vous l'appellerez la peste de Vénus ! »

LA MESSE DES MORTS

AYANT chevauché jusqu'au soir, Grumbach et Jäcklein arrivèrent à proximité d'un village ou d'un bourg abandonné par les Indiens. Ils éperonnèrent donc leur cheval, car ils voulaient atteindre ce bourg avant la tombée de la nuit. Lorsqu'ils furent à portée de voix des cabanes, Grumbach arrêta soudain sa monture et sauta à terre.

« Melchior, dit-il, il y a des Espagnols dans ce village.

– Des Espagnols? répondit Jäcklein. Je ne vois pas de cabane en feu.

– Ne vois-tu pas ce mulet devant la porte de la cabane, là-bas? »

Melchior aperçut effectivement sur la route un mulet blanc broutant des chardons et des herbes qui poussaient à foison sur le bord du chemin.

« Melchior! murmura Grumbach. Cette fois, nous les tenons. Ce sont certainement eux qui transportent le trésor. Il faut que j'y aille sur-le-champ pour vider les sacs de ces sacripants.

– Ventrebleu! jura Jäcklein. Voilà que vous recommencez. Le duc vous mène-t-il encore par le bout du nez avec son trésor? »

Mais Grumbach ne l'écoutait pas. La fièvre de l'or le tenaillait à nouveau, car il pensait avoir pris le poisson dans son filet. Il remonta en selle et lança son cheval au grand galop vers le petit village, tandis que Jäcklein le suivait en portant l'arquebuse comme le bedeau porte l'encensoir du prêtre, le dimanche.

Le mulet blanc était toujours seul entre les cabanes et broutait l'herbe et les chardons sur le bord du chemin. Grumbach regarda dans toutes les directions mais ne vit pas le moindre Espagnol. Il commença à s'impatienter et se mit à passer la tête tantôt par une porte, tantôt par une fenêtre ou par un trou de cheminée en criant :

« Ohé! Holà! Sortez de là! »

Mais pas le moindre Espagnol ne voulut montrer le bout de son nez, malgré tous les cris de Grumbach.

« Maître, dit Jäcklein. Si vous pensez à l'or, vous allez prendre feu comme un fétu de paille. Je ne donnerais pas un liard de ce trésor!

– Ohé! Holà! Hé! criait Grumbach, de plus en plus furieux. Répondez! Sortez d'où vous êtes! Ou que la peste s'abatte sur vous! » Il se tourna vers Jäcklein. « Ils se sont cachés, ils ne bougent pas et retiennent leur respiration, ces gredins!

– Ne croyez-vous pas qu'ils doivent éviter de faire trop de tapage puisqu'ils transportent avec eux un si grand trésor? » remarqua Jäcklein d'une voix moqueuse. Il s'approcha du mulet, l'observa attentivement et dit : « Maître, on dit que nos chevaux se ressemblent tous. Mais je serais prêt à jurer que ce mulet est celui que le duc a offert à Dalila. »

A cet instant, Grumbach attrapa le bras de Jäcklein :

« Ecoute! dit-il. Quelqu'un a crié. »

Jäcklein tendit l'oreille.

« J'entends quelqu'un geindre et se lamenter », dit-il. Puis il se mit à hurler : « Attention! Il y a un homme, là-bas, qui rampe sur le sol et se dirige vers vous! Lève-toi, coquin! Nous t'avons vu! Lève-toi ou bien je vais si bien te rosser l'échine que tu pourras te passer de la pommade pendant quinze jours! »

Grumbach, qui venait d'apercevoir le gaillard, avait la vue plus perçante que son valet.

« Melchior, lui dit-il, tes cris ne parviendront pas à le faire se relever. Cet homme doit être ivre ou grièvement blessé. »

Melchior Jäcklein courut vers l'homme qui gisait sur le sol et gémissait. Mais il s'arrêta au beau milieu de sa course, se retourna vers Grumbach, leva les mains au-dessus de sa tête et se mit à crier :

« Dieu du Ciel ! Maître, venez vite, c'est Mathias !

– Qui cela ? s'écria Grumbach en accourant. Qui est-ce ? »

C'était Mathias Hundt qui gisait sur le sol, aux pieds de Grumbach. Son habit était déchiré, ses cheveux lui collaient sur le front. Il était conscient, mais ne parvenait pas à parler; il ouvrait et refermait les mâchoires et tentait de s'agripper avec sa main aux genoux de Grumbach.

« Mathias ! s'exclama Jäcklein au comble du désespoir. D'où viens-tu ? Qu'est-il arrivé ?

– Mathias, dit Grumbach d'une voix rauque. Me reconnais-tu ? C'est moi, Grumbach. »

Mathias leva la tête, appuya ses mains sur le sol, tenta de se relever, mais retomba à terre. Grumbach s'agenouilla près de lui et le souleva légèrement.

« Mathias ! C'est moi, Grumbach. N'aie aucune crainte. Peux-tu me voir ? »

Mais Mathias retomba lourdement sur le sol.

« Maître ! dit Jäcklein. Il a reçu une balle dans le dos. Regardez, son habit est souillé de sang comme le tablier d'un aubergiste de taches de bière. »

Mathias fixa Grumbach du regard, passa lentement sa main droite sous sa chemise, ouvrit la bouche pour parler, mais ne parvint pas à prononcer le moindre mot.

« Mathias, dit Jäcklein tristement, il n'a jamais aimé beaucoup parler au cours de sa vie, et maintenant qu'il doit mourir, il aimerait dire tant de choses, mais ne sait plus parler. »

Grumbach passa la main sous la chemise du mourant et en retira une petite lettre tissée en lanières de cuir, semblable à celles que les nobles Indiens échangent entre eux.

« Il devait nous apporter un message, mais les Espagnols l'ont gratifié d'une balle. Lisez, maître ! Que dit cette lettre ? » demanda Jäcklein.

Grumbach commença à lire. Mais il abaissa bientôt la main.

« Melchior ! Nous allons pouvoir compter Hérode et Judas au nombre des saints !

– Peste de Dieu ! cria Jäcklein. Qu'est-il arrivé, maître ? Parlez, vite !

– Cinq cents Indiens de la noblesse qui exécutaient leurs danses dans la cathédrale ont été attaqués par les Espagnols armés d'arquebuses et de canons. Tous ont péri !

– Maître ! Comment le Grand Seigneur a-t-il pu permettre de telles atrocités dans sa capitale ?

– Le Grand Seigneur a été capturé et mis aux fers par Cortez.

– Mis aux fers ? s'écria Jäcklein. O fortune inconstante ! Quand l'un des ducs ou des gouverneurs indiens voulait obtenir une audience du Grand Seigneur, il devait ramper en haillons jusque dans la salle d'audience. Et à présent, Cortez a mis le Grand Seigneur aux fers ! Est-ce le prince Cacama qui vous écrit cela ?

– Non. Le prince Cacama est mort. C'est le prince Cuitlahua qui m'envoie ce message.

– Est-ce celui qui avait un petit pinson ?

– Oui, répondit Grumbach. C'est le frère du Grand Seigneur. L'homme qui avait le petit pinson. »

L'un des princes de la maison royale possédait en effet un petit oiseau au plumage jaune et rose. Il l'aimait tant qu'il ne sortait jamais sans lui et le portait sans cesse sur un rameau fleuri. C'est pourquoi Jäcklein, qui n'arrivait jamais à se souvenir de son nom, l'appelait toujours « l'homme au petit pinson ».

Melchior Jäcklein s'était relevé et regardait Grumbach.

« Maître ! Regardez ! Mathias est mort. Nous ne sommes donc plus que quatre dans ce pays.

– Non, dit Grumbach d'une voix douce et triste. Nous ne sommes plus que deux, Melchior !

– Maître ! s'écria Jäcklein. Schellbock et Thonges... »

Il se tut. Grumbach prit une profonde respiration, puis il dit :

« Ils sont morts tous les deux. Cortez les a fait pendre. Tous les deux. »

Jäcklein le regarda d'un air effaré, sans parvenir à prononcer la moindre parole.

« Ils ne sont pas restés les bras croisés lorsque les Espagnols ont commencé à massacrer les Indiens. Ils ont injurié Mendoza, et Thonges l'a frappé de sa main. Il les a alors conduits devant Cortez qui les a fait pendre.

– Est-ce que tout cela est écrit dans la lettre ? » demanda Jäcklein.

Grumbach acquiesça.

« Faites voir. »

Grumbach lui tendit les lanières de cuir tissées. Jäcklein les observa, les tourna et les retourna entre ses mains et dit finalement :

« Je n'arrive pas à la lire, je n'ai pas appris. »

Ils se turent tous deux pendant un moment, la tête basse. Ensuite, levant le poing pour faire un serment, Jäcklein déclara d'une voix solennelle :

« Nous avions bien réparti les trois balles, Thonges, Schellbock et moi. La première sera pour Cortez, la deuxième pour le duc et la troisième pour le bourreau.

– Melchior ! Grâce à ces trois balles, je détruirai toute l'Armada espagnole afin qu'il ne reste pas un seul homme qui puisse aller le confesser à un curé au pays !

– Comment ferez-vous cela avec trois balles seulement ? demanda Jäcklein.

– J'y parviendrai avec ces trois balles, jura Grumbach. Avec ces trois balles ! »

Ni l'un ni l'autre, cependant, ne pensa à la terrible malédiction proférée par Garcia Novarro en mourant.

La nuit était complètement tombée. Ils virent briller aux sommets des montagnes les signaux de feu qui appelaient à nouveau les Indiens de tout le royaume à lutter contre les Espagnols et à se venger.

« Maître, dit Jäcklein. Aidez-moi, il faut que nous portions Mathias dans la cabane. Voyez-vous les vautours, ils ouvrent grand leur bec et se préparent à lui chanter un *requiescat.* »

Ils portèrent le mort dans l'une des cabanes et le déposèrent sur le sol.

Grumbach se laissa tomber dans un coin et se prit la tête entre les mains.

« Comment pourrai-je dormir cette nuit ! C'est par ma faute que tous ces malheurs sont arrivés ! Je suis sûr que nos deux compagnons ont crié mon nom et m'ont appelé à l'aide quand on les a emmenés à la potence. J'aurais dû rester avec eux, tous deux ont toujours été de bon conseil.

– Ce qui est arrivé est arrivé, vous vous êtes laissé abuser et aveugler par le duc. Cela ne nous servira à rien de chanter le *mea culpa, mea maxima culpa,* lui répondit Jäcklein.

– Il y a quelques semaines, lorsqu'il gelait à pierre fendre dans les montagnes, soupira Grumbach, Schellbock m'a demandé de lui donner les bouts de fourrure que je portais sous mon harnais pour en faire une paire de gants. Et moi, je lui ai répondu : qu'as-tu besoin de cette peau de loutre, sot que tu es ! Si tu as froid, souffle dans tes mains ! A présent, Melchior, je lui donnerais de bon cœur ces deux petites fourrures, mais il me semble qu'il ne voudra plus les prendre. Je donnerais volontiers un peu de mon salut éternel pour le rappeler à la vie. »

Pendant ce temps, Jäcklein avait fait le tour de la cabane et trouvé quelques cruches dans lesquelles les Indiens conservaient leur eau-de-vie, qu'ils appelaient *pulque*. Il transporta ces cruches au milieu de la pièce et alla chercher deux coupes.

« Maître, si vous ne voulez pas dormir, nous allons boire un verre en l'honneur et à la mémoire de nos compagnons. Ne nous est-il pas souvent arrivé, de leur vivant, de boire du vin tous ensemble ? N'avons-nous pas rivalisé pour vider toutes les cruches et les pichets, sans nous soucier de savoir si quelqu'un pouvait en prendre ombrage ? »

Il remplit les coupes de vin indien, vida la sienne et tendit l'autre à Grumbach.

« Nous célébrerons donc tous les deux une messe des morts joyeuse à la mémoire de nos compagnons, sans goupillon, sans les *sanctus* ni les *benedictus* des curés. »

Grumbach avala doucement l'eau-de-vie et leva les yeux vers le plafond.

« J'ai entendu dire, Melchior, que les choses ont changé en Allemagne ! dit-il. Les curés eux-mêmes veulent montrer à l'homme du peuple ce qu'est la vraie messe et ce qu'est la vraie foi ! »

Il remplit sa coupe, la vida et reprit :

« Me croiras-tu, Melchior, si je te dis qu'il existe un curé qui rejette les indulgences, la confession et les pèlerinages, de même que le pouvoir temporel de l'Eglise ? Vraiment, je te le jure, j'aimerais me trouver en Allemagne en ce moment, avec tous mes compagnons morts.

– Il n'est point besoin de me le jurer, maître, murmura Jäcklein. Je vous crois.

– J'irais voir cet honnête curé et lui demanderais : " Me connaissez-vous ? Je suis Grumbach, mais auparavant, je m'appelais rhingrave. L'empereur m'a banni parce que le pouvoir temporel des curés me faisait horreur. Et si tu dis que les indulgences et la confession ne sont que farces romaines, curé, tu es un rebelle comme moi, et nous marchons tous deux sur le même chemin. " »

Grumbach et Jäcklein burent une grande gorgée d'eau-de-vie, Jäcklein hocha la tête avec ferveur et Grumbach brandit le poing.

« Tu es un rebelle comme moi, cria-t-il, et tu voudrais te passer de mes services ? Regarde un peu par ici, je ne suis pas seul ! »

Il vida de nouveau sa coupe, se retourna, et son imagination débridée peupla la pièce des fantômes des paysans qui étaient morts. Grumbach désigna de sa coupe un coin sombre de la pièce.

« Regarde un peu par ici, curé ! Toi qui es un curé si honnête ! Si pieux ! Voici Mathias Hundt, il ferme son bec comme d'autres boutonnent leurs poches, mais il est agile et adroit; deux gaillards comme lui sauraient capturer le Diable en rase campagne !

– Tu es mort à présent, Mathias ! gémit Jäcklein d'une voix mêlée de sanglots. Nous avons supporté ensemble bien des joies et bien des peines. »

Mais Grumbach se leva alors d'un bond et se mit à faire les cent pas dans la pièce, ne s'arrêtant que lorsqu'il voulait remplir sa coupe.

« Voici Schellbock ! cria-t-il. Il a une belle petite bedaine, mais cela ne l'empêche pas de sauter par-dessus les plus grands tas de fumier. Celui-là s'appelle Jakob Thonges, il aime les curés comme le putois ou la belette aiment les poules bien grasses ! »

Le vin qu'il avait bu avait rendu Jäcklein triste et hagard; il se mit à pleurer à chaudes larmes, mais Grumbach ne cessait d'aller et venir dans la pièce en invoquant le nom de ses gens.

« Dillkraut, Peter Dillkraut ! Holà, montre-toi ! Tu es

aussi velu qu'un singe, mais tu sais bien frapper et te battre, et celui à qui tu donnes un coup sur la tête ne s'en relève pas, il est mort pour l'éternité !

– Peter Dillkraut ! s'exclama Melchior en sanglotant. Les Espagnols l'ont abattu juste au moment où il voulait passer son haut-de-chausses ! »

Grumbach ne l'écoutait pas. Il se versa à nouveau du vin, s'essuya la bouche et brandit sa coupe.

« Jörg Knollbein ! cria-t-il. Montre-toi, toi aussi ! Tu avais un visage aussi ridé que la panse d'une truie et ta bouche était toute édentée. Et pourtant, ceux que tu frappais de tes poings ne pouvaient plus, le lendemain, ni se baisser ni bouger !

– Jörg Knollbein ! pleurnicha Jäcklein. Un Espagnol l'a transpercé de son épée sur la falaise de l'île de Ferdinandina.

– Stephan Eberlein ! hurla Grumbach. Claus Lienhard ! Etes-vous prêts ? Diable ! C'étaient des gaillards bien laids et mal dégrossis, je ne mettais pas volontiers mon nez à portée de leur museau, mais c'étaient vraiment des gens honnêtes et courageux... »

Il se tut soudain, fixa le plafond, leva la main audessus de sa tête et se mit à vociférer :

« Misère ! La pluie passe à travers le toit ! Dillkraut ! Que le Diable t'emporte ! Ne t'ai-je pas ordonné de réparer le toit et de passer les murs à la chaux ?

– Maître, dit Jäcklein en regardant Grumbach d'un air effaré. Pourquoi réprimandez-vous Dillkraut ? Il est mort ! »

Mais l'eau-de-vie avait troublé les sens de Grumbach : il voyait la cabane se peupler de ses compagnons morts.

« Eberlein, viens vers moi ! Bois avec moi ou tu te dessécheras ! Comment ? Tu ne veux pas boire ? Ce vin est-il trop acide à ton palais ? Il coûte cinq thalers le foudre ! En as-tu trouvé un meilleur à Pfinsingen ? Eh bien maintenant, tu vas boire celui-là ou bien gare à tes oreilles !

– Maître, gémit Jäcklein. Lâchez mes oreilles. Je ne suis pas Eberlein. Un capitaine espagnol l'a abattu d'une balle parce qu'il lui avait souhaité de manger tout le fumier de Pfinsingen! »

Grumbach vit alors apparaître le fantôme d'un autre paysan. Il lâcha les oreilles de Jäcklein et se mit à rire :

« Ha ha! Balthasar Strigl! Tu es donc là toi aussi! Viens t'asseoir près de moi. Tu ne veux pas? Diable, où vas-tu de ce pas? Tes bottes sont cirées, ton haut-de-chausses est bien ajusté, ton chapeau est orné de plumes. Vas-tu à l'auberge pour prendre d'assaut le rôti de porc de l'aubergiste? »

Lorsque Melchior Jäcklein entendit son maître appeler Balthasar Strigl, une grande colère s'empara de lui, car il lui avait jadis prêté une chemise et un habit bleu tout neuf, mais Balthasar ne les lui avait jamais rendus. Le vin l'avait rendu fou lui aussi, de sorte qu'il crut voir le fantôme de Balthasar qui le narguait, debout devant lui, dans son habit bleu. Il donna un coup de pied à cette ombre, la menaça du poing et grogna :

« Est-ce le Diable qui t'a envoyé ici? Rends-moi mon habit, ou bien j'ornerai de bleu le pourtour de ton œil. Ami, tu as des ongles de voleur à tes dix doigts!

– Compagnons! cria Grumbach. Approchez! N'ayez aucune crainte! Venez vous asseoir à ma table. Pourquoi hésitez-vous? Je ne suis plus le rhingrave rebelle! Je suis Grumbach, je ne règne plus sur mes terres et mes gens, personne n'est plus mon vassal. Je laboure mon champ tout comme vous, et si la grêle s'abat sur lui cette année, je devrai aller vous implorer cet hiver, ou bien je ferai maigre!

– Knollbein! » s'écria Jäcklein avec un sourire d'ivrogne sur les lèvres. Dans son délire, il voyait le fantôme d'un vieux paysan à la bouche édentée. « Knollbein! Je vois que tu as de nouveau récupéré un thaler. Est-ce que tu vas l'enterrer dans ton étable? Jörg, la vermine s'est attaquée à ton argent, elle a tout rongé, Jörg, il n'en reste rien!

– Mes amis, cria Grumbach. Pourquoi prenez-vous cette mine étonnée? Vous avez bu. Je vais vous faire jouer une courte danse. Thonges, va chercher ta vielle! Lienhard, joue de ta cornemuse et moi, je battrai du tambour. Allez! Dansez, levez la jambe, et faites voler la paille que vous avez dans vos bottes! »

Grumbach avait trouvé un gros bâton dans un coin de la pièce. Il se mit alors à frapper sauvagement sur l'un des pichets de vin en argile comme s'il avait un tambour entre les jambes.

Melchior Jäcklein tournait en titubant dans la pièce et ses mains s'agrippaient aux murs.

« Lienhard, dit-il en riant. Pourquoi me regardes-tu d'un air aussi sombre et fâché? T'ont-ils versé de nouveau de la paille d'avoine ou des fientes d'oiseau dans ton lait? »

Grumbach fermait les yeux et frappait son tambour de terre cuite. Jäcklein levait la jambe comme pour danser, mais il tomba à terre, se retrouva couché sur le ventre et se mit à brailler :

« Voyez comme Dillkraut se gratte et pousse des soupirs! Mon ami, te voilà de nouveau importuné par les poux! Je vais te donner un bon conseil : mets-les tous dans une corbeille, pose le couvercle par-dessus et tu auras la paix. Les femmes se moquent-elles de toi? Il faut dire que tu es aussi velu qu'un singe. Regarde un peu Schellbock, toutes aimeraient l'avoir pour bien-aimé. Schellbock! D'où viens-tu? As-tu de nouveau partagé la couche de Dalila? T'es-tu réchauffé les mains sur la poitrine de Dalila? »

Grumbach s'arrêta tout à coup de battre du tambour, il renversa le pichet de vin et se dirigea en titubant vers Jäcklein.

« Schellbock! s'exclama Jäcklein en ricanant. Ventrebleu! Comment as-tu fait pour que Dalila se prenne d'amour pour ta grosse bedaine ? Es-tu allé dormir une fois de plus auprès d'elle, cette nuit ? Eh oui, une jeunette est plus appétissante que les tripes de veau !

– Qui a dormi avec Dalila ? hurla Grumbach en se tournant de tous côtés. Schellbock, où es-tu ? Je vais te fracasser la tête et te briser les membres ! »

L'ivresse eut cependant raison de Jäcklein qui était couché sur le dos, les jambes écartées, et commençait à ronfler.

« Schellbock ! tempêta Grumbach en brandissant son bâton. Montre-toi ! Que le Diable t'emporte et te fasse subir tous les supplices de l'enfer ! »

Dans son égarement, Grumbach voyait les fantômes des paysans morts qui se pressaient autour de Schellbock pour le protéger de ses coups.

« Place ! leur lança Grumbach. Knollbein, ôte-toi de mon chemin ! Dillkraut ! Ecarte-toi ! Il doit mourir ! Ecartez-vous ou je vous débarrasserai de vos poux et de vos puces à coups de massue ! »

Grumbach leva son bâton et se mit à frapper la têtes des paysans apeurés qu'il voyait devant lui dans son ivresse. Les spectres des paysans défunts se dispersèrent en criant et laissèrent passer Grumbach. Il se retrouva seul au milieu de la cabane, en face de Schellbock qui le narguait en le regardant de ses petits yeux malicieux et insolents.

Grumbach ne dit mot. Il leva son bâton à deux mains et frappa violemment la tête de Schellbock. Il le frappa à nouveau, sans pitié, sur les épaules, les reins, les mains et la tête.

Il frappa et frappa encore, sans pouvoir s'arrêter jusqu'au moment où le fantôme de Schellbock s'effondra.

Grumbach se mit alorsà rire doucement, l'air satisfait. Il s'avança d'un pas incertain jusqu'au milieu de la pièce, où il laissa tomber son bâton. Il se baissa pour le ramasser, mais ne le retrouva pas. Il voulut alors se redresser, chancela et tomba lourdement sur le sol où il s'endormit sur-le-champ.

Grumbach se réveilla tard dans la matinée.

Jäcklein était dehors, il avait déjà sellé le cheval et lui avait donné à boire.

« Maître ! dit-il. J'ai rêvé cette nuit de nos compagnons morts. »

Grumbach se passa la main sur le front.

« Il me semble moi aussi avoir rêvé cette nuit de nos amis, mais je ne me le rappelle pas.

– Maître ! Est-ce vrai ? Thonges et Schellbock sont-ils vraiment morts ? »

Grumbach sortit de son pourpoint la peau de loutre, la tourna en tous sens, avant de la jeter à terre.

« Je n'ai pas voulu l'offrir à Schellbock, je la laisserai donc ici. La ramasse qui voudra. » Il baissa la tête et soupira : « Je donnerais mon salut éternel pour le ramener à la vie ! »

Il ne se souvenait pas qu'il avait tué Schellbock de sa propre main dans son rêve.

Jäcklein allait enfourcher le mulet, mais Grumbach l'en empêcha.

« Monte en croupe, mon cheval est plus rapide.

– Et que ferons-nous du mulet de Dalila ? lui demanda Jäcklein.

– Qu'il se débrouille pour trouver une mangeoire ! » répondit-il en donnant une tape au mulet qui détala. Puis il saisit son arquebuse et cria d'un air menaçant : « Melchior, par ma foi, il y aura sous peu bien assez de chevaux espagnols qui erreront dans ce pays sans cavalier ! »

LA PREMIÈRE BALLE

J'EN arrive à présent aux événements survenus au cours d'une nuit où toutes les portes de l'enfer étaient grandes ouvertes.

On l'appelle la Nuit triste. Et vous êtes cerrtainement encore nombreux à vous souvenir de ce qui est arrivé à Cortez et à l'armée espagnole, et vous savez pourquoi nous l'appelons la Nuit triste.

Mais il est une chose dont personne n'a connaissance : c'est Grumbach qui a provoqué le malheur dont les Espagnols furent les victimes cette nuit-là. D'une seule balle, il se vengea, altier et formidable, de toute l'Armada espagnole.

Il me faut donc parler de cette balle, la première des trois balles du rhingrave rebelle, et vous raconter comment la terrible malédiction de Garcia Novarro s'accomplit grâce à elle.

Lorsqu'ils eurent achevé le massacre des nobles indiens et qu'ils se furent emparés de la personne du Grand Roi Montezuma, les Espagnols ne quittèrent plus leurs quartiers, de peur de devoir affronter la foule enragée des Indiens, qui étaient nombreux dans toutes les rues et sur toutes les places de la ville à crier leur douleur.

Les Indiens avaient rapidement trouvé deux autres chefs pour remplacer leur seigneur Montezuma, et ils leur témoignaient une obéissance parfaite. C'étaient les princes Cuitlahua et Guatimotzin qui, par le plus grand des hasards, ne se trouvaient pas dans la cour de la mosquée païenne lors des grandes danses et avaient ainsi échappé à l'immense *ollapodrida*.

Grâce aux signaux de feu et de fumée, ces deux princes appelèrent aussitôt tous les Indiens du pays à prendre les armes, et dès le lendemain matin, de nombreux indigènes des environs se rendirent dans la capitale, et ceux qui habitaient de l'autre côté des lagunes arrivèrent en pirogues sur le lac. Le surlendemain, ce fut au tour des Indiens venus des autres villes et provinces du pays, qui remplirent bientôt toutes les places, les rues et les maisons de la capitale; la foule de ces gens était si nombreuse que les Espagnols eurent toutes les raisons de s'en étonner.

Ce prince Guatimotzin était un jeune homme impétueux et vindicatif. Il ordonna à ses Indiens de creuser des tranchées et de construire des palissades; il ne montrait guère de patience et semblait décidé à tout prix à encercler les Espagnols dans leurs quartiers et à les combattre résolument. Le prince Cuitlahua, en revanche – un homme d'un certain âge, plus réfléchi –, aurait aimé négocier avec les Espagnols. Il n'ordonna donc pas à ses gens d'attaquer les quartiers espagnols; il avait bien assez de souci avec l'approvisionnement en vivres de tous les Indiens qui étaient venus dans la capitale. Il devait également convoquer et nommer des agents qui s'occuperaient de régler les différends apparus entre les Indiens et d'autres chargés d'attribuer un logis à chacun des nouveaux arrivants.

Le prince Guatimotzin n'avait que peu de partisans et d'amis, tandis que ceux qui avaient pris le parti du prince Cuitlahua étaient fort nombreux, et leur flot grossissait de jour en jour. En effet, la plupart des Indiens qui arrivaient des provinces dans la capitale ne savaient pas faire la guerre. Ils étaient d'une nature paisible, habitués à la paix et à la tranquillité, et ne s'étaient occupés jusqu'alors que de leur commerce. Nombreux étaient ceux parmi eux qui venaient pour la première fois dans la ville de Tenochtitlán; ils avaient emmené femme et enfants, qu'on voyait partout dans les rues, en longues chemises de coton ornées de flocons blancs et rouges, et qui admiraient les palais, les halles des marchés, les puits et les mausolées. D'autres se faisaient promener dans de grandes pirogues indiennes surmontées de baldaquins multicolores, mais tous semblaient n'être venus là que pour se distraire.

Les habitants de la capitale, quant à eux, retournèrent peu à peu sur les marchés ou dans les rues, de sorte que le commerce reprit bientôt comme auparavant; et quand un Indien avait des pierres à bâtir, du bois de construction, des poteries, des coquillages, des carapaces de homard ou des plumes en trop, il allait au marché et les vendait, si bien qu'on aurait pu croire qu'ils avaient tous oublié la guerre et l'exercice de leur vengeance.

Mais Dieu avait décidé que le sang devait encore couler. Il donna aux choses un cours tel que les combats reprirent et que la Nuit triste tomba sur les Espagnols.

En effet, lorsque Cortez vit que les Indiens étaient beaucoup plus paisibles qu'auparavant, il informa Cuitlahua qu'il faisait de son mieux pour servir le seigneur Montezuma, qui avait librement choisi de s'établir dans les quartiers de Cortez, et lui procurer tout ce dont le Grand Roi avait besoin pour son confort. Mais comme le Grand Seigneur avait l'habitude de choisir quotidiennement parmi plus de quatre cents plats et mets pour lui et sa cour, Cortez manifesta le désir d'envoyer désormais tous les jours l'un de ses capitaines au marché, et il demanda à Cuitlahua de fixer lui-même le prix à payer pour la nourriture nécessaire.

Le prince Cuitlahua comprit qu'il s'agissait uniquement pour Cortez de se procurer la farine et la viande dont il avait besoin pour son armée. Pourtant, par respect pour la personne de Montezuma, il lui donna l'autorisation qu'il souhaitait – au grand déplaisir du prince Guatimotzin qui aurait aimé décourager et affaiblir les Espagnols en les affamant. C'est pourquoi il témoigna au prince Cuitlahua un grand mépris, l'accusa de lâcheté et le menaça de montrer à Cortez que Cuitlahua, à ce jeu, n'était pas le premier, mais le second.

Et effectivement, dès le lendemain, il fit attaquer le capitaine d'Aquilar qui rentrait à cheval du marché, tua quelques valets et confisqua les vivres qu'il avait acquis; d'Aquilar, rossé et en piteux état, parvint cependant à s'échapper.

Lorsque Cortez apprit cette nouvelle, il fit appeler du haut des murs du quartier espagnol quelques personnes de qualité et les informa que leur Grand Seigneur désirait s'entretenir avec le prince Cuitlahua.

Celui-ci arriva peu après à proximité du quartier espagnol, accompagné d'une importante escorte et de nombreux courtisans. Cortez et le seigneur Montezuma – en tenue de grand apparat et paré d'une multitude d'émeraudes et autres pierres vertes – se rendirent alors bras-dessus, bras-dessous sur une sorte d'avancée surplombant les murs de la forteresse. Et dès que Cuitlahua et les autres Indiens qui l'accompagnaient aperçurent leur empereur en grande tenue, ils se jetèrent face contre terre et restèrent prosternés en silence, dans l'attente des paroles qu'il allait leur adresser.

Le Grand Seigneur se mit à parler, d'une voix à peine audible, atone. Sans les regarder, il dit aux Indiens qu'il se portait bien, qu'il n'était pas prisonnier mais qu'il avait choisi en toute liberté et selon son bon plaisir de résider chez les Espagnols et qu'il ne souhaitait pas quitter leurs quartiers pendant un certain temps. Il leva les mains puis les pieds pour leur prouver qu'il n'était pas enchaîné.

Ensuite, il leur ordonna de n'entreprendre aucune

attaque contre les Espagnols et d'accorder à Cortez à l'avenir tous les tributs et tous les services qu'il leur demanderait comme s'ils avaient reçu ces ordres de sa bouche, de la bouche de leur roi. Car il avait lui-même décidé de servir désormais le souverain espagnol dans toute la mesure de ses moyens.

Après avoir entendu ce discours, les Indiens furent saisis d'une telle tristesse que pendant un moment, ils furent incapables de répondre. Finalement, le prince Cuitlahua se releva et dit doucement qu'ils le considéraient toujours comme leur seigneur et maître et qu'ils feraient tout exactement comme il le leur avait ordonné.

Cortez quitta alors le balcon et revint un instant après en compagnie du capitaine d'Aquilar, que sa blessure avait mis en piteux état. Cortez s'adresa à Cuitlahua et lui dit que le prince pouvait sur-le-champ donner un exemple du zèle qu'il mettrait au service du roi espagnol. Il désigna d'Aquilar et fit remarquer que ses blessures étaient l'œuvre du prince Guatimotzin, que Cuitlahua devait immédiatement le livrer afin que ce rebelle fût châtié et qu'on l'empêchait de semer à l'avenir le trouble et la révolte.

Le prince Guitlahua réfléchit un instant, et détacha ensuite une petite statuette de pierre, semblable à un sceau, qui pendait au bout d'une chaîne à son poignet. Il remit la statuette à l'un de se courtisans en lui ordonnant d'aller trouver sans tarder le prince Guatimotzin et de l'inviter à se présenter pour répondre devant Cortez de l'attaque qu'il avait perpétrée.

L'émissaire revint cependant peu de temps après en indiquant que le prince Guatimotzin faisait dire à Cortez que si un désir de paix aussi absurde s'était emparé de tous les Indiens, il n'en était rien pour lui. Il se rendrait certes dans le camp espagnol, non pour répondre de ses actes, mais l'épée à la main pour libérer le Grand

Seigneur Montezuma et tuer Cortez, qui était la cause de toutes ces ignominies.

Lorsque Cortez entendit ces propos téméraires, son visage resta impassible et froid. Il donna l'ordre d'ériger en haut des murailles une potence destinée au prince Guatimotzin.

Puis il s'adressa à Cuitlahua et aux autres Indiens et leur dit qu'ils verraient bientôt, désormais, qui, de lui ou de Guatimotzin, disposait du plus grand pouvoir. Ils pouvaient rester tranquilles et laisser la chose suivre son cours, ce qui lui montrerait s'ils étaient vraiment les vassaux fidèles du Grand Seigneur. Et à ces mots, il le congédia.

Il rassembla ensuite cinquante arquebusiers et quelques cavaliers, leur donna l'ordre de s'armer d'échelles, de leviers de fer et de haches, et chargea le duc de Mendoza d'aller sur-le-champ prendre d'assaut la maison de Guatimotzin et de la détruire.

C'est ce jour-là que Grumbach arriva dans la ville de Tenochtitlán.

Il dormait dans le logis où il s'était installé, fatigué par la chaleur et sa longue chevauchée.

Il se réveilla tout à coup, car il avait entendu dans son sommeil le tonnerre des arquebuses espagnoles.

Il se leva d'un bond et regarda dehors.

Mais il vit les Indiens vaquer à leurs occupations et travaux habituels. Devant la maison, il aperçut un tailleur qui confectionnait des manteaux à l'aide de plumes et d'étoffes multicolores et les proposait à ceux qui passaient dans la rue. Non loin de lui, un menuisier travaillait au faîte d'une maison; plus loin, des pêcheurs retiraient leurs filets du lac d'eau douce et des bateliers qui transportaient dans leurs barques des baquets remplis d'eau passaient de maison en maison et proposaient aux habitants de leur vendre de l'eau potable; d'autres Indiens, enfin, vaquaient à toutes sortes d'occupations.

Toute cette animation n'empêcha pourtant pas Grumbach d'entendre le vacarme des arquebuses. Mais comme ses sens étaient encore troublés par le sommeil, il lui sembla que ce n'était qu'un orage qui allait s'abattre sur la ville. Ivre de sommeil, il retourna en titubant à sa paillasse, ferma les yeux et entendit en rêve le murmure de la pluie.

Melchior Jäcklein fit soudain irruption dans la pièce en hurlant :

« Que le Christ bénisse votre sommeil ! Comment pouvez-vous dormir tandis qu'ils tirent dehors ? »

Grumbach se leva aussitôt. Pendant que Jäcklein lui expliquait vivement dans quelle situation périlleuse se trouvait Guatimotzin – disant que les autres Indiens refusaient de venir au secours du prince –, il voyait encore devant sa maison le tailleur indien qui courait derrière les acheteurs pour leur proposer ses manteaux comme si la paix la plus totale régnait dans la ville. La colère s'empara alors de lui et il lança un pichet de vin vide en direction du tailleur.

« Que la peste s'abatte sur ces fripons d'Indiens ! hurla-t-il. Même le jour du Jugement Dernier, ils courront encore dans tous les sens afin de trouver des acheteurs pour leur bric-à-brac. »

Puis il s'adressa à Jäcklein.

« Cours chez le grand prêtre ou le pape indien, lui ordonna-t-il, et dis-lui de sonner l'alarme sur le grand tambour païen, ou bien j'irai moi-même m'enquérir de sa santé ! »

Dans la grande mosquée des Indiens se trouvait en effet un formidable tambour, haut comme trois hommes et tendu de peau humaine tannée. C'est sur ce tambour que les prêtres sonnaient l'alarme quand un ennemi menaçait la ville.

Jäcklein partit en courant tandis que Grumbach montait l'escalier pour se rendre sur le toit de la maison. Une fois arrivé là, il s'approcha du bord et chercha des yeux la maison de Guatimotzin.

Au début, il ne vit rien qu'un nuage de poussière et de poudre. Le vacarme des arquebuses et les ordres lancés par les capitaines espagnols lui parvenaient de ce nuage, de même que le bruit des leviers de fer et des haches. Les Espagnols avaient en effet encerclé la maison du prince Guatimotzin et s'attaquaient aux portails à coup de hache. Peu à peu, le regard de Grumbach parvint cependant à percer l'épais nuage; il vit la bataille qui faisait rage entre les Espagnols et les Indiens, et aperçut le duc de Mendoza au milieu de la mêlée. Sur les toits en terrasse des maisons voisines se trouvaient un grand nombre d'Indiens, en rangs serrés qui ne participaient pas aux combats, soit par respect de l'ordre donné par Montezuma, soit parce que Guatimotzin avait injurié et offensé Cuitlahua. Ils restaient là sans rien faire, à bavarder, et observaient avec une grande curiosité la bataille qui faisait rage à leurs pieds comme si tout cela n'était qu'un jeu turbulent de leurs prestidigitateurs et de leurs musiciens.

Mais tout à coup, Grumbach entendit Jäcklein crier très fort d'en bas. Il le vit courir sur la jetée de pierre, il courait si vite qu'il aurait dû en perdre ses semelles, car quelques Indiens armés de pierres et de bâtons étaient à ses trousses, telle une meute de chiens. Grumbach dévala l'escalier en toute hâte pour le secourir, mais Jäcklein venait de franchir le portail. Il tomba à terre et cria d'une voix épuisée :

« Maître, fermez vite le portail, ils sont à mes trousses avec des fléaux! »

Grumbach claqua la porte et poussa la poutre qui la verrouillait.

« Quel tour as-tu joué aux Indiens pour qu'ils te fassent danser si gracieusement? »

Jäcklein resta couché sur le sol sans mot dire, comme un cochon mort sur un tas de fumier. Il haletait comme s'il allait étouffer et se frottait l'échine. Il se leva enfin et répondit :

« Si seulement ils avaient la gale, la peste et le mal de poitrine, tous autant qu'ils sont, ces bouffons et ces singes ! »

Les Indiens attendaient toujours dehors et faisaient grand tapage.

« T'ont-ils frotté l'échine de leurs bâtons ? Dis-moi quelle bière tu leur as brassée pour qu'ils en veuillent à ta vie ? lui demanda Grumbach.

– Maître, j'ai couru chez les curés indiens, mais ils ont refusé de sonner l'alarme sans l'ordre de Cuitlahua. Je suis alors parti chez Cuitlahua. J'ai crié, hurlé qu'il devait se battre avec ses Indiens contre les Espagnols. Mais il restait assis devant moi, avec son petit pinson sur la main, le caressait et lui donnait des miettes de pain à manger tandis que dehors, Guatimotzin devait lutter pour sauver sa peau. Je me suis remis à crier, mais il ne répondait toujours pas. Alors... »

Jäcklein recula prudemment d'un pas et jeta un regard de biais à Grumbach.

« ... je me suis dit : s'il n'aime pas le vin doux, il boira du vinaigre. Je l'ai frappé au visage, si fort qu'il est tombé à la renverse. N'ai-je pas bien agi, maître ?

– Pourquoi le Diable m'a-t-il encombré d'un sot pareil ! A présent, les Indiens ne vont plus nous laisser sortir de la maison ! Comment allons-nous pouvoir secourir Guatimotzin ? Tu as plus d'un foudre de sottise dans la tête, voilà qui est sûr et avéré.

– Maître, dit Jäcklein. Nous allons monter sur le toit. Nous pourrons certainement passer aisément sur la terrasse de la maison voisine et redescendre ensuite sans être vus. »

Ils se précipitèrent dans l'escalier et montèrent sur le toit de la maison. Mais à peine furent-ils arrivés qu'une pluie de pierres et de flèches s'abattit sur eux. Ils durent rebrousser chemin. Les Indiens avaient investi les habitations voisines et semblaient très désireux d'assouvir leur soif de vengeance pour le coup que Jäcklein avait donné à Cuitlahua.

Lorsque Grumbach vit qu'il ne pouvait pas quitter la maison sans mettre sa vie en péril, il redescendit l'escalier. Dans l'une des chambres se trouvait un grand encorbellement de pierre.

Au moment précis où Grumbach se dirigea vers cette avancée, les Espagnols vinrent à bout du portail de Guatimotzin avec leurs leviers et leurs haches. Grumbach les vit abattre les uns après les autres tous les Indiens qui défendaient l'entrée de la maison. Ils croyaient déjà avoir gagné la partie et se mirent à chanter victoire.

Grumbach saisit alors l'arquebuse de Garcia Novarro.

Melchior Jäcklein vit dans les dernières lueurs du soleil couchant la potence érigée sur les murs, et il se souvint alors de Schellbock et de Thonges.

« Regardez là-bas, sous la potence, Pedro Carborano, le bourreau ! Maître, donnez-moi l'arquebuse, je vais lui trouer la peau afin que les rayons du soleil lui passent à travers le corps. »

Mais Grumbach ne répondit pas. Il ne pensait qu'à une chose : comment pourrait-il, avec ses trois balles, anéantir le pouvoir des Espagnols et sauver le prince Guatimotzin de la potence ?

Jäcklein avait déjà trouvé une nouvelle cible pour son arquebuse; au beau milieu des combats, il aperçut le duc de Mendoza, et aussitôt, il se mit à implorer Grumbach de le tuer.

« Regardez-le, là-bas, ce freluquet arrogant ! Donnez-moi l'arquebuse et je vais lui souiller son habit. »

Mais Grumbach ne l'écoutait pas, il soupesait l'arquebuse sans mot dire, réfléchissait et se torturait l'esprit pour trouver un moyen d'anéantir tous les Espagnols depuis son refuge de pierre. Il savait, en effet, que la guerre serait perdue et que ce pays appartiendrait pour tous les temps aux Espagnols si Guatimotzin tombait aux mains de Cortez. C'est pourquoi il repoussa Jäcklein, lorsque celui-ci voulut saisir l'arquebuse en lui jetant un regard noir et plein d'animosité.

Mais l'impatience et la colère semblaient tout à coup avoir fait perdre la raison à Melchior. Il saisit l'épaule de Grumbach et cria en tremblant de rage :

« Tu refuses de me donner l'arquebuse? Bouffon! Coquin! Voleur! Donne-la-moi ou je te ferai avaler tes dents! »

Grumbach venait enfin d'apercevoir celui qu'il cherchait. Il écarta la main de Jäcklein et s'écria :

« Vois-tu, Cortez, là-bas, sur la muraille? Mets de la poudre, enflamme la mèche! »

Grumbach s'agenouilla, leva l'arquebuse et mit Fernand Cortez en joue.

« Tirez, maître! Tuez-le! Abattez-le! » cria Jäcklein dans son dos.

Mais au moment précis où Grumbach voulut tirer, on entendit s'élever une immense clameur de joie dans les rangs espagnols. Les gens de Mendoza, en effet, avaient ligoté Guatimotzin et l'avaient fait sortir de la maison. Ils le conduisaient vers les quartiers espagnols, où se trouvait la potence.

La jubilation des Espagnols était si grande que même les Indiens qui étaient postés sur les toits des maisons se mirent à applaudir, comme pris de folie, et à faire des signes de la main aux Espagnols, qui étaient pourtant leurs ennemis mortels, comme si ce qu'ils avaient vu n'était qu'un jeu de leurs bateleurs et de leurs musiciens.

Grumbach se leva alors, sans dire un mot, le cœur triste. Il avait compris que tout était perdu et que la mort de Cortez ne pouvait plus sauver le prince Guatimotzin de la potence. Il abaissa son arquebuse, affligé et accablé, et ne tira point.

La fureur et la folie s'emparèrent alors du cerveau de Jäcklein. Il sauta à la gorge de Grumbach et cria d'une voix haineuse :

« Tu es acheté et payé par les Espagnols ! Fripon ! Tire ou que la peste noire s'abatte sur toi ! »

Grumbach respirait avec peine. Il promena lentement son regard sur les quartiers ennemis et vit Cortez, arrogant et cruel, debout sur la muraille, dans la lueur du soleil couchant, avec ses officiers – Diaz, Tapia et Alvarado –, et non loin d'eux, il aperçut le roi Montezuma avec ses courtisans et ses serviteurs, l'air triste et sombre dans son costume d'apparat, le manteau bleu et les souliers dorés, le diadème royal sur le front. Tout cela allait être englouti par l'obscurité de la nuit, mais tout à coup, une idée s'empara de l'esprit de Grumbach, une idée aussi terrible que l'acte de Judas Iscariote, aussi cruelle que celles d'un chien pris de rage, une idée si sanguinaire qu'il en fut lui-même effrayé, mais une idée démesurément sage.

Tremblant d'impatience, il se tourna vers Melchior Jäcklein.

« Melchior ! Vite ! Prends l'arquebuse et donne-moi la mèche. »

Il décrivit avec son doigt un cercle dans l'air autour des quartiers espagnols en bredouillant :

« Les Espagnols seront anéantis grâce à une seule balle ! »

Et d'une voix rauque, il ajouta :

« Tous, tu entends, Melchior ? Tous ! »

Le bon sens avait repris le dessus dans le cerveau de Jäcklein. Il s'agenouilla et saisit l'arquebuse. Retenant sa respiration, il leva les yeux et fixa la bouche de son maître.

– Mets en joue ! dit Grumbach à voix basse. Vise la poitrine de Montezuma !

– Maître ! s'écria Jäcklein saisi d'effroi. Qu'avez-vous l'intention de faire ? Il ne nous a fait que du bien !

– Vise sa poitrine ! ordonna Grumbach.

– Maître ! Ayez pitié ! Ne me demandez pas de devenir le meurtrier du bon roi. Nous lui avons juré fidélité, vous et moi !

– Vise sa poitrine ! s'écria Grumbach d'une voix rageuse et menaçante.

– Maître, gémit Jäcklein. Regardez, il vous reconnaît. Il nous salue, il vous adresse un signe de la main...

– Vise sa poitrine ! » cria Grumbach d'une voix formidable.

Jäcklein obéit finalement. Grumbach enflamma la mèche et mit le feu à la poudre.

L'arquebuse de Garcia Novarro cracha sa première balle dans un bruit de tonnerre. Grumbach ferma son œil et enfouit son visage sous son bras.

De l'autre côté, sur la muraille, le roi Montezuma tomba sans un bruit dans les bras des ses courtisans.

Le vacarme des Indiens et des Espagnols, dans les rues, cessa au même instant. Un silence effrayant descendit soudain telle une chape de plomb sur la ville de Tenochtitlán.

Mais bientôt, la voix terrifiante de Cortez déchira ce silence :

« Rentrez dans vos quartiers ! »

Et au même moment, le duc de Mendoza fit faire demi-tour à son cheval sur la jetée et rentra au grand galop. Lorsqu'il eut atteint les quartiers de l'armée espagnole, il se retourna et s'écria :

« Rentrez dans vos quartiers ! »

Mais il était déjà trop tard. Aucun des Espagnols qui, derrière lui, escortaient le prince Guatimotzin n'était plus en vie. Ils gisaient par terre, écrasés, piétinés, et réduits en bouillie.

En effet, des milliers d'Indiens indolents qui peuplaient les rues s'avançaient à présent, foule silencieuse, sans faire de bruit.

Nombreux étaient ceux qui ne portaient pas d'arme.

Ils jetèrent sur les Espagnols ce qu'ils tenaient par hasard à la main à ce moment-là ou qu'ils avaient ramassé sur le sol : qui un bout de bois, qui une pierre, qui une courge. Ils avançaient, irrésistibles, sans en avoir reçu l'ordre, sans qu'on eût donné le moindre commandement, et là où les canons espagnols en abattaient vingt, cent autres prenaient leur place. Et quand ils arrivaient à un cours d'eau, ils le traversaient à la nage; quand ils arrivaient à un fossé, ils le comblaient de leurs corps. Ils investirent ainsi les quartiers espagnols, sans bruit, terrifiants et invincibles; ils n'avaient à l'esprit que la mort de leur roi, là-haut, et tous ne pensaient plus désormais qu'à une seule chose : mourir en même temps que les Espagnols.

Un mugissement plus formidable encore que celui des canons espagnols flottait au-dessus de leurs têtes. C'était le grand tambour sacré, en peau humaine, qui était resté muet pendant cent ans.

Mais Grumbach ne vit et n'entendit rien de tout cela.

Il restait debout, tête basse, son bras cachant son visage, et revoyait sans cesse le roi Montezuma sourire une dernière fois et mourir.

Melchior Jäcklein le saisit alors par la manche et lui cria à l'oreille d'une voix rauque :

« Maître, venez avec moi ! »

Grumbach leva la tête, fit un pas et chancela. Les rues et les maisons de la ville de Tenochititlán semblaient tournoyer autour de lui. Il était comme étourdi par la violence de la tempête qu'il avait lui-même déchaînée et provoquée avec sa balle.

Mais Melchior Jäcklein le prit par le bras et l'entraîna avec lui dans l'escalier. Ils furent aussitôt emportés par le flot immense et silencieux qui s'avançait vers les quartiers espagnols. Ils marchèrent avec la foule dans l'obscurité de la nuit à présent venue, ils obéirent à la foule innombrable et ne furent plus dès lors que deux corps parmi cent mille autres corps qui, aveugles et sourds, allaient se jeter dans le feu des canons espagnols.

Ni l'un ni l'autre n'eut le temps de penser à Garcia Novarro et à la réalisation terrifiante de la malédiction qu'il avait prononcée quant à la première balle.

PEDRO ALVARADO

DANS cette Nuit triste au cours de laquelle les Indiens de tout le royaume se jetèrent sur l'Armada de Cortez qui fut frappée par le malheur et l'anéantissement, et tandis que les Espagnols, poursuivis et harcelés par les Indiens, avaient fui en direction du pont situé sur la rive orientale, Juan de Leone, le plus valeureux capitaine de Cortez fut touché par une lance et s'effondra.

Ce capitaine de Leone – homme courageux qui ne craignait pas la mort – cria aussitôt aux gens de sa compagnie qu'ils ne devaient pas s'occuper de lui mais plutôt tenter de sauver leur propre vie. Ensuite, il rampa jusqu'au bord de la route et ordonna à un jeune gaillard qui était à son service personnel et avait refusé de l'abandonner de lui tirer une balle dans la tête afin que les Indiens ne le capturassent point vivant.

Mais tout à coup, Cortez en personne se trouva aux côtés du blessé lardé de flèches et de lances, qui saignait et respirait difficilement. En cherchant des yeux autour de lui un moyen d'aider de Leone dans son malheur, Cortez aperçut deux autres Espagnols qui gisaient sur le sol et étaient si gravement blessés qu'il lui sembla impossible de les transporter.

Tout près du palais du Grand Seigneur défunt, cependant, se trouvait un bâtiment de pierre que Cortez, dans sa prudence, avait fait fortifier plusieurs jours auparavant. Il ordonna aux blessés de se réfugier dans ce bâtiment et les exhorta à se défendre des attaques des Indiens en bons chrétiens, en hommes courageux et en serviteurs fidèles de leur roi jusqu'au moment où il enverrait les chercher. Il saisit alors la main du capitaine de Leone et lui demanda de ne pas perdre espoir en lui assurant que lui, Cortez, ne l'oublierait pas. Puis il fit signe au jeune valet de s'approcher, et tous deux affrontèrent les Indiens qui, dès qu'ils eurent reconnu Cortez, furent si nombreux à se précipiter sur lui qu'il se trouva bientôt encerclé par eux.

Le palais se trouvait derrière un grand jardin. Il était bâti entièrement en pierre et était entouré sur trois côtés par les eaux du lac, de sorte qu'il était facile à un petit nombre de gens de le défendre plusieurs heures durant contre des assaillants bien plus nombreux.

Les deux Espagnols blessés traînèrent de Leone jusqu'au portail, qu'ils trouvèrent fermé. Après avoir frappé et appelé pendant un bon moment, un Espagnol, blessé comme eux, vint leur ouvrir.

Tous les trois portèrent péniblement de Leone et lui firent monter un escalier en colimaçon très étroit. Ils arrivèrent dans une salle éclairée par une multitude de chandelles et de lampes en bois suspendues au plafond et qui était presque aussi vaste que la place du marché aux olives de Valence.

Au centre de la salle brûlait un grand feu, près duquel deux hommes se réchauffaient. L'un d'eux se leva, dévisagea de Leone et s'écria :

« Misère du Ciel, en voilà d'autres! Qu'avez-vous à ramper sur le sol, êtes-vous une créature humaine, une bête ou un ver? Que le Diable emporte Cortez, qui m'envoie tous ses blessés et ses éclopés comme si cet endroit était un hôpital de béguines! »

Dans un coin de la salle, les nouveaux arrivants aperçurent deux autres Espagnols blessés que Cortez avait fait transporter là auparavant. Ils étaient agenouillés sur le sol et creusaient un trou dans la terre avec leurs couteaux.

Ils reconnurent alors à sa voix l'un des deux hommes qui se trouvaient près du feu : c'était Pedro Alvarado, qui les avait reçus de si mauvaise grâce. L'autre restait assis en silence près du feu et ne bougeait pas.

« Comment, Monsieur Alvarado ? s'écria l'un des blessés. Vous êtes encore ici ? Cortez et toute l'Armada ont fui la ville. Pas un chrétien n'est resté dans nos quartiers en dehors de vous et de nous, qui ne pouvions pas suivre.

– Oui, répliqua Alvarado d'une voix rageuse. Je sais bien que Cortez a fui devant ces bouffons d'Indiens à moitié nus qui n'ont ni chevaux ni harnais, et il a abandonné tout l'or ici ! »

Les Espagnols se retournèrent et virent alors que le sol de la salle était couvert d'innombrables petits bijoux en or et en argent, de pierres précieuses en forme de fleurs, de coupes, de clochettes et de toute sortes d'animaux – des objets rares et étranges sortis tout droit du trésor de Montezuma. La vaisselle d'or du Grand Roi jonchait également le sol, de même que des étoffes précieuses aux coloris et aux dessins les plus variés, et les Espagnols reconnurent alors le compagnon silencieux d'Alvarado : c'était le cadavre du roi Montezuma lui-même qui était assis, nu, près du feu, au milieu de ses trésors, car Alvarado l'avait traîné jusque dans le palais dès qu'il l'avait vu s'effondrer, afin de lui enlever en toute quiétude ses vêtements précieux, ses chaînes, ses boucles et ses bagues.

Dans un coin de la salle, un escalier en colimaçon conduisait vers une porte en bois où l'on entendait à présent frapper violemment. Alvarado s'approcha d'une fenêtre qui donnait sur le jardin pour tenter de voir Cortez. Il revint sur ses pas et gravit les marches de l'escalier.

« Tais-toi, jeune personne, là, derrière la porte, ou je vais monter et t'apprendre les bonnes manières. »

Les coups, en haut, cessèrent. Alvarado regarda de Leone qui gisait, haletant, sur le sol, et lui dit :

« C'est Dalila, la fille indienne de l'Allemand borgne. Mendoza en a fait sa bien-aimée. Vraiment, il sait s'y prendre pour faire d'une femme une catin. »

Il se mit à aller et venir dans la salle, s'arrêta ensuite et ajouta :

« Elle a un corps sur lequel vous chercheriez en vain la moindre trace de gale.

– Pourquoi l'avez-vous enfermée là-haut ? » demanda quelqu'un.

Alvarado se mit en colère. Il brandit le poing en direction de la chambre du haut et cria :

« Elle veut avoir sur-le-champ tout ce qu'elle voit. Elle m'a déjà volé une épingle à cheveux, un lacet, une aiguille et deux clochettes en argent pour sa robe de carnaval. »

Puis il se tourna vers les blessés.

« Prenez vos couteaux et aidez les autres, là-bas, à creuser la terre, leur ordonna-t-il. Nous pourrons ainsi y cacher l'or de sorte que les Indiens mettront bien longtemps avant de le trouver. »

Les Espagnols se mirent à creuser le sol avec ardeur tandis qu'Alvarado remplissait les coffres et les sacs vides avec les bijoux en or qui gisaient épars sur le sol.

Lorsqu'ils eurent creusé pendant une heure, l'un des blessés posa son couteau, marcha en boitant vers la fenêtre et jeta un regard dans le jardin.

« Voyez-vous Cortez ? Ou bien est-ce saint Jacques en personne qui vole à votre secours sur son cheval de bataille blanc ? demanda Alvarado d'un ton sarcastique.

– Je ne vois que des centaines d'Indiens qui tournent autour de la maison comme des frelons autour d'un pot de miel, répondit l'Espagnol.

– Vous auriez dû demander à Cortez de vous laisser son habit en gage, pour être sûr qu'il reviendra », ironisa Alvarado.

De Leone se mit à gémir. Il se roulait sur le sol et semblait vouloir parler.

« Hé! dit Alvarado en riant. Messire de Leone! Avez-vous du mal à dormir sur votre peau en lambeaux?

– Cortez viendra par la voie d'eau, répondit de Leone en gémissant. » Il tendit la main vers la fenêtre et murmura : « Par le lac. »

Avec l'indolence de son esprit, Alvarado n'avait pas beaucoup réfléchi à la manière dont il pourrait sauver sa peau et mettre en lieu sûr le trésor. Mais à ces mots, il dressa l'oreille et se rendit dans la pièce attenante dont les fenêtres offraient une vue sur une grande partie du lac. Il revint peu après, en toute hâte, manifestement en proie à une grande agitation. Il avait en effet aperçu au loin la silhouette d'un voilier. Mais il n'en souffla mot aux autres Espagnols et réfléchit à la façon dont il pourrait se défaire d'eux rapidement et les mettre à la porte afin qu'il ne sachent rien de l'aide que Cortez leur envoyait.

Il vit alors que l'un des Espagnols avait posé son couteau et était en train de refaire le pansement de sa jambe. Mais au lieu d'utiliser un mouchoir, il avait pris l'une des étoffes précieuses du trésor du Grand Roi et la pressait sur sa plaie.

En voyant cela, Alvarado feignit de se mettre en colère. Il arracha le bout d'étoffe des mains de l'Espagnol interloqué et se mit à hurler :

« Quelles saletés avez-vous fait là avec votre sang, une truie pourrait en faire douze bouchées. Sortez tous d'ici et restez devant la porte! »

Les Espagnols se mirent à se lamenter et à jeter les hauts cris, mais Alvarado ne voulut rien savoir; il les mit dehors sans pitié et claqua la porte derrière eux. Et lorsqu'il se fut ainsi débarrassé d'eux, il ferma la porte à double tour et leur cria :

« Il est plus facile de creuser un trou à l'extérieur, la terre y est plus meuble ! »

Puis il retourna près du feu, se réchauffa les mains et jeta un regard dans la salle où il se retrouvait seul à présent : il ne restait que le corps du Grand Roi, toujours assis près du feu, et le capitaine de Leone, qui geignait, allongé sur le sol, face contre terre.

« Hé ! dit Alvarado. Messire de Leone ! N'avez-vous pas deux mains vous aussi ? Que faites-vous là, le nez dans la poussière ? Est-ce que vous chercheriez des truffes, par hasard ? »

De Leone, qui avait de la fièvre et frissonnait, prit Alvarado pour l'un de ses serviteurs. Il soupira, puis murmura d'une voix éteinte :

« Cours, cours me chercher des herbes et des épices et prépare-moi un bain de vapeur. J'ai froid.

– Qu'avez-vous besoin d'un bain de vapeur ? lui demanda Alvarado. Moi qui vous prenais pour un vieux chrétien, monsieur de Leone. A présent, je vois que votre père n'était qu'un Maure infidèle, car tout Maure qui se respecte veut sans cesse prendre des bains de vapeur et transpirer. »

A cet instant, il entendit dehors le bruit de la barque qui accostait. Il quitta aussitôt de Leone, sortit en courant pour aider le duc de Mendoza et Pedro d'Olio – envoyés par Cortez pour ramener de Leone – à débarquer et les accompagna à l'intérieur du palais.

Alvarado se réjouit en voyant l'embarcation. S'il avait eu une cornemuse, il en aurait joué et se serait mis à danser pour exprimer sa joie.

« *Kyrie eleison* ! dit-il avec un léger rire et en désignant le trésor. Dieu soit loué et béni, vous êtes enfin venu ! Je commençais à craindre que Cortez n'ait oublié son trésor. Aurez-vous assez de place dans votre barque ?

– Tout juste assez pour vous tous, répondit Pedro d'Olio. Nous pourrons peut-être même emporter un ou deux sacs remplis de cet or.

– Un ou deux sacs? murmura Alvarado d'une voix tremblante. Il nous faudra emporter tout l'or que vous voyez ici. Il ne doit pas rester à ces sales païens de quoi se payer ne serait-ce qu'un petit pichet de vin.

– Que voulez-vous, nous devrons d'abord embarquer nos pauvres compagnons, et nous verrons ensuite combien il reste de place pour votre or, répondit Pedro d'Olio en tournant le dos à Alvarado dont le visage, sous l'effet de la colère, devint aussi jaune qu'une bouillie de millet dans laquelle on a versé du safran.

– Vous avez perdu la raison! siffla-t-il. Je ne laisserai personne monter dans la barque. Pour une poignée d'argent, Cortez pourra acheter des gens bien meilleurs que ces gaillards paresseux qui sont tout juste bons à engraisser les vers.

– Je me conformerai aux ordres de Cortez, qui n'a pas soufflé mot de cet or », répondit sèchement Pedro d'Olio. Puis il frappa dans ses mains et s'écria : « Holà! Venez tous!... »

Mais avant qu'il ait eu le temps de terminer sa phrase, Alvarado le jeta à terre, l'immobilisa en posant ses genoux sur sa poitrine et lui serra la gorge.

« Silence! gronda-t-il, blême de colère. Je ne sais pas ce qui me retient de transformer ton ventre en fourreau d'épée, bouffon que tu es! »

Pedro d'Olio, suffoquant, tentait de se défendre. Mais le duc de Mendoza, au fond de son cœur intelligent et cruel, avait pris depuis longtemps le parti d'Alvarado; dès qu'il avait vu tout cet or, il s'était dit qu'il serait plus raisonnable de mettre le trésor en lieu sûr plutôt que de se charger des blessés qui ne seraient qu'un fardeau inutile et pesant pour les Espagnols en retraite. C'est pourquoi il se précipita vers Pedro d'Olio en murmurant :

« Ne l'irritez pas plus longtemps ! Il perd vite la raison lorsqu'il est en colère et finira par nous étrangler tous les deux. Il faudra bien nous résigner à nous soumettre à sa volonté.

– Je devrais donc trahir nos pauvres compagnons à cause de son arrogance tyrannique ? Nous faudra-t-il abandonner tant de chrétiens à ces sauvages d'Indiens ?

– Qu'ils s'arrangent avec les païens et deviennent des artisans comme eux – ramoneurs ou bouchers, par exemple –, que m'importe », répliqua Alvarado tandis que Pedro d'Olio se relevait péniblement.

Pendant ce temps, Mendoza avait reconnu le capitaine de Leone, qui gisait sans connaissance dans une mare de sang.

« C'est de Leone qui est là, par terre, murmura-t-il. Nous trouverons bien une place pour lui dans notre barque, n'est-ce pas, monsieur Alvarado ?

– Viande putride ! Tout cela n'est que la viande putride, elle est trop mauvaise pour l'éponge et le couteau du chirurgien », répondit Alvarado d'un ton méprisant en donnant un coup de pied à de Leone : mais ce dernier ne bougea pas, et Alvarado se détourna : « Il n'y a plus la moindre étincelle dans l'âtre. Abandonnez-le là où il se trouve. »

Il saisit alors l'un des coffres remplis d'or et le chargea sur le dos de Pedro d'Olio.

« Pourquoi me chargez-vous comme un mulet ou un porteur ? s'écria Pedro d'Olio. Une personne de qualité n'a-t-elle pas droit à un peu plus d'égards ? Prenez qui bon vous semblera pour porter vos ballots, mais pas un gentilhomme castillan !

– Que vous soyez gentilhomme ou non, c'est une affaire que vous devrez régler avec le Diable », rétorqua Alvarado sèchement, et Mendoza lui souffla à l'oreille :

« Il vaut mieux faire ce qu'il vous dit, ne voyez-vous pas qu'il tremble de colère ? »

Tandis que Pedro d'Olio, intimidé par la violence d'Alvarado et saisi par une grande frayeur, traînait le coffre jusque sur la rive en suant sang et eau, Mendoza s'assit près du feu et se réchauffa les mains, car il pensait qu'Alvarado n'oserait pas lui demander d'accomplir une telle besogne.

Puis, avisant le cadavre de Montezuma, il lui donna un coup de coude dans le flanc et dit en riant :

« Allons, païen suprême ! Ne prends pas cet air bizarre et fâché. Si tu avais accepté de te faire baptiser, tu pourrais te consoler à présent avec la résurrection et la vie éternelle, et tu n'aurais point besoin de prendre une mine aussi triste et mélancolique ! »

Alvarado se leva alors, lança à Mendoza un regard sournois et chargé d'animosité, et lui demanda d'une voix sarcastique :

« Votre Grâce ne veut-elle pas mettre un peu la main à la pâte ? Ou bien Votre Seigneurie préfère-t-elle gravir l'escalier, là-bas, et aller retrouver la fille ou la catin de Votre Grâce que j'ai enfermée là-haut ? Elle est amoureuse, elle ne vous refusera pas un petit voyage d'agrément, ou peut-être même deux. »

Le duc de Mendoza prit peur à son tour en voyant l'air menaçant d'Alvarado. Docilement, il se leva et chargea l'un des sacs remplis d'or sur son dos.

Les trois hommes portèrent ainsi en haletant tous les sacs et les coffres qui contenaient le trésor du défunt Grand Seigneur jusqu'à la rive du lac. Pendant ce temps, dans l'entrée du palais, les cinq soldats espagnols blessés mettaient tout leur zèle à creuser un trou dans le sol, comme Alvarado le leur avait ordonné, sans se douter que Mendoza et Alvarado allaient les trahir ignominieusement.

Pedro d'Olio monta dans la barque et prit les uns après les autres les ballots que lui tendait Alvarado, mais quand il vit que les coffres, les boisseaux, les caisses et les sacs en peau de porc semblaient ne pas vouloir s'épuiser, il s'écria :

« Votre Pater n'a-t-il pas d'amen? Finissons-en, ou nous péririons noyés tous les trois. »

Il restait cependant sur la rive encore trois lourds coffres remplis d'or et d'argent. Alvarado, dans sa cupidité, ne voulait pas les perdre.

« Prenez-les, ordonna-t-il. Aucun de ces trois coffres n'est bien lourd.

– Il ne reste de la place que pour un seul coffre, ou la barque chavirera quand vous y prendrez place avec Mendoza », répondit Pedro d'Olio. Puis, s'adressant au duc :

« Rejoignez-moi à présent et montez dans la barque!

– Attendez encore un instant, cria Mendoza, qui se trouvait à l'intérieur du palais. J'ai une petite affaire à régler avec les Indiens. »

Le duc de Mendoza saisit le cadavre du roi Montezuma. Son cœur cruel voulait plonger les Indiens dans le désespoir et la douleur : il s'approcha avec son fardeau de l'une des fenêtres donnant de l'autre côté du palais, montra aux Indiens leur roi mort et lança le cadavre dans la foule. Il observa en souriant les Indiens se jeter sur le cadavre nu de leur roi et prendre d'assaut le palais, remplis de douleur et de colère, avec une telle violence que les murs et le sol de la salle en furent ébranlés.

Les Espagnols blessés qui étaient restés derrière la porte se mirent alors à se lamenter et à gémir. Ils redoutaient la colère que leur avait envoyée Cortez. Désespérés, ils suppliaient qu'on ne les laissât pas tomber aux mains des Indiens déchaînés.

Mais Mendoza ignora leurs prières. A pas lents, il traversa le palais et descendit sur la rive du lac, où il croyait trouver sa barque.

Pedro Alvarado, pendant ce temps, avait ouvert le premier des trois coffres, dont deux devaient être abandonnés sur la rive. Et lorsqu'il vit qu'ils contenaient des objets mécaniques fabuleux, d'or et d'argent ouvrés – des oiseaux qui pouvaient lever et baisser leurs ailes, des tortues qui hochaient la tête et crachaient de l'eau, des abeilles qui bourdonnaient –, il transporta sur-le-champ le coffre sur la barque, car il ne pouvait se résoudre à abandonner ces prodiges artificiels.

Puis, la curiosité le poussa à ouvrir le deuxième coffre; la douleur qu'il éprouva lorsqu'il eut soulevé le couvercle lui fit monter les larmes aux yeux, car le coffre contenait les pièces les plus précieuses du trésor : de lourdes étoffes brochées d'or et serties d'innombrables pierres précieuses, et, il se prit à penser qu'il aurait pu emporter également ces richesses-là si Mendoza était venu seul, sans cet idiot de Pedro d'Olio, et réfléchir au meilleur moyen de se débarrasser du capitaine.

Justement, Pedro d'Olio avait sorti de sa poche du pain et un morceau de viande pour assouvir sa faim.

Alvarado saisit son épée et se mit à hurler :

« Comment? Vous mangez de la viande un vendredi? Que le Diable vous bénisse! »

Pedro d'Olio le regarda, les yeux écarquillés, sans cesser de mâcher, et se mit à rire, car on n'était pas un vendredi, mais un lundi. Alvarado, cependant, le frappa si fort du plat de l'épée sur la tête qu'il tomba à l'eau, et son harnais l'entraîna aussitôt vers le fond.

« Tu ne peux t'en prendre qu'à toi-même, ennemi de Dieu et de ses saints! » lui cria Alvarado en se penchant au-dessus de l'eau.

Le souci que lui causait l'or l'avait rendu si méchant et insensé qu'il n'éprouvait aucun remords – il croyait même que ce qu'il disait était la pure vérité et qu'il avait eu raison de châtier Pedro d'Olio, ce pécheur qui bafouait les préceptes de la sainte Eglise.

Il chargea alors dans la barque le coffre qui contenait les étoffes précieuses, et, de nouveau, la curiosité le poussa à ouvrir le troisième. Il contenait des statuettes de saints en or et en argent – des ostensoirs et des crucifix que les orfèvres du Grand Roi avaient façonnés pour Cortez à partir de modèles espagnols. Et la vue de ce dernier coffre rempli d'objets et d'images aussi sacrés prouva à Alvarado que Dieu Lui-même désirait que pas une seule parcelle de cet or ne tombât aux mains des païens. C'est pourquoi il le chargea également dans l'embarcation et décida d'abandonner le duc de Mendoza au palais.

Lorsque ce dernier arriva, il vit la barque à un jet de pierre de la rive.

« Hé ! Messire Alvarado ! s'exclama-t-il d'un air étonné. Qu'est-ce que cela signifie ?

– C'est le vent qui a rompu les amarres et a fait dériver la barque ! répondit Alvarado en maniant la voile et la barre.

– Rebroussez chemin et venez me prendre !

– Je ne puis rebrousser chemin ! Je ne sais me servir ni de la voile ni de la barre ! Sinon, c'est avec joie que j'accueillerais Votre Grâce à bord !

– Messire Alvarado ! Soyez raisonnable ! » s'écria le duc, pris d'inquiétude.

Alvarado ne répondit pas, se contentant de faire un geste de mauvaise humeur de la main, comme quelqu'un qui chasse des mouches importunes.

Mendoza comprit alors qu'il venait d'être dupé lui aussi par Alvarado comme lui-même avait floué les malheureux blessés. Une peur abominable s'empara de lui.

« Ayez pitié ! cria-t-il à Alvarado. Les Indiens attaquent le palais !

– Tuez-en autant que vous le pourrez, rétorqua Alvarado, vous rendrez aussi au Christ un grand honneur », et le vent l'emportait si vite que bientôt il ne comprit plus un mot des objurgations que lui adressait le duc depuis la berge.

Tout en fendant les eaux du lac, Alvarado qui, selon

son habitude, fermait à demi les yeux, vit en pensée Cortez, les Espagnols et les chevaux sellés qui attendaient le trésor avec impatience. Il vit l'Armada qui l'accueillait en poussant une immense clameur, le comblait de remerciements et d'honneurs parce qu'il était parvenu, à force de ruse et de mensonges, de cruauté et de dureté, à emporter jusqu'à la moindre pépite d'or du trésor et à ne pas en abandonner un seul denier aux Indiens. Il se réjouit en songeant à son bonheur et son visage s'éclaira d'un sourire.

Dans le palais du Grand Roi, Cortez avait trouvé un pont portable et démontable, véritable chef-d'œuvre d'architecture d'apparence étrange que le Grand Roi avait fait confectionner afin de pouvoir traverser toutes les rivières à l'endroit qui lui convenait lorsqu'il partait à la chasse ou en voyage.

Or, les Indiens rebelles avaient démoli une partie de la digue orientale qui reliait la terre ferme à l'île sur laquelle était bâtie la ville de Tenochtitlán. Cortez avait donc utilisé ce pont afin de la réparer et de la rendre à nouveau praticable pour les chevaux et les troupes. Toute la nuit, les combats avaient fait rage pour s'emparer de ce pont.

A l'entrée de la digue, Cortez avait fait creuser un fossé et construire une redoute de terre et de pierres où était posté le capitaine Gonzalvo de Sandoval avec quinze mousquetaires et quelques autres soldats espagnols qui n'avaient pas encore totalement perdu courage.

Cette troupe résista jusqu'au matin à l'assaut de la foule innombrable des Indiens impétueux qui tentaient de s'emparer de la digue et du pont en poussant des hurlements tels que le ciel aurait dû s'écrouler sur leurs têtes.

Les débris pitoyables de l'armée de Cortez battaient à présent en retraite sur la digue et fuyaient vers la terre ferme.

En rangs serrés et dans la plus grande confusion, les hordes de soldats en déroute se dirigeaient en ordre dispersé vers le pont – arquebusiers, mousquetaires, charretiers, cavaliers, femmes et écuyers. La plupart étaient blessés : ils marchaient en s'aidant de béquilles, portaient des chiffons ensanglantés autour de la tête ou des mains, et des vêtements déchirés et détrempés sur le corps. Tous étaient épuisés et si terrifiés que chacun tentait de passer le pont le premier afin de sauver sa peau et d'échapper aux Indiens déchaînés. Aucun d'eux ne voulait attendre, de peur de rester seul sur la berge.

Cortez, assis sur une charrette renversée aux abords de la digue, tournait le dos au lac. Profondément affecté, il regardait passer ce qui, la veille encore, avait été sa fière Armada : des hordes misérables et accablées. Et il se prit à penser qu'il se trouvait dans un pays étranger avec ces gens qui criaient leur désarroi, qu'il était encerclé d'ennemis, sans vivres pour le lendemain, sans poudre ni canons, car il avait tout perdu dans cette déshonorante retraite. Il cacha son visage dans ses mains, la tristesse et la colère l'envahirent, et derrière le mur protecteur de ses mains, une larme coula sur sa joue.

Mais soudain, il se leva. De l'arrière-garde, où se battait Sandoval, il entendit qu'on l'appelait par son nom. Un homme armé, l'épée nue à la main arrivait en courant sur la digue. De loin, déjà, il appela Cortez, car il l'avait reconnu à la lumière des torches. Il s'arrêta, enfin, hors d'haleine, et l'informa que Sandoval demandait de l'aide d'urgence, qu'il ne pourrait résister très longtemps à l'assaut des Indiens. La moitié de ses hommes étaient tombés, et lui, Sandoval, avait été grièvement blessé à la tête.

Cortez n'eut plus alors le loisir d'être triste et abattu. Il voulait secourir Sandoval aussi vite que possible. Il appela Diaz et Tapia, mais tous deux étaient morts. Il tenta de barrer la route à un détachement d'arquebusiers en fuite qui se pressaient sur le pont, tenaillés par la terreur; ils ne firent pas attention à lui et continuèrent de courir. Il reconnut alors au milieu des fuyards son capitaine de Neyra et le saisit par le bras. De Neyra s'arrêta et regarda Cortez – pâle comme la mort et l'air hagard.

« Monsieur de Neyra ! s'écria Cortez, furieux. Que la peur ne vous fasse pas quitter votre haut-de-chausses ! Revenez avec moi sur la redoute, nous avons encore bien des coups à distribuer. »

Mais de Neyra se libéra et s'enfuit à toutes jambes, si vite qu'on eût dit qu'il voulait montrer qu'il était le meilleur coureur. Et tandis que Cortez regardait autour de lui sans plus savoir à quel saint se vouer pour mettre un terme à cette fuite éperdue. Il lui vint soudain une idée. Il barra la route aux fuyards et cria :

« Revenez ! Revenez ! Les Indiens se sont emparés de notre or ! »

L'un de ces soldats, Franzisco Montjoraz, homme téméraire qui ne connaissait pas la peur, s'arrêta, et Cortez lui lança :

« Que Dieu ait pité de nous ! Les Indiens se sont emparés des coffres et emportent l'or !

– Miséricorde ! » cria Montjoraz, épouvanté.

Un autre s'arrêta alors, et un autre encore, puis un quatrième et un cinquième, et tous tournèrent leurs regards vers Cortez qui s'écria :

« Nous devons le reconquérir, ceux qui l'abandonneront aux Indiens seront des coquins ! »

Et, miracle, sept ou huit gaillards le suivirent en hurlant :

« Nous devons reprendre l'or ! »

Cortez courut avec eux vers la redoute pour secourir Sandoval, mais le malheur voulut que Pedro Alvarado arrivât juste à ce moment dans sa barque. Pendant toute la traversée, Alvarado n'avait pensé qu'à l'instant où il accosterait avec son chargement d'or. Il sauta à terre et cria, fou de joie :

« Venez par ici! Par ici! J'ai apporté le trésor. »

Il souleva un sac et le jeta sur le sol, si bien qu'on entendit l'or tintinnabuler. Les gaillards s'arrêtèrent tout net, et, se précipitant vers la barque, transportèrent avec force cris l'or récupéré dans des coffres, des caisses ou des sacs, si bien que lorsque Cortez se retourna, il vit que sa ruse n'avait servi à rien et qu'il devrait partir seul secourir Sandoval : plus personne ne le suivait.

Mais les hommes de Sandoval arrivèrent sur ces entrefaites. Ils couraient sur la digue en poussant de hauts cris, car leur capitaine avait été tué, et les Indiens s'étaient emparés de la redoute.

« Vite! Chargez l'or sur votre dos et emportez-le! » ordonna Alvarado. Puis il se tourna vers Cortez. « Il y a là assez d'or pour acheter un empire, ou même trois, dit-il. J'ai risqué ma vie pour préserver ce trésor. »

Mais Cortez, qui craignait fort de voir les Indiens atteindre désormais le pont et s'en emparer, le rabroua violemment :

« C'est le Diable qui vous a ordonné d'agir de la sorte, c'est donc à lui de vous remercier. »

Pendant ce temps, Montjoraz et ses compagnons s'étaient chargés de sacs et de coffres et voulaient s'enfuir en passant le pont avant l'arrivée des Indiens. Mais Cortez, qui n'était pas de cet avis, lança un regard noir et rageur à Alvarado.

« Laissez cet or!

– Allons, monsieur, ne vous occupez pas de cela! s'écria Montjoraz d'un air contrarié. Chacun de nous peut aisément porter l'un de ces sacs, ce ne sera pas une tâche bien difficile!

– Vous aurez bien assez de choses à porter! s'écria Cortez d'une voix forte. Laissez cet or, ai-je dit!

– Enfer et damnation! jura Alvarado. Don Fernand

voudriez-vous par hasard que je porte seul sur mon dos tout cet or ? »

Mais Cortez avait eu soudain une idée quant au moyen de retarder l'avance des Indiens lancés à leur poursuite – une idée qui leur ferait gagner un temps précieux et leur permettrait de démonter le pont : s'il pouvait répandre tout l'or sur la digue, se disait-il, les Indiens se jetteraient tous sur ces trésors et perdraient beaucoup de temps à les ramasser. Il saisit aussitôt l'un des sacs, le souleva et le secoua violemment, si bien que l'or alla rouler de tous côtés sur la digue. Et ce faisant, il criait :

« L'or restera ici ! »

Alvarado poussa un cri horrifié. Pâle comme la mort, il regardait Cortez, qui s'était emparé d'un coffre, vider son contenu. Les bagues en or sautèrent et roulèrent sur toute la largeur de la digue. De son pied, Cortez renversa un tonneau d'où s'échappèrent des plats en or et en argent qui roulèrent dans l'eau en tintinnabulant.

Alvarado tituba, pressa les mains contre ses tempes, mais Cortez s'était emparé d'un troisième coffre dont il répandait le contenu sur le sol – et les statuettes des saints en or tombèrent dans le sable.

Alvarado ne pouvait assister plus longtemps à pareil spectacle. Il bondit vers Cortez pour mettre un terme à ce terrible saccage, car il était persuadé que le grand malheur de la nuit précédente avait rendu Cortez fou furieux.

Mais Cortez abandonna aussitôt le coffre, dégaina son épée et se précipita sur Alvarado.

Celui-ci perdit alors tout son courage. Il leva les mains, horrifié, recula et se mit à l'abri derrière un coffre vide, comme un homme qui cherche à se protéger d'un fou.

Il sortit la tête de derrière son refuge pour observer ce que Cortez, dans son accès de folie, allait faire. Epouvanté et désespéré, il vit que Cortez vidait les sacs les uns après les autres sans en oublier aucun, jusqu'au moment où tous les trésors furent dispersés et perdus.

Entre-temps, la horde de soldats espagnols avait traversé le pont et était passée sur l'autre rive. Cortez abandonna alors les coffres et les caisses vides et fut le dernier à traverser le pont. Une fois arrivé de l'autre côté, il donna l'ordre aux charpentiers de démonter le pont, car les Indiens, qui avaient entre-temps comblé avec de la terre et des pierres le fossé défendant la redoute, accouraient déjà sur la digue.

L'un des charpentiers aperçut Alvarado, assis entre les coffres vides, et lui dit de se hâter de traverser la rivière. Mais Alvarado ne répondit pas, et, l'air accablé, posa résolument sa tête sur ses poings : il voulait rester là où se trouvait l'or.

L'Espagnol lui cria une fois encore de sauver sa vie, car les Indiens arrivaient. Mais Alvarado ne voulut rien entendre; il refusait de quitter l'endroit où gisaient les trésors qu'il avait sauvés au péril de sa vie. Il ne voulait pas mourir, mais il lui semblait que cela n'avait aucun sens de poursuivre la route avec Cortez et les Espagnols, s'ils n'emportaient pas l'or avec eux.

Sa tête réapparut derrière le coffre qui le cachait, il regarda dans toutes les directions, et lorsqu'il vit qu'il était seul, désormais, il se mit à marcher à quatre pattes et à ramasser l'or dispersé en déposant les colliers d'or dans un coffre et les bagues dans un autre. Dans une troisième caisse, il rassembla les plats et les coupes, et dans une autre encore plaça les statuettes de saints et les crucifix. Il mit tant de zèle à accomplir cette tâche qu'il ne remarqua pas ce qui se passait devant lui et dans son dos. Mais soudain, les Indiens se précipitèrent sur lui en poussant des hurlements féroces.

Alvarado se leva, tel un enragé, se saisit d'une épée et fit face aux Indiens, contrarié de ce qu'ils ne voulussent point lui laisser le temps de ramasser et ranger les trésors dispersés. Il transperça et massacra les Indiens comme un fou, et sa colère lui donna une telle force que ses ennemis prirent peur et reculèrent. Ils n'étaient pas nombreux et préférèrent revenir plus tard avec des renforts.

Alvarado abandonna alors son épée, saisit une étoffe brodée d'or et ornée d'escarboucles qui trempait à moitié dans l'eau de la rivière, la tourna et la retourna dans tous les sens, la lissa, la replia soigneusement et la plaça dans un coffre. Puis il ramassa un soulier d'argent et se mit en quête du second, mais d'un coup, les Indiens se jetèrent à nouveau sur lui, et cette fois, ils étaient fort nombreux.

Au début, Alvarado parvint à les repousser en les tenant à distance grâce à son épée, souvent aussi en s'élançant furieusement contre eux. Il en tua plusieurs qui s'étaient approchés trop près de lui. Mais deux autres parvinrent à passer dans son dos sans qu'il les vît. Ils l'attaquèrent soudain par-derrière en poussant leurs cris sauvages et tentèrent de lui ligoter les jambes avec des cordes, car ils voulaient le capturer vivant. Au même moment, tous les autres se précipitèrent sur lui, deux d'entre eux agrippèrent son épée, et soudain, Alvarado se retrouva plaqué sur le sol.

Lorsqu'il sentit que les Indiens étaient sur le point de le maîtriser, il tourna la tête, espérant qu'une aide lui viendrait de Cortez et de son Armada.

Il ne vit plus le pont qui avait jusque-là enjambé la brèche pratiquée dans la digue, mais il aperçut au loin, dans les premières lueur du jour, l'Armada espagnole qui battait en retraite – contrainte de se défendre sans cesse contre les attaques des Indiens qui la harcelaient depuis leurs barques des deux côtés de la digue.

Mais peu après, Alvarado fut saisi d'un immense étonnement, il crut rêver, poussa un cri de surprise, car il vit les Espagnols porter d'énormes fardeaux sur leurs épaules; ils marchaient, ployant sous la charge, comme s'ils avaient porté le trésor du Grand Roi qui, pourtant, était éparpillé devant lui sur le sol. Il comprit soudain quel était le fardeau sous lequel ployaient les Espagnols. Tout en luttant et en se défendant des assauts des Indiens, ils transportaient sur leurs épaules le pont qu'ils avaient démonté – les poutres, les barres, les planches, les piliers, les cordages, les pinces et les clous –, ils portaient tout cela sur leurs dos, et les chevaux aussi en étaient chargés, de même que les malades, les blessés et les éclopés, tous portaient le même fardeau, Cortez lui-même, qui marchait en tête, tenait son épée d'une main et deux lourdes pinces de cuivre de l'autre; et d'un coup, Alvarado vit clairement que Cortez ne fuyait pas, qu'il n'était ni fou, ni furieux, ni désespéré, non, dans son malheur il avait gardé la même confiance en sa victoire finale : l'or n'était pas perdu, Cortez avait bien l'intention de revenir le prendre, et c'est pourquoi il avait tout abandonné le cœur léger – l'or et les bagages, les armes et même le pain pour le lendemain – tout cela afin de pouvoir emporter avec lui le pont qui lui permettrait plus tard d'attaquer et d'investir de nouveau la ville. Lorsqu'il eut compris cela, Alvarado fut saisi d'une douleur et d'un regret sans bornes, car il était resté seul près de tout ce bric-à-brac doré, près des plats, des statuettes d'animaux et des clochettes en or, tandis que les autres transportaient le pont.

Cette douleur lui donna une vigueur si formidable qu'il parvint à sauter sur ses jambes et à se débarrasser des Indiens qui s'accrochaient à lui. Et lorsqu'il se retrouva debout, il saisit son épée, libéra ses pieds de leurs entraves et se mit à frapper tout autour de lui avec l'énergie d'un cheval en rut, si bien que les Indiens battirent en retraite. Lorsqu'Alvarado se fut libéré de cette manière, il poussa un hurlement, saisit son épée à deux mains et la planta dans le sol. Et avant même que les Indiens aient eu le temps de se jeter à nouveau sur lui, il prit son élan et fit un bond formidable pour sauter de l'autre côté de la trouée.

Il se retrouva dans l'eau jusqu'au cou, reprit pied, rejoignit le bord et monta sur la berge. Il entendit les Indiens qui pleuraient et se lamentaient sur l'autre rive. Et tandis qu'il secouait ses vêtements détrempés, il ne songeait plus à l'or, non, il pensait uniquement au moyen de rejoindre rapidement Cortez. Mais il ne voulait pas arriver les mains vides.

Il regarda autour de lui, et dans l'herbe, aperçut une poutre vermoulue, à moitié pourrie par l'humidité. Alvardo qui, un instant plus tôt, possédait et gardait encore le trésor de Montezuma, se baissa plein de joie, ramassa cette misérable poutre et la chargea sur son épaule. Il suivit l'Armada de Cortez sur la digue en haletant et d'un pas mal assuré, chargé d'une poutre brisée qui lui coupait le souffle et pesait sur son épaule – une poutre qui ne servait à rien, une poutre puante et vermoulue. Mais il était déterminé à la défendre au péril de sa vie, puisque c'était un bout du pont sur lequel, en pensée, il se voyait chevaucher, triomphant, aux côtés de Cortez et entrer dans la ville d'or de Tenochtitlán.

LE NOTRE-PÈRE

Les Indiens avaient baigné le cadavre du roi Montezuma, ils l'avaient lavé du sang qui le souillait et habillé de vêtements précieux. Ils voulaient l'enterrer dans le jardin de son palais, et pendant une journée entière, plusieurs milliers d'entre eux avaient fait en toute hâte les préparatifs pour les funérailles du roi.

A la tombée de la nuit, ils érigèrent au milieu du parc une chapelle dans laquelle – sous un dais d'étoffes fleuries – se trouvait un tombeau qui ressemblait à un trône orné d'or et de pierres précieuses. Tout autour de cette chapelle, ils élevèrent trois grilles : les deux premières étaient en argent, mais la dernière était en or.

Entre-temps, d'autres artisans avaient remis en état les escaliers et les salles du palais où les Indiens avaient vaincu et fait prisonniers les Espagnols blessés la nuit précédente. Ils avaient admirablement décoré et orné les salles du palais de splendides tapisseries, car les princes Cuitlahua et Guatimotzin, accompagnés de leurs courtisans et de leurs dignitaires, avaient l'intention d'assister depuis les fenêtres aux funérailles du roi Montezuma.

Parmi les Espagnols qu'Alvarado avait trompés, un seul était parvenu à fuir la colère et la vengeance des Indiens : c'était le duc de Mendoza. En effet, lorsque les Indiens avaient investi le palais, il s'était réfugié dans la chambre de Dalila, qui l'avait caché dans une pièce exiguë où les cuisiniers de Montezuma conservaient les réserves de miel, de cidre et de fruits. C'est là que se trouvait donc le duc de Mendoza – accablé et au comble du désespoir, car il ne voyait aucun moyen de s'échapper et de rejoindre l'Armada de Cortez. De plus, il entendait toute la journée les Indiens aller et venir dans le palais et il était persuadé qu'on ne tarderait pas à le trouver.

Deux heures avant minuit, plus de quatre cents moines indiens vêtus de manteaux blancs et coiffés de chapeaux de la même couleur se réunirent dans le jardin du palais. Ils portaient des chandeliers d'argent et des encensoirs dans lesquels brûlaient toutes sortes d'herbes. On entendit alors s'élever leurs chants, les uns semblaient répondre aux litanies des autres, mais tout à coup, les moines firent silence et se jetèrent sur le sol, face contre terre, car le prince Guatimotzin venait d'apparaître avec ses courtisans à la fenêtre du palais.

Le prince leur fit un signe de la main. Les prêtres se levèrent alors, reprirent leurs litanies, et la cérémonie se poursuivit.

Grumbach et son valet Melchior Jäcklein se trouvaient dans la grande salle du palais parmi les nobles de la suite du prince. Ceux-ci furent accablés d'une grande tristesse en voyant les moines porter le corps de Montezuma, et Melchior Jäcklein dit à son maître d'une voix plaintive :

« Maître, il aurait mérité plus de gratitude de notre part. Regardez-le, votre balle a fait un tel trou dans sa poitrine qu'un cheval pourrait s'y abreuver. »

Grumbach répondit en baissant la tête;

« Tais-toi ! Il le fallait. L'or ne devait pas tomber aux mains de l'empereur.

– Jadis, lorsque nous avons fait naufrage sur les côtes de son pays, le grand païen nous a donné du pain, des champs et des outils. Il vous a accordé les plus grands honneurs! Il nous accusera un jour de sa mort amère quand l'ange Uriel sonnera sa trompe.

– Il le fallait, dit Grumbach sèchement. Voilà ce que nous devrons dénoncer devant Dieu, là-haut, dans Son Ciel!

– Garcio Novarro..., murmura Jäcklein d'une voix craintive et presque inaudible. Il a bien prédit la chose. Vous en souvenez-vous, maître?

– Tais-toi, bouffon! rétorqua Grumbach. Dis un Notre-Père pour le repos éternel du roi. »

A cet instant, Jäcklein entendit une voix l'appeler par son nom. Il se retourna comme l'éclair et vit Dalila à l'autre bout de la salle du palais, sur les marches de l'escalier en colimaçon.

« Dalila! s'écria Jäcklein, surpris et heureux. Es-tu un fantôme? Pauvre âme, d'où viens-tu? »

Dalila descendit les marches en hésitant et s'approcha lentement de Grumbach; elle passa ses bras autour de son cou et cacha sa tête sous son manteau. Mais elle ne se comportait ainsi que parce qu'elle cherchait un moyen de faire sortir de la ville son nouveau bien-aimé, le duc de Mendoza.

« Dalila! dit Grumbach en tentant de sourire. Je t'ai cherchée toute la journée dans les maisons et les moindres recoins du quartier. Tu m'as causé un grand souci dont me voici libéré.

– Regardez les Indiens, s'écria Jäcklein, ils dansent et se livrent à toutes sortes de facéties. Vraiment, ils feraient mieux de poursuivre les Espagnols et de les anéantir jusqu'au dernier.

– C'est un peuple de moines, de danseurs et d'enfants. Ils préfèrent danser et jouer du chalumeau plutôt que de se battre et guerroyer. Mais désormais, je me charge de leur causer et je saurai la mener à bien », répondit Grumbach.

Les moines indiens avaient achevé leur grande lamentation et s'étaient mis à danser un étrange ballet : ils se penchaient vers la terre, puis sautaient en l'air. Ils tenaient devant leurs visages des masques de bois en forme de larves d'animaux et de démons, et imitaient les cris de toute sortes de bêtes : le vautour, la grenouille ou le loup. Cependant, six enfants indiens qui portaient sur leurs épaules le corps de Montezuma traversèrent les rangées de moines et descendirent lentement dans la crypte.

Lorsque Grumbach et Jäcklein virent disparaître le corps du roi défunt dans le caveau de la chapelle, la tristesse et le remords les accablèrent de nouveau. Jäcklein essuya ses larmes et dit :

« Maître, il faut que nous disions un Notre-Père chrétien ou un Je vous salue Marie pour le pauvre roi païen qui repose désormais dans sa crypte. »

Tous deux joignirent les mains, mais ni l'un ni l'autre ne voulait commencer. Ils épiaient tous deux les mouvements de leurs lèvres.

« Melchior, prie à voix haute! dit enfin Grumbach.

– Maître, murmura Jäcklein d'une voix apeurée, je ne sais pas ce qui m'arrive, je ne retrouve pas les paroles du Notre-Père, ma tête est troublée. Priez, vous!

– Melchior, je l'ai oublié tout à coup; je n'arrive pas à retrouver les paroles! » s'écria Grumbach.

Melchior Jäcklein essuuya la sueur de son front.

« Que Dieu ait pitié de moi, je n'y parviens pas, et pourtant, j'ai dit mille fois cette prière.

– Notre Père... » bredouilla Grumbach d'une voix désespérée. Il n'alla pas plus loin. Il regarda Jäcklein, reprit au début, mais une fois encore, il ne parvint pas à balbutier autre chose que : « Notre Père...

– Maître, c'est parce que nous avons assassiné le bon roi que Dieu refuse d'entendre notre prière, murmura Jäcklein, effaré.

– Dalila! cria Grumbach. Dis un Notre-Père ou le Je vous salue, Marie. »

De sa vie, Dalila n'avait jamais entendu le Notre-Père.

Mais, comme elle craignait de fâcher Grumbach, elle ne réfléchit pas longtemps et se mit à réciter quelques vers :

Herbe-aux-chats au clair de lune,
Guérit la goutte et la fièvre brune.

« Quelles prières étranges nous récites-tu là ? s'écria Jäcklein d'une voix coléreuse. Ne connais-tu pas le Notre-Père ? »

Dalila fut saisit d'une grande frayeur en voyant Jäcklein si courroucé. Elle se souvint alors d'une autre chanson qu'elle avait entendue souvent dans la bouche des valets de Grumbach. Pensant qu'il s'agissait du Notre-Père, elle se hâta de la réciter :

Saint Joseph allait par les chemins
En tenant un baluchon à la main.
Dedans du pain, de la viande et du vin
Pour ne souffrir ni de la soif ni de la faim,
Du gâteau, du lard et du pain d'épice,
Deux pieds de veau confits et une saucisse.
Saint Joseph, je t'en supplie,
Emmène-moi loin d'ici. »

Jäcklein ne put s'empêcher de rire malgré sa grande frayeur.

« Dalila, ce n'est pas le Notre-Père. Le pauvre Schellbock chantait parfois cette chanson, car le pain quotidien du *pater* était trop sec à son goût, il fallait qu'il ait dans son Notre-Père ce que son ventre aimait par-dessus tout : du gâteau, du lard et des pieds de veau confits. » Il aperçut alors le prince Cuitlahua qui venait de pénétrer dans la salle, entouré de ses courtisans, et avec son pinson posé sur la main. « Hélas, maître, dit-il, il faut que je m'en aille, car je vois arriver l'homme au pinson. »

Jäcklein s'esquiva et sortit, redoutant la vengeance du prince qu'il avait frappé au visage la veille. Mais le prince n'accorda pas le moindre regard au valet. Il vint se placer aux côtés de Guatimotzin devant la fenêtre.

Dès qu'ils aperçurent Cuitlahua, les Indiens rassemblés devant le palais firent silence et se prosternèrent respectueusement devant lui, car ils voulaient faire de ce prince leur roi, à la place de Montezuma.

Cuitlahua fit un signe de la main, et tous se relevèrent, mais au même moment on entendit des cris et des vociférations : c'étaient les prisonniers espagnols que l'on amenait. Ils devaient être mis à mort en l'honneur du seigneur Montezuma, afin que leurs esprits servent l'âme du roi défunt et lui obéissent.

Dalila se mit à trembler de tous ses membres en entendant ces cris, car elle pensa à Mendoza et à la mort certaine qui l'attendait si les Indiens le trouvaient dans sa chambre.

Grumbach faisait toujours des efforts désespérés pour retrouver le Notre-Père oublié. En entendant les cris des Espagnols, il leva les yeux, vit Dalila qui tremblait et tenta de la consoler :

« Ce ne sont que des meurtriers et des maraudeurs, tous autant qu'ils sont. Il ne faut pas pleurer pour eux, ils méritent la mort. Voler, tuer, piller, voilà les occupations auxquelles ils se sont livrés jour après jour. »

Les bourreaux arrivèrent alors avec des couteaux de pierre acérés et pointus et se dirigèrent droit sur les Espagnols, qui criaient encore plus fort et d'une manière plus pitoyable qu'auparavant.

Dalila, qui tremblait de tous ses membres, abandonna Grumbach en sanglotant.

« J'irai donc demander leur grâce auprès de Cuitlahua, dit Grumbach, c'est un homme puissant chez les Indiens. Dieu me pardonnera peut-être le grand péché que j'ai dû commettre, si j'aide ces Espagnols à sauver leur vie. »

Il se dirigea vers Cuitlahua, le salua en passant très respectueusement ses bras sous les aisselles du prince – comme c'est la coutume chez les Indiens – et demanda à voix basse la grâce des Espagnols. Mais le prince Cuitlahua entra dans une grande colère, ramena ses bras contre son corps et tourna le dos à Grumbach.

Celui-ci revint lentement vers Dalila.

« Ils devront tous mourir, dit-il d'un air soucieux. Dieu n'a pas voulu m'accorder la grâce de racheter mon péché et d'en absoudre mon âme. »

Dalila essuya vivement les larmes qui coulaient sur ses joues, regarda Grumbach et murmura :

« Maître, un autre Espagnol est présent dans le palais, un jeune garçon que les bourreaux n'ont pas trouvé. Aidez-le, maître, aidez-le ! »

Grumbach leva la tête.

« Un autre Espagnol est caché dans le palais, dis-tu ? Il aurait été préférable pour lui que sa mère l'ait noyé dans l'eau de son premier bain.

– Maître, aidez-le ! supplia Dalila, au comble du désespoir. Je serai votre bien-aimée, comme jadis, et je dormirai chaque nuit auprès de vous.

– Comment pourrais-je l'aider, Dalila ? Il y a tant de bourreaux, et je suis seul. »

Grumbach saisit Dalila par la main, l'attira près de la fenêtre et lui montra la foule des Indiens qui se pressaient dans le parc. Mais à cet instant précis, les bourreaux commencèrent leur office en frappant si violemment les prisonniers de leurs couteaux que le sang leur gicla sur les mains. Dalila recula en chancelant et poussa un cri plus fort et plus strident que ceux des Espagnols suppliciés, car il lui avait semblé voir gicler le sang du cœur de Mendoza, son bien-aimé.

« Dalila ! s'écria Grumbach. J'aiderai donc ton jeune garçon puisque tu y tiens tant et parce que je veux libérer mon âme du meurtre qui l'oppresse, et surtout à cause du Notre-Père dont je ne me souviens plus tout à coup. Où s'est-il caché ?

– Là-bas, répondit Dalila, dans la chambre, où les cuisiniers conservent le miel et les fruits confits. O maître, aidez-le à fuir et je serai à jamais votre bien-aimée. »

Grumbach réfléchit un instant.

« Il faut qu'il s'enfuie par la fenêtre. Il traversera un grand nombre de chambres et de couloirs et croisera beaucoup d'Indiens Il devra donc porter mon manteau et enfoncer mon chapeau sur son front. Les sentinelles indiennes le prendront ainsi pour moi et le laisseront passer librement. »

Dalila l'écoutait, anxieuse et pleine d'espoir, et ne bougeait pas.

« Ma barque se trouve devant le palais, sur la grève. Qu'il n'hésite pas à la prendre pour traverser le lac, et peut-être parviendra-t-il ainsi à rejoindre Cortez et les Espagnols. As-tu bien compris, Dalila ? »

Dalila acquiesça.

« Alors, va, cours ! »

Dalila ne bougea pas. Ses yeux fixaient Grumbach.

« Maître, votre manteau », dit-elle alors.

Grumbach enleva son manteau et le tendit à Dalila.

« Maître, votre chapeau », murmura-t-elle d'une voix mal assurée.

Grumbach sursauta, car il se souvint de son orbite vide et de son visage défiguré. Il eut une hésitation avant de porter la main à son chapeau, puis la laissa retomber.

« Maître, je resterai à jamais votre bien-aimée ! » dit Dalila d'un ton pressant. Elle se souvint soudain de quelques mots tendres que Mendoza lui avait adressés lors de leurs étreintes, et elle les répéta tous à Grumbach : « Mon bien-aimé, mon petit cœur, mon trésor adoré. »

Grumbach enleva alors lentement son chapeau et le lui

tendit. Pour la seconde fois, Dalila vit l'orbite vide et le front ravagé de Grumbach, et l'horreur la saisit de nouveau. Le beau visage pâle de Mendoza surgit alors devant ses yeux. Sans plus tarder, elle prit le chapeau et le manteau et s'enfuit.

« Dalila ! » cria Grumbach.

La jeune Indienne tressaillit, s'arrêta et se retourna. Mais, au lieu de lever les yeux vers Grumbach, elle fixa le sol et demanda d'une voix pleine de tristesse et d'effroi :

« Que me voulez-vous ?

– Tu m'attendras dans la chambre jusqu'à ce qu'il soit parti. Je veux t'y retrouver. »

Dalila serra le chapeau et le manteau contre sa poitrine, courut jusqu'à la chambre où Mendoza s'était réfugié et referma la porte derrière elle.

Grumbach n'avait pas remarqué la peur et l'horreur qu'éprouvait Dalila. Il se cacha dans un coin sombre et dissimula son visage avec son bras. Il resta là tandis que les Indiens rassemblés dans le jardin et le palais rendaient hommage à Cuitlahua, leur nouveau roi. Dans la salle, le prince Guatimotzin et tous les autres Indiens, se prosternèrent devant lui et baisèrent l'ourlet de son habit. Du jardin et de la rue montaient des cris de joie de la foule, auxquels se mêlait le fracas des conques, et le tonnerre des timbales et des tambours.

Grumbach resta adossé au mur, dans un coin de la salle, et en entendant tout ce tapage, la joie s'empara soudain de son cœur. Il lui sembla que Dieu l'avait libéré du péché qui oppressait son âme. Il entendait encore les mots de Dalila qui l'avait appelé son bien-aimé, son trésor adoré, et lui avait dit qu'elle resterait sienne à jamais. Et d'un coup, il se souvint des paroles du Notre-Père qu'il n'était pas parvenu à retrouver auparavant, elles lui revinrent, l'une après l'autre et reprirent chacune sa place. Il se rendit compte alors à sa grande surprise qu'il savait de nouveau prier, et la joie le submergea. S'avançant d'un pas, il lança dans le vacarme des trompettes, des cors et des tambours d'une voix forte et pleine d'allégresse les paroles du Notre-Père, puis il recommença une seconde fois et une troisième fois, jusqu'au moment où Melchior Jäcklein se glissa furtivement dans la salle en longeant le mur afin que Cuitlahua ne le reconnût pas, chercha Grumbach des yeux et l'aperçut enfin dans son coin.

« C'est le Diable qui a inventé le clair de lune. Il nous fait constamment voir des chimères, dit-il dans le fracas des conques et des timbales. J'aurais juré et parié le contenu de mes poches vides que je vous avais vu en compagnie de Dalila monter dans une barque et partir en ramant. »

Grumbach baissa les bras et découvrit son visage. Son œil unique regardait Melchior Jäcklein fixement.

« Maître, s'écria Jäcklein, apeuré. Où est votre chapeau ? Quelle tête faites-vous ? »

Grumbach ne répondit pas. Il leva les bras, écarta Jäcklein de son chemin et se dirigea vers la porte derrière laquelle Dalila devait l'attendre. Il s'arrêta, prit une profonde respiration et appela d'une voix forte :

« Dalila ! »

Aucune réponse.

Grumbach saisit alors l'anneau en cuivre de ses deux mains et, tremblant de colère et d'impatience, se mit à secouer la porte de chêne.

« Dalila ! Dalila !

– Maître, s'exclama Jäcklein. Que vous arrive-t-il ? Vous vous comportez comme quelqu'un qui s'est échappé de l'asile. »

Mais Grumbach ne répondit pas. Il dégaina son épée et se mit à donner des coups d'une telle sauvagerie sur la porte que des éclats de bois volèrent dans toutes les directions.

« Maître ! s'écria Jäcklein, éperdu. Que vous a fait

cette petite porte de bois pour que vous vous battiez contre elle de façon aussi insensée ? »

Entre-temps, Cuitlahua et Guatimotzin avaient remarqué l'étrange comportement de Grumbach. Les Indiens interrompirent la cérémonie solennelle qui avait eu lieu en l'honneur de Cuitlahua. Ils regardèrent Grumbach d'un air étonné, se parlèrent à voix basse et hochèrent la tête; certains s'approchèrent, et l'un d'eux se mit à rire.

Grumbach, qui était enfin venu à bout de la porte, se précipita alors à l'intérieur de la chambre. Jäcklein l'entendit crier :

« Melchior ! L'arquebuse ! Il nous faut partir ! »

Sur quoi il enjamba les débris de la porte défoncée et sortit de la chambre.

Il était horrible à voir avec son orbite vide et son visage ravagé, défiguré, qu'altérait une colère féroce.

« J'ai été trompé ! dit-il dans un râle. Ils sont partis tous les deux ! »

Il aperçut alors Jäcklein et, saisi d'une rage extrême, se mit à vociférer :

« Coquin ! Tu es encore planté là !

– Maître, gémit Jäcklein. La malédiction de Garcia Novarro s'est réalisée ! L'inquiétude et le malheur se sont abattus sur vous ! Où allons-nous, maître ?

– Au camp de Cortez », hurla Grumbach.

CATALINA

Chers camarades, vous qui écoutez par cette nuit pluvieuse l'histoire de Grumbach et de ses trois balles qui s'est déroulée il y a bien longtemps par-delà le grand océan, chers camarades, mon histoire tend à sa fin !

Car j'arrive à présent à la deuxième balle qui, selon la volonté du défunt Garcia Novarro, devait tuer Dalila à la place du jeune garçon espagnol dont Grumbach désirait ardemment se venger.

Fernand Cortez s'était retranché dans un village nommé Tacuba, situé de l'autre côté de la grande digue, non loin de la rive orientale du lac. Il pensait rester quelques jours dans ce camp fortifié afin que sa troupe pût retrouver son courage et reprendre des forces après les peines et les malheurs qu'elle avait connus au cours de la Nuit triste.

Trois jours durant, Grumbach et Jäcklein rôdèrent autour du village sans trouver le moyen qui leur eût permis de pénétrer dans le camp sans être reconnus par la sentinelle.

Le quatrième jour, Grumbach aperçut une douzaine d'Espagnols ou plus qui quittaient le village et se rendaient dans la forêt indienne pour y abattre des arbres et les dégrossir.

Grumbach les observa de loin et se dit que c'était une bonne occasion de pénétrer dans le camp. Aussi lorsque les soldats revinrent avec des troncs dégrossis et débités, Grumbach et son valet se chargèrent chacun d'un fagot de bois sec et se joignirent au détachement.

Ils passèrent effectivement le poste de garde du camp sans être reconnus et suivirent les autres jusqu'à la place où un vieux caporal espagnol attendait les soldats et examinait un à un tous les troncs d'arbres. Lorsque Grumbach et Jäcklein jetèrent leurs fagots sur le sol, le vieux entra dans une colère terrible.

« Auriez-vous l'intention de me jouer un tour de cochon ? hurla-t-il. Que voulez-vous que je fasse de ce bois ?

– Votre Sévérité, répondit Jäcklein d'un air apeuré, on m'a dit d'aller chercher du bois dans la forêt.

– On t'a dit d'aller chercher des troncs d'arbres pour ériger des potences ! cria l'Espagnol, furieux. Regardez-moi ce gaillard ! Il reste planté là, la langue pendante comme celle des grands bœufs des Flandres. Déguerpis, fripon ! Aurais-tu des nids de souris dans la tête ?

– Allez vous en plaindre à Dieu, c'est Lui qui m'a créé tel que je suis », répondit Melchior Jäcklein. Grumbach et lui ramassèrent leurs fagots et s'en allèrent sans demander leur reste, contents qu'ils étaient de s'en être tirés à si bon compte.

Les Espagnols avaient installé plus d'une centaine de tentes à l'aide de poutres, de poteaux et d'étoffes de coton qu'ils avaient trouvées en grande quantité dans les cabanes des Indiens, car ceux-ci ont coutume de recouvrir les parois de leurs habitations de tapis et de tentures.

Tandis que Grumbach errait avec son valet entre les tentes, il aperçut au loin un porte-flambeau qui remontait l'allée du camp et venait à leur rencontre. L'homme éclairait deux officiers qui marchaient derrière lui. Grumbach s'arrêta aussitôt et entraîna Jäcklein avec lui dans l'ombre d'une cabane de torchis. Ils s'accroupirent, dissimulèrent leurs visages à la faveur de l'obscurité et firent semblant de s'occuper de leurs fagots.

C'étaient Alvarado et de Neyra qui passaient en boitant. Ils s'arrêtèrent tout près de l'endroit où se trouvaient Grumbach et Jäcklein et discutèrent pendant un moment. Puis ils se serrèrent la main et chacun retourna à son logis.

Grumbach et Jäcklein se relevèrent lentement.

« Maître! dit Melchior Jäcklein. Nous devons nous mettre en quête d'un endroit où vous pourrez vous cacher jusqu'à ce que les Espagnols soient tous allés dormir dans leurs tentes. Vous mesurez six pieds et demi, et le premier des officiers de Cortez qui vous croisera sur son chemin vous reconnaîtra certainement. »

Un rai de lumière passait par une fente dans la paroi de la hutte voisine. Grumbach jeta un coup d'œil à l'intérieur.

Il vit une grande pièce, mal éclairée. Dans les coins, quelques Espagnols, des mousquetaires et des valets d'écurie, allongés par terre, imitaient les Indiens en inspirant les vapeurs de l'herbe de Sante Croce et laissaient échapper des bouffées de fumée dense. Ensuite, ils buvaient l'eau-de-vie indienne dans des pichets. Certains des Espagnols étaient en compagnie de catins fardées et apprêtées avec lesquelles ils prenaient du plaisir.

Grumbach se tourna vers son valet et lui dit :

« Melchior, nous allons rester ici. Ces gaillards ont secrètement aménagé cette cabane en taverne, au nez et à la barbe de leurs officiels. Ils ont tant bu et fumé qu'ils vomissent et souillent les tables et les bancs. Ils ne me reconnaîtront sûrement pas. »

Ils entrèrent et s'assirent dans un coin obscur de la salle. Personne ne prêta attention à eux, hormis celui qui faisait office d'aubergiste et qui posa un pichet de vin à leurs pieds. Grumbach fouilla dans sa poche et en sortit un petit bijou indien, un poisson d'argent, qu'il donna à l'aubergiste.

Une fumée épaisse, qui prit Grumbach et son valet à la gorge, empestait l'air de la cabane.

« Maître! articula Jäcklein dans un râle. Il faut que je sorte, je ne supporte pas cette fumée indienne qui me ronge la gorge. Restez seul ici pour l'instant; dehors, personne ne me reconnaîtra. Je viendrai vous chercher dans une heure ou deux, quand tous seront endormis. »

Il s'esquiva, et Grumbach resta seul dans son coin. Il vida un pichet, puis un second, et ne bougea pas d'un pouce.

Les Espagnols ivres tenaient entre eux et avec leurs catins toutes sortes de discours insensés. Ils se querellaient pour savoir si la barbe d'Hérode était rousse ou noire et s'il faudrait parler l'hébreu lors de la résurrection. Lorsque le vin s'épuisa, ils se levèrent les uns après les autres, emmenèrent chacun une fille et rentrèrent dans leur logis. Vers minuit, outre Grumbach, il ne restait plus dans la pièce que deux filles ainsi que l'aubergiste et un valet d'écurie qui était lui aussi sur le point de partir.

Mais les deux catins se disputèrent le valet; elles vociféraient, se comportaient comme si elles allaient se tordre le cou et se traitaient l'une l'autre de mégère et de vieille peau.

Le valet en profita pour s'éclipser, car il ne voulait emmener avec lui aucune des deux filles. Celles-ci ne cessèrent pas pour autant de se quereller et de s'injurier.

« Elle m'enlève tous mes jeunes compagnons, criait l'une, et pourtant, elle est vieille et desséchée comme un manche à balai, elle n'a pas une livre de chair sur les os.

– Et toi, hurla l'autre, tu t'es mis une perruque sur la

tête parce que tu perds tous tes poils comme un vieux renard ! »

La fille se leva d'un bond, aussi rapidement qu'une bulle d'air remonte dans l'eau du bain.

« Tais-toi, ou je vais si bien t'arranger le visage qu'on t'emportera sur une voiture à fumier !

– Espèce d'oiseau déplumé ! cria l'autre. Tu me menaces ? De ma vie, personne n'est parvenu à me faire peur. »

La fille à la perruque rousse se mit à rire et lança d'une voix sifflante :

« C'était ma servante, elle bâfrait encore mon pain il y a un mois à peine. Mais elle n'avait pas le droit de peigner mes cheveux ni de nouer mes voiles, car elle avait des doigts trop grossiers, cette paysanne balourde. Balayer et vider les baquets, voilà ce qu'était sa tâche quotidienne.

– Comment ? demanda Grumbach, étonné par ces propos. Vous avez donc emmené une servante avec vous dans le camp ?

– J'avais un grand nombre de servantes et de valets. J'étais la maîtresse d'un grand seigneur. Mais il s'est lassé de moi, répondit la fille tristement.

– Qu'avez-vous fait ensuite ? lui demanda Grumbach.

– J'en ai pris un autre, un capitaine de mousquetaires. Mais il puait terriblement le soufre. J'en ai trouvé un troisième – don Antonio de Quiñones –, mais je ne suis restée qu'une nuit avec lui, car c'était un vieillard, et sa cognée avait perdu son manche. » La fille regarda Grumbach et ajouta : « Si vous voulez venir avec moi, venez. Sinon, passez votre chemin, et que la Sainte Vierge pleine de grâce vous bénisse. »

Lorque Grumbach entendit cet adieu, il sursauta et dévisagea la fille. Il avait en effet souvent entendu ces mots : c'était le salut favori de son ami défunt – le Castillan que le duc de Mendoza avait tué en duel dans la ville de Gand. Il reconnut alors la fille et l'appela par son nom, d'une voix effarée :

« Catalina ! Catalina Juarez !

– Vous me connaissez donc ? répondit Catalina négligemment. Vous avez déjà dormi à mes côtés ? Dans ce cas, venez aussi avec moi ce soir ! »

Grumbach aperçut alors à son doigt une bague qu'il reconnut, car elle avait appartenu au Castillan.

« Donnez-moi cette bague ! Je vous offrirai d'autres bijoux en échange, des bagues et des colliers. »

Catalina ôta l'anneau de son doigt.

« Que ferais-je de ce bijou ? dit-elle. Vous l'aurez si vous passer cette nuit avec moi. En fait, si j'y tiens tant, c'est simplement à cause de cette traînée : je veux qu'elle pâlisse de jalousie quand elle verra que vous partez avec moi. » Elle se leva et lança méchamment à l'autre fille : « Alors, vieille sorcière, comment se porte ton bien-aimé le Diable ? » Puis elle se tourna vers Grumbach et pressa son corps contre le sien. « Venez donc, ne me faites pas attendre plus longtemps ! Non, vous ne voulez pas ? »

Mais Grumbach laissa tomber la bague et ne répondit pas. Il avait fermé les yeux et se retrouva en pensée sur le pré, près de Gand, agenouillé près de son ami mourant. Il le vit ouvrir lentement les lèvres et entendit sa voix triste et tendre. Les paroles d'une chanson lui revinrent alors en mémoire, du plus loin du passé, et résonnèrent à son oreille :

Le soleil du printemps,
Les pétales de rose, l'amour d'une jeune fille
Le chant du rossignol et le son de ses trilles
Ne durent pas longtemps.

La porte s'ouvrit brusquement et Melchior Jäcklein entra en titubant.

Il fit quelques pas dans la pièce, s'approcha de Catalina, la saisit par l'épaule et la secoua en disant :

« Maître, maître !

– Je suis ici, Melchior, ici ! s'écria Grumbach. Que t'est-il arrivé pour que tu sois dans un état pareil ? Tu as l'air d'un poisson bouilli à la sauce polonaise. »

Jäcklein l'aperçut enfin.

« Maître, préparez-vous au Jugement Dernier. Dieu ne peut attendre plus longtemps la fin du monde, soupira-t-il.

– Melchior, qu'est-il arrivé ?

– Venez avec moi, maître, vous verrez tout. Venez. Mais n'oubliez pas l'arquebuse, car il me semble que j'ai trouvé la tente où se trouve le jeune homme qui a emmené Dalila avec lui. »

Grumbach saisit aussitôt l'arquebuse.

« Qui est-ce, Melchior ?

– Je ne le sais pas, j'ai simplement aperçu votre chapeau et votre manteau à l'intérieur. »

Grumbach suivit Melchior Jäcklein. Mais lorsqu'il fut sur le point de sortir, il se retourna.

« Adieu, Catalina, dit-il. Que la Sainte Vierge, pleine de grâce, vous bénisse. »

LE SERMENT DE MELCHIOR JÄCKLEIN

LES deux compères traversèrent sans bruit le camp, qui était maintenant silencieux et semblait abandonné. Le valet conduisait Grumbach à travers d'étroites allées, lorsque Grumbach lui saisit soudain la main et se jeta à terre en l'entraînant dans sa chute.

Devant eux s'étendait une vaste et sombre place, au milieu de laquelle cinq ou six hommes, couchés en cercle sur le sol, paraissaient bavarder ou jouer aux dés.

« Viens par ici, murmura Grumbach en se cachant derrière une citerne en bois qui servait auparavant aux Indiens du village à recueillir les eaux de pluie.

– Ne craignez rien, maître ! répondit Jäcklein avec un rire nerveux. Je les connais, vous ne les réveillerez pas. C'est le bourreau de Cortez en personne qui les as endormis cette nuit. »

Grumbach vit alors qu'il s'agissait de cadavres d'Indiens décapités et dont la main droite avait été tranchée.

« Quel était leur crime, Melchior ? demanda-t-il.

– Le seul crime qu'ils aient commis est de ne pas avoir eu assez de pain dans leurs fours pour l'Armada de Cortez. Ah ! maître ! Ceci n'est que le début, ce n'est que le prélude du grand massacre auquel j'ai dû assister pendant que vous vous trouviez dans la taverne. »

Le valet frissonna, comme pris de fièvre, puis il poursuivit :

« Maître, autrefois, je n'arrivais pas à dormir quand je pensais au massacre des enfants de Bethléem, et pourtant, ce n'était qu'un tableau qui se trouvait dans l'église de Pfinsingen. Maître, comment pourrai-je jamais oublier ce que j'ai vu cette nuit de mes propres yeux? »

Il enjamba les cadavres des Indiens et conduisit Grumbach dans une large allée ménagée entre les tentes et au bout de laquelle on apercevait la lueur de deux torches.

« Il y a là-bas des Espagnols qui montent la garde. Il faut que nous fassions un détour pour les éviter, murmura le valet.

– Ecoute, Melchior, dit Grumbach à voix basse. N'entends-tu rien?

– Si, maître, j'entends le vent qui leur fait danser une sarabande et une courante très aériennes. Voyez-vous les potences qui ont été érigées avec les arbres que nous devions rapporter de la forêt? »

Ils étaient arrivés sur la place où se dressaient les gibets.

« Regardez-les, maître, c'est un étrange gibier de potence. Aucun d'eux ne tire la langue, comme le font d'ordinaire les pendus. Oui, maître, je l'ai entendu crier cette nuit de sa voix diabolique : " Arrachez-leur la langue! " Vous souvenez-vous de ce qu'il a crié, jadis, à Gand, lorsque je l'ai accusé d'avoir tué mon maître en utilisant des pratiques déloyales? " Que quelqu'un prenne un fouet et fasse taire ce coquin! Qu'on lui arrache la langue! " Eh oui, il apprécie toujours ce genre de divertissement!

– Etait-ce Mendoza? demanda Grumbach.

– Oui, maître. Il est beau, ce jeune homme; personne ne saurait lui en vouloir longtemps, car il est beau, et pourtant, la cruauté est cachée dans son corps aussi profondément que la meilleure graisse d'une chèvre.

– Là où passent les Espagnols, le blé et le froment ne repoussent plus, dit Grumbach. Seule la mandragore foisonne dans tous les champs. Mais ne t'inquiète pas : avec mes deux balles, j'aurai bientôt fait passer aux Espagnols l'envie de pendre et de tuer. Quel était donc le crime de ces pauvres hères?

– Ce sont des paysans qui sont restés dans les villages alentour, et leur crime est de n'avoir pas fui assez vite devant l'Armada de Cortez, maître! Nous devons continuer. »

Grumbach suivit son valet, mais il était tout attristé, car il repensait à l'Allemagne.

« Melchior! dit-il. Si seulement j'étais en Allemagne, en ce moment! Ils doivent faire rage là-bas; ils doivent tuer les gens, détruire les récoltes et mettre le feu aux maisons. Las! pourquoi les paysans ont-ils perdu la partie contre les curés, les princes et les conseillers espagnols de l'empereur? Autrefois, en Allemagne, il n'y avait pas non plus de valets d'armée espagnols qui tiraient des deux mains la barbe des paysans! Mais à présent, par contre... Pour l'amour de Dieu! Que vois-je là? »

Un corps rampait devant eux en gémissant et tentait péniblement de s'échapper dans l'obscurité de la nuit. C'était un Indien couvert de sang. La pointe d'une lance était plantée dans son corps, la hampe brisée traînait derrière lui dans la poussière.

Le valet saisit un tison qu'il avait pris dans les braises d'un feu de camp et éclaira le visage de l'homme.

« Ne le reconnaissez-vous pas, maître? Moi, je le connais. J'ai oublié son nom indien, mais en allemand, il s'appelle : “ Cours de la lune ”. Ne vous souvenez-vous pas de lui? C'était le médecin personnel du défunt Grand Roi – un homme aimable et généreux. Cortez l'a capturé et emmené avec lui. »

Il se pencha sur l'Indien qui gémissait, mais lâcha aussitôt le tison qu'il tenait à la main en criant :

« Ne le regardez pas, maître! Pour l'amour du ciel, détournez votre regard! Ses mâchoires sont disloquées, le sang jaillit... »

Le valet, secoué de frissons d'horreur, cacha son visage dans ses mains.

L'Indien s'était réfugié dans un coin sombre. Melchior Jäcklein baissa les bras et sortit son couteau.

« Je vais suivre ce pauvre homme et le soulager. »

Grumbach resta seul un moment, mais bientôt Jäcklein réapparut, baissant les yeux d'un air accablé.

« Je n'en ai pas eu le courage, maître. Il geignait comme un chiot et me suppliait de lui laisser la vie sauve en faisant des gestes avec ses mains. Il ne m'a pas reconnu, il m'a pris pour l'un de ses meurtriers et de ses bourreaux espagnols. Pourtant, je voulais simplement lui faire retrouver la paix et la sérénité. »

Le valet ramassa la torche et essuya la sueur qui coulait sur son front.

« Ils lui ont coupé la langue, murmura-t-il. Avez-vous vu? Mon Dieu, je tremble de tous mes membres comme si je sentais le couteau trancher ma propre langue. Je préférerais perdre six livres de sang plutôt que de me faire couper la langue au couteau.

Grumbach se taisait, perdu dans ses pensées. Soudain, il sembla s'éveiller de sa rêverie.

« Melchior, dit-il. Parfois, j'entends en moi-même une voix qui me dit tout bas que j'ai trop de querelles et que je devrais cesser de ferrailler et de me battre avec tout un chacun. " Vous pourriez avoir fière allure, aujourd'hui ", dit cette voix. " Vous ne seriez pas exilé et réduit à la mendicité si vous acceptiez de vous entendre avec les grands de ce monde. Votre honneur en souffrirait-il? L'honneur n'est qu'une chimère! " murmure-t-elle. Melchior, il se pourrait qu'un jour, cette voix prenne le dessus, quand l'âge et la lassitude m'auront vaincu et que j'éprouverai le désir de m'entendre avec les Espagnols et les curés. Rappelle-moi alors cette nuit, Melchior, afin que je ne perde jamais ma haine, il faut que tu me le jures, Melchior.

– Maître ! répondit Melchior. Soyez sans crainte. Ma langue vous susurrera à l'oreille pour l'éternité les atrocités de cette nuit maudite. Que vous soyez vieux et las, que vous ayez oublié tout cela un jour, ma langue, elle, ne se lassera pas, ma langue n'oubliera jamais, je vous en fais le serment en cette nuit infernale, moi, Melchior Jäcklein. Et maintenant, venez, je m'en vais vous montrer votre chapeau et votre manteau. »

Au milieu des étroites rangées de tentes, Melchior conduisit son maître jusqu'au bout du village, là où commençaient les jardins et les champs. Quelques tentes étaient plantées entre les platanes et les acacias. Le valet s'arrêta à cet endroit.

« Jetez un coup d'œil par là, dit-il à voix basse en montrant une petite déchirure dans la toile d'une tente. C'est là que vous verrez votre chapeau. »

Grumbach se baissa et jeta un coup d'œil à l'intérieur de la tente. Il découvrit une vaste chambre qui semblait éclairée à la chandelle. Sur le tapis gisait le manteau qu'il avait donné à Dalila, et tout près, il aperçut un habit précieux en satin noir orné de dentelle, de feuilles et de fleurs en argent. Au milieu de la chambre se trouvait une table couverte de toutes sortes d'objets et de papiers, et sur cette table, Grumbach vit son chapeau.

« Ne connais-tu pas celui qui loge ici ? demanda Grumbach.

– Non, maître. Mais cette chambre est si bien aménagée que l'empereur en personne pourrait s'en contenter.

– Il me semble me souvenir de l'homme qui portait cet habit de satin noir orné de dentelle, dit Grumbach à voix basse.

– Maître, vous avez soudain la mine d'un homme qui voit geler son vin dans son verre. Tenez, prenez l'arquebuse !

– Melchior, je crains de ne pas être capable de tirer, cette fois ! Que Dieu me vienne en aide ! Il se pourrait bien que quelqu'un me rappelle un jour les paroles que le Tout-Puissant a dites à Caïin, du haut de son nuage. »

Le valet considéra Grumbach avec étonnement, puis saisit l'arquebuse.

« Eh bien, si vous ne voulez pas vous en charger, je le ferai à votre place, et qu'il pleuve des hallebardes !

– Comment pourras-tu reconnaître le coupable ? Ils sont certainement plusieurs à loger dans cette tente.

– Maître, ce ne sera pas bien difficile, j'ai troué par le passé des planches bien plus épaisses ! Je passerai le canon de l'arquebuse par cette fente. Vous, vous entrez dans la tente et réveillez ces gaillards. Et quand je verrai sur la toile de tente une ombre qui saisira le chapeau ou mettra le manteau sur ses épaules, je saurai que c'est le bon, et je lui servirai un " Dieu vous vienne en aide ! " si magistral qu'il en oubliera de me remercier. Que comptez-vous faire ensuite, maître ?

– Ensuite, les Espagnols accourront de tous les coins du camp pour voir ce qui se passe, et Cortez sera parmi eux. Je l'abattrai alors avec ma troisième balle, et quand il sera mort, le pouvoir espagnol sera vaincu dans ce pays. Il ne restera plus que la piétaille – une horde égarée et désespérée qui ne vaudra pas qu'on l'abatte d'une balle.

– Maître, dit Melchior Jäcklein en introduisant la deuxième balle dans l'arquebuse, voilà qui est bien raisonné. Adieu ! »

LA DEUXIÈME BALLE

L'ENTRÉE de la tente était déserte, et après avoir écarté un rideau d'étoffe verte, Grumbach entra dans la chambre où il avait vu son manteau sur le sol en regardant par la déchirure de la toile. Près de la paroi se trouvait un prie-dieu sur lequel brûlaient deux cierges, mais de l'autre côté, face à l'entrée, on avait accroché une carte sur laquelle le monde entier était représenté – avec des villes, des châteaux et des royaumes, des mers, des montagnes et des fleuves – et c'est devant cette carte qu'il aperçut le duc de Mendoza : il lui tournait le dos, le port altier, ses cheveux bruns tombant en boucles légères sur sa collerette blanche.

Cette carte représentait l'Espagne, d'un rouge purpurin, plus grande que tous les autres pays et toutes les îles du monde, et à côté, petits, étriqués, les autres royaumes et principautés de la terre. La plupart d'entre eux avaient reçu la même couleur pourpre, et Grumbach se mit à chercher l'Allemagne sur cette carte. Après avoir longuement promené son regard dans tous les sens, il la trouva, petite, déformée, coincée entre d'autres royaumes et recouverte de la pourpre espagnole.

Alors s'éleva devant ses yeux l'image de l'Allemagne avec ses forêts et ses prairies, des paysans qui dansaient le soir sur la place du village au son des violes et des cornemuses, un charretier qui descendait la rue en faisant claquer son fouet; et derrière le village, il apercevait la forêt et le large fleuve. Mais tout cela – l'herbe des champs, le feuillage des forêts et les vagues du Rhin – baignait dans le rouge sombre de l'Espagne. La mélancolie submergea alors le cœur de Grumbach, et il soupira en pensant à son pays.

Mais, aussi imperceptible que fût ce soupir, le duc de Mendoza l'entendit.

Il se retourna vivement et vit avec horreur le visage menaçant de Grumbach face au sien.

Un juron à demi étouffé se heurta en lui à une prière oubliée qui remontait à sa plus tendre enfance; la tente se mit à chavirer devant ses yeux et les chandelles à danser comme un feu de la Saint-Jean. Mais son visage resta de marbre, il n'était pas plus pâle qu'à l'ordinaire, et d'une voix qui ne trahissait aucune inquiétude, simplement un léger étonnement, il demanda :

« Rhingrave! Vous ici, dans le camp espagnol? Vous vous êtes égaré! »

Mais la voix dure de Grumbach répliqua sèchement :

« Je ne me suis pas égaré. Je suis au bon endroit.

– Sachez, dit le duc au bout d'un moment, que votre vie est désormais entre mes mains. Cortez est encore éveillé; il est à moins de vingt pas d'ici et écrit à notre roi vénéré son rapport sur la retraite de la capitale. Et dans ce rapport, il parle de vous en termes très durs : il vous traite d'adversaire de la sainte Eglise et de Sa Majesté le roi.

– Que Cortez écrive ce que bon lui semble. Il ne finira pas son rapport », répondit Grumbach brutalement.

L'horreur et la peur terrible de la mort figèrent le duc sur place. Son cerveau chercha désespérément un moyen de sauver sa vie, et on eût dit qu'il sentait le canon de l'arquebuse pointé sur son front. Et comme un marin surpris par la tempête qui jette par-dessus bord tout son bien pour sauver le navire – d'abord le chargement le plus précieux, puis les vivres, les tonneaux d'eau douce, la viande séchée, et finalement le grand mât –, le duc se débarrassa de tout pour sauver sa vie. Cortez fut le premier qu'il abandonna.

« Rhingrave! dit-il. A Dieu ne plaise qu'il arrive malheur à Cortez. S'il n'était pas là, cette horde de couards désespérés se serait dispersée depuis longtemps. Lui seul peut poursuivre cette guerre qui nous permettra de reconquérir l'or perdu et la capitale indienne. S'il meurt, cette guerre prendra fin et notre bonheur sombrera dans la fange. »

En disant cela, le duc espérait que Grumbach l'épargnerait et s'en prendrait à Cortez. Mais l'Allemand ne bougea pas d'un pouce; il partit d'un rire formidable et s'écria :

« Vous pouvez être sûr, dans ce cas, que cette guerre sera terminée avant l'aube. »

Lorsqu'il entendit ce rire, un grand désespoir s'empara de Mendoza. Son intelligence si fine trouva cependant de nouvelles ruses et lui conseilla de faire un second sacrifice pour avoir la vie sauve. Ce sacrifice, c'était sa fierté et son arrogance espagnoles.

« Croyez-moi, dit-il. Cortez est le plus grand héros de guerre de notre époque, et la gloire de l'Espagne repose entièrement sur ses épaules. »

Mais soudain, la tristesse perça dans sa voix. Une ombre passa sur son visage, et il se mit à geindre comme un enfant qui se plaint à sa mère d'une injustice qu'il a subie.

« Hélas! Que suis-je moi-même? Le jour de ma naissance, on m'a prédit à moi aussi que j'effacerais les hauts faits d'un César et d'un Alexandre le Grand. *Resonabit fama per orbem*, voilà ce qu'a dit l'astrologue. Le monde retentira de ta gloire. Hélas, j'erre sans trêve ni repos de pays en pays et de guerre en guerre, alors que d'autres se sont chargés d'accomplir ces hauts faits, et ma jeunesse s'est envolée comme la fumée qui s'échappe de la cheminée. »

Le duc s'approcha de Grumbach et lui dit, l'air accablé, comme s'il lui demandait d'avoir pitié de lui :

« Est-ce ma faute si des cheveux de femmes ont entravé mes mains ? Est-ce ma faute si des lèvres de femmes ont aveuglé mes yeux ? Dites-le-moi, je vous prie. »

Le duc mit ses mains délicates et blanches dans son dos, comme si elles étaient liées par une mèche de cheveux de femme, et renversa la tête en arrière, les yeux fermés – on eût dit qu'il ressentait à l'instant même les baisers d'une femme sur ses paupières. Grumbach ne l'avait jamais vu aussi beau qu'en cet instant : triste, son visage juvénile rejeté en arrière, ses lèvres rêvant du baiser d'une femme oubliée. Mais il n'éprouva pourtant aucun sentiment de pitié; il attendait avec impatience le coup de feu de l'arquebuse, et toutes ses pensées allaient au châtiment qu'il allait exercer avec sa troisième balle contre Cortez, le grand meurtrier.

« Hélas, reprit le duc, tous m'envient mon destin, ils croient que les femmes m'ont trop aimé. Nul ne sait ce que je vais vous avouer à présent. »

Il fit un pas vers Grumbach – on eût dit qu'il allait lui murmurer son secret à l'oreille – mais soudain, il se mit à crier :

« Non ! Je n'ai possédé que des filles à soldats ! Des catins et encore des catins ! Moi, le duc de Mendoza, comme si j'étais un vulgaire épicier aux jambes tordues qui, pour un demi-castillan, va assouvir son désir au bordel. » Il recula d'un pas et poursuivit à voix basse : « Parfois, je briguais des semaines durant l'amour d'une femme que n'avaient encore jamais touchée ni caressée les lèvres d'un homme, mais quand je l'embrassais, elle devenait soudain une catin comme toutes les autres. Ses lèvres flasques de catin me souriaient; ses regards avides de catin quémandaient un baiser; j'entendais sa voix de catin crier à mon oreille. Et du jour au lendemain, elle m'échappait et allait danser dans les tavernes devant mes valets, les jupes retroussées, ou se couchait sur le dos et appelait un palefrenier qui passait par hasard : la veille, mes baisers lui avaient ravi sa verdeur juvénile. »

A ces mots, Grumbach vit surgir devant ses yeux l'image de Dalila. Il la vit comme Catalina – allongée sur le sol, se querellant avec les autres filles pour un palefrenier. Une profonde tristesse s'empara de lui, et il lui sembla que de sa vie il n'avait souffert comme en cet instant.

Mais il s'était juré de plus jamais penser à Dalila, c'est pourquoi il chassa de son cœur son image, qui s'évanouit comme s'éteint la dernière braise d'un feu. Il ne lui resta que haine et mépris pour ce gandin espagnol qui, si jeune encore, s'apitoyait avec des mots aussi sensés sur sa vie perdue. L'impatience s'éveilla dans son cœur, et de chaque fibre de son corps, il attendit le coup de feu de l'arquebuse.

Or, le coup ne venait pas, et il interpella durement le duc :

« C'en est assez! Prenez votre épée et votre manteau, et suivez-moi. »

Bien que Mendoza fût tenaillé par la peur de mourir, son visage restait impassible. Le duc allait saisir le manteau, mais il retira sa main au dernier moment, car c'était celui grâce auquel Grumbach lui avait sauvé la vie dans le palais de Montezuma. Cette hésitation le sauva de la balle de Melchior Jäcklein. Celui-ci, voyant l'ombre d'une main s'approcher du manteau, mit en joue l'arquebuse. Cependant, lorsqu'il constata que le manteau restait à sa place, il baissa l'arme, déçu, et laissa échapper un juron.

Le duc, cependant, avait songé à une troisième et dernière chance : il voulait tenter d'échanger Dalila contre sa vie.

« Auparavant, permettez-moi de dire adieu à Dalila! dit-il d'une voix douce. Voyez, elle est couchée là et dort. Je me suis conduit comme un sot, et je regrette de l'avoir emmenée avec moi, car jour et nuit elle ne pense à rien d'autre qu'au moyen de vous rejoindre. »

Il écarta une tenture. Dalila était allongée sur un lit somptueusement paré d'étoffes et de bijoux en or. Elle s'était éveillée et s'étirait, étendait ses membres qui semblaient avoir été sculptés dans un bois sombre et rare par un maître de grand talent.

Mais lorsqu'elle aperçut Grumbach dans la tente, elle prit peur, se leva sans bruit et quitta sa couche.

Grumbach ne la voyait pas. Il fermait les yeux – celui qui lui restait et l'autre, qu'il avait perdu. Il ne voulait pas écouter plus longtemps les propos de Mendoza. Il ne pensait plus qu'à une chose : se présenter sans tarder devant Cortez et juger ce grand meurtrier sur la tête sanglante duquel reposait la gloire de l'Espagne. Il lui sembla que la nouvelle de ce geste volerait par-dessus les mers jusqu'en Allemagne. Tout à coup, il vit en pensée une cathédrale allemande remplie de fidèles qui l'acclamaient et entonnaient des hymnes à sa gloire parce qu'il avait combattu seul le dragon espagnol. Mille bouches chantaient un choral retentissant qui montait vers le ciel, accompagné par les trompettes et les trombones, et une voix s'élevait au-dessus de toutes les autres en un chant d'allégresse :

« *Resonabit fama per orbem*! »

Mais tout à coup, le grand *Te Deum* chanté par ces milliers de gens cessa, et il entendit à son oreille une petite voix, qui lui demandait :

« Que me voulez-vous? »

Et lorsqu'il entendit cette voix, Grumbach dut ouvrir son œil et se retrouva soudain dans la tente de Mendoza – las et rempli d'une immense tristesse. Les grondements de la cathédrale avaient disparu, et il aperçut Dalila devant lui.

Elle avait appuyé sa tête contre la poitrine de Mendoza et passé ses bras autour de son cou.

« Que me voulez-vous ? » répéta-t-elle, mais cette voix ne trahissait nulle peur, nulle crainte, comme jadis, lorsqu'elle avait aperçu pour la première fois le visage ravagé de Grumbach et son œil unique. Sa question s'adressait cette fois à Mendoza, et c'était la raison pour laquelle sa voix était si douce et si pleine de tendresse.

Mais le duc se libéra de son étreinte.

« Dalila, dit-il. Ton maître est venu te chercher pour t'emmener en Allemagne, son beau pays hivernal. »

Ses yeux brillaient, son regard semblait vagabonder – on aurait cru qu'il voyait l'Allemagne au loin, derrière les montagnes.

Grumbach, quant à lui, ne bougeait pas d'un pouce et ne parvenait pas à détacher son regard du corps tremblant de Dalila.

Mendoza se mit alors à parler du Nouveau Monde, et de l'Allemagne.

« Il fait une chaleur si oppressante dans le Nouveau Monde que l'on en perd toute sa joie de vivre. Le souffle pestilentiel du vent brûlant trouble nos sens, et les hommes se haïssent sans raison et ne se comprennent pas les uns les autres. Une ivresse sanguinaire s'est emparée de nous tous, et l'air de ce pays est tel que la haine de toutes les créatures et la colère nous montent à la tête sans la moindre raison. Rhingrave ! Vous devriez emmener Dalila avec vous dans votre pays. Ce sera l'hiver, il y aura de la neige quand vous atteindrez les berges du Rhin par une journée d'hiver froide et limpide dont je rêve en vain dans ce pays qui m'étouffe et me ronge de sa chaleur pestilentielle.

Mendoza était enfin parvenu à fixer l'attention de Grumbach et à se rendre maître de ses pensées. Dans le cœur de Grumbach, les voiles nébuleux de l'oubli tombèrent peu à peu sur Cortez qui rédigeait dans sa tente le rapport de la bataille perdue, sur son valet Melchior qui était agenouillé à l'extérieur de la tente, l'arquebuse à la main, et sur la cape mortelle qui gisait sur le sol.

L'Allemagne surgit tout à coup devant ses yeux. Une nouvelle fois, il vit les paysans danser dans les prés, une nouvelle fois, il aperçut les forêts de pins et le large fleuve. Mais cette fois, le pays ne baignait pas dans la pourpre espagnole; tout ce qu'il voyait était blanc comme neige, des corneilles survolaient le fleuve gelé. Il chevauchait entre les sapins et les pins de la forêt qui étendaient leurs branches givrées. Un coup de vent fit choir des paquets de neige des hautes frondaisons des arbres, et Grumbach crut entendre son cheval geindre de froid avec la voix d'un vieillard.

Le charme et la magie de cette vision hivernale étaient si puissants que Grumbach crut lui-même sentir sur sa peau le gel et le vent chargé de neige. Il vit Dalila qui tremblait de froid devant lui; alors il se baissa, ramassa son manteau et le posa sur ses épaules comme s'il voulait la protéger des tourbillons de neige.

Tandis que ses mains tenaient le manteau, un souvenir lointain éclaira soudain sa mémoire, un souvenir qui était à la fois une crainte et une souffrance; mais comme il ne parvenait pas à le retenir, il hocha la tête; il avait oublié Melchior Jäcklein et son arquebuse, Cortez et le grand jugement; il avait oublié pourquoi il était venu dans la tente du duc de Mendoza. Il était en Allemagne et ses yeux caressaient le corps de Dalila.

L'arquebuse de Melchior Jäcklein rompit le charme sous lequel le duc de Mendoza tenait Grumbach.

Comme dans un jeu d'ombres chinoises Jäcklein vit se dessiner sur la toile de la tente l'ombre d'une main qui saisit le manteau, et soudain, il aperçut une silhouette qui portait la cape de Grumbach sur ses épaules.

Dans un bruit de tonnerre, la deuxième balle jaillit du canon de l'arquebuse et alla transpercer la poitrine de Dalila qui s'effondra sans un bruit.

LA FUITE DE CORTEZ

Le bruit retentissant de l'arquebuse arracha Grumbach à sa rêverie. La journée d'hiver, les tourbillons de neige et la forêt allemande s'évanouirent brutalement. Il se retrouva soudain dans la tente de Mendoza et se rappela qu'il était venu là pour se venger du duc. Lorsqu'il entendit le coup de tonnerre de l'arquebuse, il pensa que Mendoza était mort, et son esprit se tourna aussitôt vers la tente de Cortez et le châtiment qu'il avait à présent l'intention de lui infliger.

Le nuage de fumée qui emplissait la tente se dissipa alors, et il aperçut Mendoza indemne, au milieu de la tente, qui s'étirait et essayait ses membres comme un cerf qui a échappé au chasseur par un bond téméraire.

Au même instant, le regard de Grumbach tomba sur Dalila, qui gisait sans vie sur le sol. Mais il n'en éprouva ni douleur ni tristesse, il s'étonna simplement de l'acte étrange qu'avait accompli Melchior Jäcklein en tuant Dalila au lieu de Mendoza. Il chercha à prononcer quelques mots qui auraient exprimé un sentiment de peine, mais n'en trouva pas. Alors il hocha la tête d'un air étonné et s'adressa au duc :

« C'est cet insensé de Melchior, dit-il à mi-voix. Vous savez qu'il a la tête remplie de chimères et que son imagination n'a pas de limites. »

Le duc de Mendoza s'agenouilla et souleva la tête brune de Dalila.

« Je ne sais pas pourquoi vous m'avez épargné ni pourquoi vous avez tué cette enfant, dit-il. Vous auriez dû avoir pitié d'elle. Priez, rhingrave, priez pour votre âme, car le péché d'Hérode est celui que notre Sauveur pardonne le plus difficilement. »

Grumbach fit un pas en direction du corps, puis il s'arrêta et tourna la tête, comme s'il cherchait quelque chose. Perdu dans ses pensées, il ramassa son chapeau et l'enfonça sur son front – on eût dit qu'il craignait que Dalila pût s'effrayer en voyant son orbite vide.

« C'était un oiseau farouche et perdu, dit Mendoza d'une voix triste. Elle voletait entre vous et moi, apeurée, sans savoir à qui de nous deux elle appartenait. Vous et moi devons avoir quelque chose en commun qu'elle avait décelé et qu'elle aimait. Une façon de pencher la tête, peut-être, ou un mouvement des lèvres, ou peut-être nous ressemblons-nous parfois l'espace d'un instant quand nous rions, quand nous sommes en colère ou quand nous dormons, je ne le sais point. Mais cette enfant connaissait ce qui reste un secret pour les autres : nous sommes les enfants d'un même père et du même sang, mon frère! Et c'est pour cette raison qu'elle t'a quitté pour me rejoindre. Voilà pourquoi elle a dû mourir. »

Le duc baissa la tête et saisit la main de Dalila.

Grumbach restait silencieux; il n'éprouvait pas le moindre sentiment de tristesse en regardant Dalila. Il lui sembla qu'il ne l'avait jamais vue auparavant et qu'il ne la connaissait pas.

Le duc s'était levé et approché du lit sur lequel Dalila avait dormi. Il revint sur ses pas en tenant à la main deux clochettes d'argent dont l'une avait la forme d'un papillon et l'autre celle d'un serpent. Il les fit tinter doucement, puis les plaça entre les doigts raidis de Dalila.

« Ces deux clochettes lui appartiennent, dit-il. Cette folle enfant en avait plus de cent dans sa chambre, où l'on entendait sans cesse leurs tintements. Mais elle a emporté ces deux-là quand nous avons fui; elle voulait constamment les entendre sonner. Elle aimait beaucoup le son que font les choses : elle pouvait rester des heures durant à écouter le crépitement des torches, se réveillait parfois en sursaut en entendant la mélodie monotone de la pluie et se mettait à danser quand, de loin, le forgeron ferrait un cheval. Il n'y a que le hennissement des chevaux qu'elle ne supportait pas d'entendre – il la faisait souffrir. »

Le duc baissa les yeux comme un enfant qui pleure à cause du jouet qu'il a perdu.

« Je pourrais vous faire tuer à présent, car vous avez mérité dix fois la mort. Or, à la réflexion, je vais vous laisser fuir. Vous m'avez sauvé la vie il y a quelques jours; je vous offre la vôtre à présent. » Mais la mélancolie l'envahit à nouveau, et il ajouta à mi-voix : « Peut-être nous reverrons-nous dans quelques années, en Allemagne ou dans les Flandres. Le monde aura alors un autre visage. Nous nous regarderons dans les yeux et nous nous souviendrons en silence de cette étrange enfant qui nous aimait tous les deux et qui gît désormais entre nous – muette et sans couleur, tenant deux clochettes d'argent entre ses mains, un papillon et un serpent. »

Pourtant, le cœur de Grumbach refusait toujours de s'ouvrir à la tristesse. Soudain, à l'extérieur, on entendit un bruit de voix et de pas : des gens accouraient qui avaient été réveillés par le bruit de tonnerre de l'arquebuse. Mais leurs cris furent couverts par la voix de Melchior Jäcklein qui se tenait devant l'entrée de la tente et jurait de tirer une balle dans la tête du premier qui chercherait à passer le seuil.

Lorqu'il comprit que son valet avait l'intention de gaspiller la troisième et dernière balle, Grumbach laissa échapper un juron, écarta Mendoza d'un geste et se précipita à l'extérieur.

Dehors, Melchior Jäcklein se défendait avec son arquebuse contre les Espagnols qui tentaient de pénétrer dans la tente.

Grumbach en repoussa un ou deux, saisit l'arquebuse chargée de la troisième balle, se tourna vers Melchior Jäcklein et lui dit :

« Melchior, ta balle a fait mouche, elle a tué Dalila à la place de Mendoza. Ne t'attends pas à beaucoup de louanges pour ce haut fait! »

Et tandis qu'il se moquait ainsi de Jäcklein, la grande tristesse que son cœur lui avait refusée jusqu'alors s'empara de lui. Il lui sembla que les paroles de Mendoza étaient devenues réalité : bien des années s'étaient écoulées, il était un vieillard qui se souvenait d'une journée de sa jeunesse et faisait surgir devant ses yeux l'image du corps sans vie de Dalila. Il baissa la tête et n'entendit pas un seul des mots bredouillés par son valet pour répondre à sa remarque ironique. Il n'était plus qu'un vieil homme perdu dans ses rêveries.

Il perçut soudain des cris et une grande agitation non loin de là, dans une tente dont l'auvent était orné d'un étendard qui représentait la Sainte Vierge. Deux mousquetaires apparurent et se postèrent de part et d'autre de l'entrée de la tente. Un porte-flambeau sortit en courant.

« Fuyez! fit la voix de Mendoza derrière Grumbach. Cortez va venir. Suivez-moi, je vais vous faire échapper avant qu'il ne vous voie. »

Mais Grumbach hocha la tête, et ses doigts serrèrent plus fort son arquebuse.

« Qu'il vienne! dit-il. Je l'attends. »

Il alla à la rencontre de Cortez qui venait de sortir de sa tente, et il fit le serment solennel que cette balle prendrait le chemin qu'il lui ordonnerait de suivre et non celui que Garcia Novarro avait voulu lui imposer à l'heure de sa mort.

Cortez avançait à pas lents, tel un somnambule qui suit la lune. Un panache noir et blanc oscillait sur sa tête à chacun de ses pas. Sa poitrine était enserrée dans une cuirasse d'acier poli qui s'embrasait à la lueur rougeâtre des torches. La tente, les gens et Grumbach lui-même se reflétaient dans cette armure, et Grumbach eut l'impression que tout le camp, que le monde entier et les événements qui se produisaient en cet instant dans les contrées les plus éloignées se reflétaient dans la cuirasse magique de Cortez. De plus, Cortez tenait à la main une épée dénudée sur laquelle étaient gravés en lettres flamboyantes les mots :

Rubet ensis sanguine hostium.

Le courage n'abandonna pas Grumbach pour autant, même s'il fut parcouru d'un frisson lorsqu'il se retrouva face à Cortez. Un murmure étonné s'éleva pourtant parmi nous, car nous savions tous que depuis le moment où il avait levé ses armes pour la deuxième fois contre l'Armada espagnole, la vie de Grumbach touchait à sa fin et que sa tête allait revenir au bourreau. Personne, parmi nous, n'osait dire un mot : nous connaissions les terribles accès de colère de Cortez, et nous attendions tous qu'il nous fasse signe de nous jeter sur Grumbach.

Mais Cortez ne dit rien. Son visage était blême et comme pétrifié : la vie ne semblait plus s'exprimer que dans les reflets effrayants de sa cuirasse. On y voyait en une multitude de couleurs vives d'innombrables scènes et événements, et au premier plan, comme reflétée dans un miroir flamboyant, l'image de Grumbach – la mine sombre et rageuse – qui tenait l'arquebuse des deux mains d'un air menaçant.

L'espace d'un instant, le silence fut absolu. Puis tout ceux qui assistaient à la scène virent avec horreur Cortez lever le bras et se découvrir devant Grumbach.

Cortez était resté seul dans sa tente toute la nuit. Il avait rédigé le rapport dans lequel il informait son roi de la retraite des Espagnols et décrivait comment ils avaient quitté la capitale :

« Cette nuit-là, pouvait-on y lire, la victoire revint à l'ennemi. Considérant le danger qui nous menaçait et les grandes pertes que les Indiens nous avaient infligées, craignant d'autre part qu'ils ne détruisent comme les autres la dernière digue qui subsistait – ce qui aurait signifié la mort pour nous tous –, et comme tous mes compagnons, ou du moins la plupart d'entre eux, étaient blessés, je décidai de battre en retraite la nuit même. Je quittai la forteresse en toute hâte. Mais comme nous arrivions à proximité de la digue, nous fûmes de nouveau assaillis par une multitude d'ennemis surgissant de toute part – de la terre ferme comme du côté du lac. Nous rejoignîmes tant bien que mal la rive, mais plus de la moitié d'entre nous tombèrent au combat, et les Indiens s'emparèrent de l'or, des bijoux et des étoffes précieuses que j'avais recueillis pour Votre Majesté, et Dieu sait les souffrances et les dangers que nous avons endurés à cette occasion.

« J'ai dit à Votre Majesté la pure vérité sur tous les événements qui se sont produits durant cette Nuit triste. J'ai employé toute ma force dans le but d'augmenter la gloire de la Chrétienté. Que Dieu protège la vie de Votre Très Sainte Majesté et Votre Royale Personne en lui offrant tous les royaumes et tous les pouvoirs que Votre noble cœur peut convoiter. »

Lorsque Cortez arriva à ce point de sa lettre, il fut vaincu par la fatigue. Sa tête reposait sur sa poitrine. Il succomba au sommeil, qui fit surgir devant ses yeux un rêve étrange.

Il lui sembla qu'il voyait le roi, debout sur les marches d'un escalier de marbre qui conduisait d'une terrasse élevée jusqu'au rivage de la mer. Une foule d'ecclésiastiques, de princes et de seigneurs s'était rassemblée autour du roi. A côté de lui se trouvait le grand chambellan, le sieur Guillaume de Croÿ, et à ses côtés le confesseur du roi, le prêtre Adrian Floriszoon, d'Utrecht. Cortez aperçut également les deux généraux du souverain, le signor di Leva et le sieur Baptiste de Lodron, ainsi que quelques grands d'Espagne et quelques princes allemands.

Cortez, quant à lui, était humblement agenouillé sur la marche inférieure de l'escalier de marbre et, le cœur brisé, narrait au roi le terrible malheur qui avait frappé l'Armada espagnole la Nuit triste. Et il s'entendit bredouiller de sa voix rauque : « ... et Dieu sait les souffrances et les dangers que nous avons endurés à cette occasion ».

Le général de Lodron prit alors la parole et dit d'une voix sèche et âpre :

« Dans les guerres qui ne sont point menées avec sagesse, on ne saurait trouver ni chance ni progrès. »

Signor di Leva, cependant, posa son poing contre sa hanche en faisant froufrouter et frémir la soie de son habit.

« Vous avez gaspillé inutilement le matériel de guerre et la vie de nombreux soldats, dit-il en toisant Cortez d'un regard froid et méprisant, et pourtant, vous n'êtes que l'un des plus humbles serviteurs de Sa Très Sainte Majesté.

– Vous avez aussi cruellement versé le sang des Indiens si paisibles, remarqua le sieur Guillaume de Croÿ. Vous avez assassiné sans rime ni raison des milliers d'hommes, de femmes, d'enfants.

– Et pourtant, murmura le prêtre Adrian Floriszoon, ce sont des hommes comme nous, et comme nous, ils ont été sauvés par le sang précieux du Christ. »

Cortez, agenouillé sur la marche de marbre, voulut prendre la parole, mais il ne le put. Une crainte immense s'était insinuée dans son cœur, une peur telle qu'il n'en avait jamais ressenti aux pires moments des combats qu'il avait menés. Mais il rassembla tout son courage et se dit :

« Ce freluquet de Leva ! Il a vu, dans sa vie, plus de ballets que de batailles ! De quel droit me parle-t-il ainsi ? »

Il se leva.

« J'ai dit à Votre Majesté la pure vérité sur tous les événements qui se sont produits. »

D'un coup, tous ceux qui se trouvaient autour de l'empereur disparurent. Un vent humide se mit à souffler de la mer. L'empereur était seul, debout sur la terrasse.

Cortez sentit le regard muet de son souverain peser sur lui, et il s'entendit bredouiller d'une voix étouffée :

« J'ai employé toute ma force à augmenter la gloire de la Chrétienté. »

Mais il se tut, car il vit une telle colère s'allumer dans le regard de l'empereur qu'il dut fermer les yeux. Incapable de soutenir plus longtemps ce regard, il recula d'un pas, chercha de son pied la marche suivante, ne la trouva pas et tomba dans les profondeurs de l'abîme.

C'est alors qu'il s'éveilla et se retrouva dans sa tente – l'esprit confus et les sens troublés. Dehors, il entendit des cris et un grand tapage. Il se leva lentement, demanda de la lumière et se fit revêtir de sa cuirasse.

Ensuite, il sortit et s'avança lentement vers la tente de Mendoza, devant laquelle les gens se pressaient en criant. Toutes ses pensées allaient encore au rêve de la nuit, et il avançait, les yeux baissés, sans parvenir à oublier le visage furieux de son roi.

Soudain il se trouva face à Grumbach, dont les traits, en cet instant et de façon fort étrange, étaient presque identiques à ceux du roi tel qu'il l'avait vu en rêve, avec son menton allongé et sa bouche dédaigneuse. Un frisson le parcourut, la peur revint s'installer dans son cœur, si forte qu'il recula, saisi d'angoisse, en se découvrant respectueusement devant Grumbach. Personne ne se douta que c'était son seigneur et roi tout-puissant – l'empereur romain Charles Quint – qu'il saluait de la sorte.

C'est alors que Grumbach l'interpella.

« Puisque vous êtes venu jusqu'ici, je vais vous juger, don Fernand.

– J'ai dit la pure vérité à Votre Altesse! bredouilla Cortez, qui semblait toujours plongé dans son rêve.

– Ce pays, s'écria Grumbach, ce pays était florissant et prospère avant votre arrivée. A présent, il n'est pas un champ que vous n'ayez abreuvé de sang et pas un arbre dont vous n'ayez fait une potence.

– J'ai employé toute ma force à augmenter la gloire de la Chrétienté, murmura Cortez.

– Piller, voler et prendre de l'or, voilà ce que vous appelez la gloire de la Chrétienté, cria Grumbach. Pendre, brûler et assassiner, voilà à quoi vous avez employé toute votre force. Cette balle va vous donner à présent le juste salaire de votre peine. »

Et à ces mots, il leva l'arquebuse et s'avança vers Cortez.

L'horreur immense qu'il avait éprouvée dans son rêve submergea alors de nouveau Cortez. Il leva le bras pour cacher son visage et fit un pas en arrière, puis un autre et encore un autre, lentement d'abord, puis de plus en plus vite. Il fuyait devant Grumbach, car il lui semblait que c'était son roi en personne qui le réprimandait aussi vertement.

Pour la première fois, les Espagnols virent Cortez fuir; ils le virent tourner les talons et prendre ses jambes à son cou, et une grande détresse les envahit, car ils prirent soudain conscience qu'ils étaient seuls et abandonnés à leur sort dans un pays étranger, peu nombreux et entourés d'ennemis, et qu'un grand océan les séparait de leur patrie. L'angoisse et le désespoir qu'ils ressentirent en assistant à la fuite éperdue de Cortez étaient si grands qu'il ne vint à l'esprit d'aucun d'eux de se porter au secours de son chef.

Un seul tenta d'affronter Grumbach : ce fut Alvarado.

Depuis sa plus tendre enfance, Pedro Alvarado faisait toujours le même rêve, celui de posséder une poignée d'or. Partout où il se trouvait, il voyait les doublons et les oboles danser dans les airs, et quand il fermait les yeux, il entendait le tintement des ducats. C'est ce rêve de l'or qui l'avait conduit dans le Nouveau Monde et qui lui avait appris à affronter toutes les peines et tous les dangers et à mépriser la mort. Même au cours de la Nuit triste il n'avait pas perdu l'espoir de se procurer un jour, avec l'Armada de Cortez, autant d'or et de pierres précieuses que son cœur en désirait.

Mais en voyant Cortez fuir devant un homme seul, son rêve doré se réduisit à néant. L'éclat des doublons ne l'éblouissait plus, les ducats ne tintaient plus à son oreille, la poignée de pépites d'or s'était dispersée à tous les vents, et il se retrouvait devant sa tente tel un pauvre homme trompé face à un monde lugubre et désert.

Un désespoir sans borne s'empara alors de lui; le sang lui monta à la tête. Il saisit son épée et la dirigea sur la poitrine de Grumbach.

Grumbach ne le vit pas : ses yeux restaient fixés sur Cortez qui s'enfuyait, et il ne s'occupait pas de ce qui se passait autour de lui. Mais Melchior Jäcklein vit qu'Alvarado s'apprêtait à le frapper et il lui cria de sa voix claire :

« Maître! Gardez-vous! Maître! Baissez-vous! »

Grumbach se retourna et vit l'épée d'Alvarado dirigée sur lui. Il s'arrêta, chercha une arme, et ramassa une grosse pierre qu'il lança au front d'Alvarado.

En relevant les yeux, il vit que Cortez avait atteint l'endroit où trois ou quatre chevaux étaient attachés. En un éclair, Cortez sauta sur l'un d'eux et partit au galop jusqu'au sommet de la colline. Mais il n'en tira aucun avantage, car Grumbach enfourcha aussitôt un autre cheval et se lança à sa poursuite.

Le duc de Mendoza s'avança alors en souriant vers Melchior Jäcklein et lui tapota gentiment l'épaule.

« Eh bien, bel oiseau allemand! Tu viens de chanter une nouvelle chanson, mais ce sera la dernière. Tu as une bien jolie voix. Quel dommage pour elle! Rappelle-toi les paroles de la chanson du sieur Froidvent que tu m'as chantée jadis, à Gand, à l'auberge du Poële doré, alors que je jouais aux dés avec ton maître, le jour des Rois mages. »

Le duc réfléchit un instant, puis il se mit à chanter de sa voix tendre, troublante :

Gaspard, Melchior et Balthazar!
Une fois l'an, une fois l'an
Ma mère dansait en chantant,
Le jour de la fête des rois mages.

« Mère, qui vient de frapper?
Mère, qui gravit l'escalier?
– Voici un fils de roi altier
Qui porte la couronne dorée. »

Gaspard, Melchior et Balthazar!
Une fois l'an, une fois l'an
Il veut revoir femme et enfant,
Les gens l'appellent sieur Froidvent.

Mais le valet ne se souvenait pas de cette chanson; il ne l'avait jamais chantée et ne l'avait jamais entendue auparavant. Il lui sembla que le duc avait lui-même inventé les quelques vers de cette mélodie mélancolique et qu'il évoquait dans cette chanson le mystère de sa naissance et son noble père – le beau Philippe d'Espagne que le peuple surnommait sieur Froidvent.

Et tandis que le duc chantait sa chanson – son regard

juvénile comme perdu dans un songe –, Melchior Jäcklein s'approcha tout près de lui et jeta un regard plein de pitié au jeune homme qui, les lèvres tremblantes, évoquait son père, sa mère et son enfance solitaire. Mais tout à coup, Mendoza interrompit sa chanson. Il leva le bras en direction de Melchior Jäcklein et lança sèchement à ses hommes :

« Qu'on lui arrache la langue. »

Le valet blêmit et tituba. Mais il se ressaisit rapidement et tenta de sauter à la gorge de Mendoza.

Trop tard. Des Espagnols accoururent de toute part et le jetèrent à terre. Pedro Carbonaro se dressa soudain devant lui et se mit à rire de sa voix nasillarde :

« Eh oui, mon petit ! Ne t'ai-je pas promis jadis que je saurais bien bannir un jour ta langue de ta bouche ? »

Pendant ce temps, dans les premières lueurs de l'aube, Grumbach poursuivait Cortez, qui frappait son cheval de ses deux poings pour le faire galoper plus vite, mais en vain. Grumbach s'approchait de plus en plus. Les Espagnols, qui avaient enfin retrouvé leur courage, se mirent à tirer sur Grumbach avec leurs mousquets. Mais Grumbach ne prêtait aucune attention aux balles qui sifflaient à ses oreilles. La fièvre de la chasse l'avait saisi comme s'il se trouvait chez lui en Allemagne à chasser le loup dans les forêts en criant « Ho ! Hé ! »

Il savait pourtant qu'il tenait en cet instant entre ses mains le destin du pays tout entier.

« C'est un peuple de danseurs, de moines et d'enfants, se dit-il. Ils ne savent pas se défendre tout seuls de leurs ennemis. Ils préfèrent de beaucoup tenir à la main des clochettes plutôt que des épées. Ce sont d'étranges enfants, tous autant qu'ils sont, et c'est pourquoi je me suis chargé de défendre leur cause. »

Le pays apparut soudain devant ses yeux tel qu'il était avant l'arrivée des Espagnols. Il vit les jardiniers qui transportaient dans leurs barques de lourds chargements de roses sur les canaux; il vit d'autres barques remplies d'excréments humains dont les artisans se servaient pour tanner le cuir. Il aperçut les porteurs qui couraient pour rapporter vivants depuis les rivages de la mer des poissons destinés à la table du Grand Roi. Il vit les serviteurs se répandre en nuées entières dans les ruelles après une averse afin de sécher les flaques d'eau à l'aide d'éponges et de chiffons. Et il ne put s'empêcher de sourire en pensant au sérieux et au zèle qu'ils mettaient tous à accomplir cette tâche étrange tandis que lui-même combattait seul pour le destin de ce pays contre l'Armada espagnole.

Pendant qu'il songeait à tout cela, il s'était tant rapproché de Cortez qu'il aurait presque pu le toucher en tendant le bras. Il pensa à la malédiction de Garcia Novarro selon laquelle la troisième balle devait le tuer. Mais il rit de cette malédiction et se moqua de Garcia Novarro, qui n'avait pas su mieux prédire le chemin que prendrait la troisième balle. Car le jour du grand châtiment était enfin arrivé. Grumbach avait l'impression que le monde entier connaissait en cet instant sa troisième balle; c'était comme si le regard de l'humanité tout entière était dirigé sur sa main. Les arbres et les buissons près desquels il passait lui semblaient être des visages humains qui le suivaient des yeux. Les nuages du ciel le regardaient avec des yeux d'hommes. Le brouhaha étouffé du camp se transformait à son oreille en un cri qui disait :

Resonabit fama per orbem!

Dans le sifflement du vent et le bruit des sabots, il lui semblait entendre des voix graves et d'autres, plus aiguës, qui chantaient :

Resonabit fama per orbem!

Les arbres et les buissons, les nuages et la terre, tous mêlaient leur voix à ce chant formidable :

Resonabit fama per orbem! Resonabit fama per orbem!

Il leva son arquebuse pour tirer.

A cet instant, Melchior Jäcklein se mit à hurler, en bas, dans le camp, et ce fut son dernier cri humain. Bien des années ont passé depuis ce jour, mais je le vois encore aujourd'hui – le visage dévoré tout à la fois par l'horreur et la rage –, tentant de se défendre d'une main tandis qu'il pressait l'autre sur ses lèvres, et pourtant, il dut...

Jésus Marie ! Le voilà ! Pour l'amour du ciel, c'est Melchior Jäcklein qui est là-bas ! Oui, c'est bien lui ! Melchior Jäcklein, comment es-tu revenu en Allemagne ? J'ai cru pendant plus de vingt ans que tu étais mort et enterré. Allons, ne crie pas, ne te mets pas en colère, ne te bats pas avec les pauvres. Tout est fini, laisse-moi raconter la fin de l'histoire de Grumbach et de ses trois balles !

Pour l'amour du Christ, tu veux tirer sur moi ? L'arquebuse ! Enlevez-lui son arquebuse ! A l'aide !

FINALE

LA TROISIÈME BALLE

Que s'est-il passé ? Je suis allongé sur le sol. Est-ce qu'une balle m'a fait tomber de cheval ? A l'instant, je chevauchais encore derrière Cortez... les chevaux écumaient... les arbres, les buissons, les cailloux, tout défilait à la vitesse de l'éclair... j'étais tout près de Cortez...

Je me retrouve tout à coup en Allemagne. Tout autour de moi, des tentes; en contrebas, une rivière, et derrière, des murs, des tours et la porte d'une ville... Oui, je me souviens ! J'étais non loin de Halle, dans le camp de l'empereur, près du foyer éteint; j'étais las et je voulais dormir, mais un cavalier espagnol a passé la nuit à me raconter ma propre vie : mon combat contre l'Armada espagnole avec mes trois balles, dans le Nouveau Monde, la poursuite de Cortez sur la colline, et... Je ne connais pas la suite de l'histoire ! Pourquoi se tait-il ? Qu'il raconte la fin !

Ecoute ! Le tonnerre d'une arquebuse ! Quelqu'un a tiré. Un cri – déchirant, long et horrible. Une bousculade à l'endroit où se trouve mon cavalier espagnol, des appels et des cris. Des Espagnols et des Allemands accourent de toute part. Mon valet Melchior Jäcklein est parmi eux. Les traits de son visage sont déformés; sa bouche muette profère des cris abominables, et entre ses mains, il tient une arquebuse encore fumante.

Oui, je me souviens de tout à présent. Je suis resté

couché ici toute la nuit ! C'est hier, hier soir, qu'ils ont amené les pauvres conseillers luthériens du prince électeur de Saxe. Je me souviens maintenant : le vieil homme au bandeau ensanglanté se trouvait également parmi eux; c'est lui que j'ai frappé au visage avec mon sabre à la bataille de Mühlberg. Dieu miséricordieux, qu'ai-je fait ? Avais-je encore tous mes esprits ? Je me suis laissé exploiter par les Espagnols et les papistes pour lutter contre les princes luthériens ! A Mühlberg, j'ai combattu la cause luthérienne ! J'ai soutenu l'ambition espagnole et le zèle des curés ! J'ai érigé la potence de l'empereur à laquelle mes frères luthériens devaient être pendus ! Jésus ! Quelle folie a pris possession de mon esprit ? Pourquoi Melchior Jäcklein n'a-t-il pas tenu parole ? Pourquoi m'a-t-il laissé oublier ma haine et ma soif de vengeance ?

Las, ce n'est pas la faute de Melchior Jäcklein. Il n'a pas oublié son serment. Mais ils lui ont arraché la langue, là-bas, dans le Nouveau Monde, cette langue qui devait me rappeler pour l'éternité ma haine des papistes et des Espagnols. Je l'ai vu souvent serrer les poings, montrer les dents et se comporter le plus étrangement du monde quand je m'inclinais devant un Espagnol ou un curé, mais je ne comprenais pas ce qu'il me voulait.

Il n'est pourtant pas encore trop tard. La cause protestante n'est pas encore perdue. Wittenberg résiste contre les curés, et Erfurt et Gotha ! Je vais rassembler autour de moi les lansquenets luthériens de l'armée impériale et me rebeller avec eux. Je ne permettrai pas qu'on décapite nos frères luthériens, demain, sur le pont. Ce n'est pas la première fois que je me rebelle. L'empereur m'a banni. Le pape m'a excommunié. J'ai pris d'assaut avec mes paysans les châteaux des princes et détruit les couvents des curés. J'ai défié avec mes trois balles l'empire espagnol tout entier et pourchassé Cortez en personne. Le cavalier espagnol, là-bas, connaît l'histoire ! Comment se poursuit-elle ? Que s'est-il passé avec

Cortez et la troisième balle? Non, je ne me souviens pas de la fin de l'histoire, mais le cavalier espagnol, lui, la connaît.

J'entends un grand vacarme autour de moi. Les lansquenets espagnols et allemands se querellent. Ils passent à côté de moi en courant – ils crient, jurent, tirent et se battent les uns contre les autres –, mais je ne sais pas pourquoi. Des groupes de soldats arrivent sans arrêt entre les rangées de tentes et se jettent dans la foule des combattants qui descendent peu à peu le coteau.

J'en vois un qui gît par terre, raide et sans vie, au milieu d'une mare de sang et ne bouge plus. Le ciel me vienne en aide! C'est mon cavalier espagnol!

Mon cavalier espagnol est mort. Il ne parlera jamais plus. Jamais je ne connaîtrai l'issue de mon combat contre Cortez et l'Armada. Ah! Je croyais l'histoire de mes trois balles morte et enterrée depuis longtemps. Et pourtant, elle était bien vivante, elle a vécu tout au long de ces années dans les songes d'un vieux cavalier blanchi sous le harnais. Mon fantôme d'autrefois chevauchait à ses côtés, il était allongé à ses côtés près du feu et peuplait ses rêves de ses jurons, de ses querelles et de ses rébellions contre les régents de ce monde, et pendant ce temps, je devenais moi-même un vieil homme fatigué.

A présent, Melchior Jäcklein, ce fou, a tué le vieux cavalier, sans raison, de la même façon qu'il a abattu la jeune Dalila dans la tente de Mendoza. Et ce faisant, il a porté un coup fatal à ma vie passée et détruit l'image de ma jeunesse. La malédiction de Garcia Novarro s'est vraiment réalisée : oui, c'est bien moi que la troisième balle a touché.

Car à présent, je suis couché sur le sol, las et inutile comme une rosse qui a échappé à l'équarrisseur. Je vois encore mon passé derrière moi. Mais il commence à s'estomper. Je le vois devant moi comme un paysage dans le crépuscule. J'y aperçois des personnages, je les reconnais – Cortez et le jeune Mendoza, Schellbock, que

Cortez a fait pendre, la belle Dalila qui mourut dans la tente du duc – et comment donc s'appelait le pauvre coquin qui perdit son arquebuse au jeu contre mon valet? Hélas, leurs traits commencent déjà à s'effacer, je ne parviens pas à les retenir; ils vont disparaître dans le crépuscule des temps et se seront évanouis avant même que j'aie eu le temps de dire un Notre-Père.

La masse humaine a dévalé le coteau et cette coulée de corps enchevêtrés s'est dirigée vers les rives de la Saale. Les Espagnols et les Allemands se battent toujours à coups d'épée et d'arquebuse, mais pourquoi, ils ne le savent pas, les pauvres fous!

Pourquoi donc suis-je si moqueur? J'ai été jadis aussi fou qu'eux! Que m'importaient les querelles espagnoles dans le Nouveau Monde? Qu'avais-je à faire avec la campagne menée par Cortez contre les Indiens de ce pays? C'est vrai, les temps et les destinées étaient si étrangement confus et troublés que je fus mêlé moi aussi à ces querelles. Quelle folie s'était donc emparée de moi lorsque je poursuivais Cortez pour lui tirer une balle dans la tête? Etait-ce vraiment moi qui le poursuivais? S'il en est ainsi, je ne comprends plus mon étrange comportement de cette nuit-là et je m'étonne d'avoir été animé d'intentions aussi mauvaises et aussi cruelles. Et ce noble roi, quel mal m'avait-il fait pour que je l'abatte alors qu'il se tenait sur les murailles de la ville? Las, notre chair est toujours du côté de Satan, et vraiment, si je n'ai rien rapporté de toutes mes querelles que des os fatigués, des bosses, des cicatrices et un œil de verre, ce n'est que justice.

La nuit s'écoule, mais le sommeil ne vient pas. Le fracas de la bataille, en bas, s'est tu. Les gens disent que l'empereur, en s'éveillant, s'est rendu à cheval sous les remparts de la ville, et qu'il a réconcilié Allemands et Espagnols. Les Allemands sont véritablement des rustres qui refusent toujours de s'entendre avec les Espagnols. Les combats qui se sont déroulés là en bas ont été atroces. On dit que le frère de l'empereur, Ferdinand d'Autriche, a été blessé, et qu'un cousin espagnol ou un parent de l'empereur a été tué. Et tout cela est arrivé parce que mon valet, Melchior Jäcklein, a abattu un vieux cavalier trop bavard qui racontait à ses compagnons le conte naïf d'un homme et de ses trois balles; avec la première, il a abattu un roi, et avec la deuxième, une jeune fille – je m'en souviens vaguement, je ne sais pas d'où je tiens cela, je l'ai peut-être lu dans un livre insensé, l'*Amadis* ou *le Chevalier Loew*.

Le silence et le calme sont maintenant revenus dans le camp. L'aube point. Capitaine Prunelle-de-verre! Tu es fatigué! Tu aimerais t'allonger et tenter une fois encore de dormir une heure ou deux...

Où suis-je? Je ne vois personne autour de moi. Il doit être près de midi, le soleil est haut dans le ciel. J'ai dormi longtemps et j'ai rêvé de choses bien confuses, mais tout s'est envolé, je n'ai rien retenu qu'un bruissement et un murmure incertains, comme si je tenais un coquillage contre mon oreille.

Le sol autour de moi est défoncé et piétiné. Un tambour déchiré et une baguette brisée gisent côte à côte, comme si quelqu'un avait joué un air interminable tout au long de la nuit, jusqu'à ce que la peau du tambour fût déchirée et la baguette brisée.

Allemagne! Tu es un pays bien triste et bien désert. Tes forêts, tes champs, tes prairies – tout est couvert de givre. J'ai presque le cœur triste sans savoir pourquoi.

Où est passé Melchior? Il devrait m'apporter ma soupe du matin, poser mon manteau sur mes épaules et seller mon cheval. Si Melchior Jäcklein se met à m'oublier lui aussi, il n'est plus de fidélité en ce monde.

Le soleil du printemps,
Les pétales de rose, l'amour d'une jeune fille
Le chant du rossignol et le son de ses trilles
Ne durent pas longtemps.

Enfer et damnation! D'où me vient cette chanson d'amour? Je l'ai entendue il y a peu, mais je ne sais plus où.

Là-bas, près des remparts de la ville, une masse de gens se dirige vers la rivière. Seigneur! J'ai failli l'oublier! Aujourd'hui, à midi, on doit exécuter sur le pont les rebelles luthériens que j'ai aidé à capturer, à Mühlberg, et à ramener ici. Il faut que j'y aille sur-le-champ, je veux voir moi aussi le bourreau leur trancher la tête. Alors, fripons! Vous étiez bien rétifs et pleins de défi, jadis! Vous vouliez vous rebeller? A présent, vous allez recevoir votre salaire. Vous n'en avez pas mérité de meilleur.

J'entends trois cavaliers qui galopent derrière moi. Vite, capitaine Prunelle-de-Verre, écarte-toi! C'est un grand seigneur, je le connais, c'est le duc espagnol Juan de Mendoza avec ses gens. Voilà trois jours qu'il se trouve dans le camp, et j'ai entendu dire que l'empereur va faire de lui son chancelier. Le voilà qui passe sur son cheval. Incline-toi, capitaine Prunelle-de-Verre, incline-toi profondément! Fais ta révérence, enlève ton chapeau et prosterne-toi plus bas que terre! Peut-être te fera-t-il grâce de t'accorder un regard jeté par-dessus l'épaule.

« Mes respects, Votre Altesse! Croyez que je suis très sincèrement votre dévoué serviteur! »

Table

ŒUVRES DU MÊME AUTEUR
TRADUITES EN FRANÇAIS

LE MARQUIS DE BOLIBAR (*Der Marques de Bolibar*), roman,
traduit par Odon Niox Chateau,
Albin Michel, 1930, rééd. 1985.

LE MAÎTRE DU JUGEMENT DERNIER (*Der Meister des jüngsten Tages*), roman,
traduit par Hugo Richter,
Librairie des Champs-Élysées, 1978 (épuisé).

LE CAVALIER SUÉDOIS (*Der schwedische Reiter*), roman,
traduit par Frédérique Daber,
Seghers, 1983.

TURLUPIN (*Turlupin*), roman,
traduit par Jean-Claude Capèle,
Fayard, 1987.

LA NEIGE DE SAINT PIERRE (*Sankt Petri Schnee*), roman,
traduit par Jean-Claude Capèle,
Fayard, 1987.

LE JUDAS DE LÉONARD (*Der Judas des Leonardo*), roman
traduit par Martine Kayser,
Phébus, 1987.

LA NUIT SOUS LE PONT DE PIERRE (*Nachts unter der steinernen Brücke*), roman,
traduit par Jean-Claude Capèle,
Fayard, 1987.

IMPRIMÉ EN FRANCE PAR BRODARD ET TAUPIN
Usine de La Flèche (Sarthe).
Librairie Générale Française - 6, rue Pierre-Sarrazin - 75006 Paris.
ISBN : 2 - 253 - 05144 - 6 42/3128/8